全民阅读精品文库

盐都

张奎/著

中国言实出版社

图书在版编目（CIP）数据

盐都 / 张奎著. — 北京：中国言实出版社，
2015.11
ISBN 978-7-5171-1674-5

Ⅰ.①盐… Ⅱ.①张… Ⅲ.①长篇小说—中国—当代
Ⅳ.①I247.5

中国版本图书馆 CIP 数据核字（2015）第 277930 号

出 版 人：王昕朋
责任编辑：胡　明
文字编辑：张凯琳
美术编辑：张美玲

出版发行　**中国言实出版社**
　　　　地　　址：北京市朝阳区北苑路 180 号加利大厦 5 号楼 105 室
　　　　邮　　编：100101
　　　　编辑部：北京市西城区百万庄大街甲 16 号五层
　　　　邮　　编：100037
　　　　电　　话：64924853（总编室）64924716（发行部）
　　　　网　　址：www.zgyscbs.cn
　　　　E-mail：zgyscbs@263.net

经　　销　新华书店
印　　刷　阳谷毕升印务有限公司
版　　次　2016 年 1 月第 1 版　　2022 年 1 月第 3 次印刷
规　　格　710 毫米 × 1000 毫米　1/16　17.25 印张
字　　数　290 千字
定　　价　48.00 元　　ISBN 978-7-5171-1674-5

CONTENTS
目录

逢险化夷生情牵

在一脚踏三省市（渝陕鄂）的自然国心处，有一条发源于大巴山东麓的河流，为图吉祥安宁，先人便亲切地把她唤作大宁河。美丽的河流穿山越峡二百多里，在巫山峡口收住蜿蜒后，就与长江倾情交融了。约是上古的时候，猎人袁氏逐鹿至这条河流的峡谷里，鹿便从神农尝百草的宝源山脚，距大宁河河床二十多米高的地方钻进了洞中。袁氏愣住之际，一股泉水轰然喷出。干渴的袁氏掬水一饮，觉咸难咽，天然盐泉就这样被他发现了。就是从这个《逐鹿引泉》故事开始，嗜盐的先人就从四面八方来到这里熬制食盐。从此，这道沸腾的峡谷就因盐而兴，不仅建立了巫咸古国，而且还诞育了对华夏政治、经济、文化产生重要影响的巫文化和盐文化。这个有着五千多年厚重历史的上古"盐都"大宁场，人们曾用"一泉流白玉，万里走黄金"来形容过她的昌盛与繁荣。那万灶盐烟翻涌的动人故事，悬棺和古栈道之谜揣存的奇想异幻，可不是一时半会儿讲得完或能用两三句话来概括尽的。虽然，那一路的辉煌没留下多少传承的史料，但我们还是可以去把人们口传的散碎故事作些捡拾，发生在清咸丰和同治年间的故事就是其中的一个。

那是一个天气晴好的上午，惊魂未定的蓉伢子还是毛起胆子，去到七天前自己被暴涨的大宁河水卷走的渡口梯台上坐下来。

　　清澈的大宁河水在阳光的照耀下，诞生出道道七彩的灵动光晕，一环扣一环地叠印在似被玻璃罩住的河道上。迷人的情致，让人完全想象不出这里曾经出现过澎湃与汹涌。花斑鱼、红尾巴、麦秆鲷成群结队在水中游来戏去，把欢乐快活演绎得淋漓尽致，直叫人叹为观止、心旷神怡。浑圆如卵的宁河石，似数不胜数的星斗，正相得益彰地布罗在水天中，似乎有意向人们炫耀这条河流孵化的神力。天上没有云，只有风从峡谷外吹进来，惹起河边的翠柳拨动心弦后，就向倚山临水的吊脚楼飞身而去，把挂在吊脚楼上的无数大红灯笼心旌荡漾地晃动个没停。依稀之间，酷似巨龙的两条沿河十里长街，好像就要飞腾起来。不远处的象鼻滩下，一条皂角船在几个船夫子（纤夫）"一块麻布四两麻呀，拖根纤绳使劲拉呀！脚下石头要蹬紧哪，双手莫空要扒沙呀！流血流汗随它去呀，要挣钱来养活家呀！"的号子声中，正向蓉伢子这里的梯台渡口拉上来。

　　看到这条皂角船，触景生情的蓉伢子就想起被洪水卷走时的险情来。

　　那天中午，一场暴雨把大宁河水陡涨了起来。蓉伢子鬼使神差来到渡口的这道梯台上，突然看见一条娃娃鱼爬在水边。心头一喜的蓉伢子轻脚轻手走下去想把它捉住。就在伸手的一刹那，娃娃鱼扭头就钻进水里，蓉伢子紧一追身，重心一失，"嘭"的一声就砸进咆哮的洪水中，被一个又一个浪头凶猛地劈打着。蓉伢子虽然识得水性，但在母亲般柔怀的静水里学会的本领，怎能去与这万马奔腾地咆哮抗衡？没坚持多久，觉得就要被洪水吞灭了。正绝望之际，突然有只手抓住她后背上的衣服，同时还发出"快捉住板凳"的叫喊。目光模糊的蓉伢子慌乱地抓住板凳，心想这下可是有救了。

　　河水把他们卷进两河口的回水湾时，抓着衣服的人就向泊在那里躲避洪水的皂角船上的船夫子大喊救命。船夫子把篙竿伸过来让那个人抓住的时候，她才被船夫子拖上船去。意识蒙眬的回首间，她没看清救自己的这个人是谁，只见个光屁股在水面露一下就被浪头卷走了。惊吓中，蓉伢子眼睛一黑的就晕了过去。

　　蓉伢子醒来的时候，已是躺在房屋的床铺上。满屋子除刺鼻的佛香外，就见一个穿着道服的端公（巫师）在念念有词中，拿着桃木剑拼命驱赶着什么。看到蓉伢子醒过来，端公忙不失时机对她妈妈说是的撞见了冤死的水鬼，在他使尽通天法力后，才把水鬼赶走，并叮嘱七天之内蓉伢子不得下河半步，否则又会被水鬼附身，大祸临头。此后的七天里，蓉伢子半步门槛也没敢出，一眼大宁河也没敢看，生怕有个闪失被让赶走的水鬼趁机又撺回来。

避过灾劫日子的一个中午，她爸爸张克贤老爷设宴答谢救命恩人。席间，张克贤老爷叫张永蓉来给四个船大伯叩头，称要不是这四个船大伯相救，她早就冲进长江里去喂江团了。在叩头的时候，蓉伢子猛然想起那个抓住自己衣服，喊她捉住板凳和大呼救命，最后还光着屁股被洪水卷走的那个救命恩人来。她没去向几位船大伯打听那个救命恩人的下落。但从喊抓板凳和大呼救命的声音判断，那个人有可能就是奎娃子，并有八九不离十的把握。

她站起身来一出门，就风急火燎从横跨在大宁河上的甩甩桥上跑过去，径直奔向奎娃子的家里头。家里头只有奎娃子的妈妈黄秀碧在，蓉伢子迫不及待地开口问："黄伯娘，奎娃子在不在呢？"

正在给一件破肩衣服补疤的黄伯娘抬起头，亲热地对蓉伢子回答说："奎娃子不在。"

蓉伢子生怕黄伯娘说的这个不在是永远的不在，要不是黄伯娘表情轻松，她不知道要紧张成啥样子。于是就忙接嘴问："他哪里去了呢？"

"前些天跟他爸爸下宜昌去运盐了，回来的时候顺便学拉纤，多跑几趟就好跟他爸爸去挣钱。"

知道奎娃子尚平安无恙，松了口气的蓉伢子才在心头不停地谢天谢地。她暗自庆幸一会儿后，才又接上问："黄伯娘？他去学拉纤，还向不向周先生学书呢？"

黄伯娘放下手中的针线活说："再学有什么用呢？识几个字让别人蒙骗不到就行了。他爸爸说十五六岁的娃子正是学拉纤识水路的火口，错过这个时机就炼不出好船夫子来。"

蓉伢子显得有些急了，忙接嘴说："我哥哥说奎娃子是块学书的料，不学真可惜哩！"

"唉！"黄伯娘叹了口气，随即就无可奈何地说，"穷娃子怎么都学不出秀才来，养家糊口才是头等的大事啊！"

听过这句话，蓉伢子的耳里依稀又响起那首辛酸的船夫号子来："一块麻布四两麻呀，拖根纤绳使劲拉呀！脚下石头要蹬稳哪，双手莫空要扒沙呀！流血流汗随它去呀，要挣钱来养活家呀！"蓉伢子在泪光闪动中，再也没说什么，只一转身就走了回去。

时光一天天流走，光屁股的奎娃子不断地走到她的心里头。

自此每天下午，她就要去大宁河边的那个渡口梯台坐上一阵子，看是否有奎娃子拉纤的身影映入眼中来。

一天上午，去到账房的蓉伢子突然看见奎娃子的爸爸程传绪在和她的爸爸投账，蓉伢子欣喜过望地问："程大伯！你们什么时候回来的呢？"

程传绪笑眯眯地回答说："昨晚擦黑些的时候。"

"奎娃子回来没有？"

"回来了。这会正在屋里哩！"

听这么一说，蓉伢子就跳着欢快的步子跑了出去。

蓉伢子的爸爸张克贤老爷在摇头中对程传绪笑了笑说："你看我这个惯坏了的女娃子，张野得硬是不知道一点儿礼数。"

程传绪笑着回应说："大宁河水喂大的娃子，都这样风风火火的，是水土出的呀！"

话一说完，两人都开怀地笑了起来。

蓉伢子去到奎娃子的家门口，只见奎娃子正跛着脚从里屋走出来。看到这副样子，蓉伢子忙冲进去抓住奎娃子的手问："奎娃子，你脚啷个跛了？"

奎娃子显出几分尴尬说："是不小心受了点皮外伤。"

蓉伢子急暴暴地说："伤得重不重？让我看看！"

话一说完，蓉伢子就伸手去捞奎娃子的裤脚。

奎娃子忙躬身捏住裤脚不让蓉伢子向上提。并在口中连连说："不能看，不能看。"

奎娃子越说不能看，蓉伢子更是要弄个明白。急坏了的奎娃子忙坐在板凳上紧夹双腿说："那个地方看不得，啷个给你看嘛！"

听这么一说，蓉伢子脸一红就把头扭到一边去了。静过一会儿后，蓉伢子才平和地坐下来对奎娃子说："奎娃子！我问你个事行不？"

奎娃子说："你问就问哈！还像个大人装腔作势，笑死人哩！"

蓉伢子满怀深情地说:"那天我被水冲走,是你弄的板凳来救的我吧?"

奎娃子睁大眼睛说:"你明知故问,是找不到话说了吧!"

蓉伢子嘟着嘴说:"我只是听到像你的声音,没看到你的脸,所以才来问你嘛!"

奎娃子"哦"过一声说:"那天看到你轻脚轻手走下渡口,准备喊你莫下去,但又不知道你要做啥子。就在忍嘴的时候,你一下就栽到河里头。情急之下,我抓条板凳跳进河里,可就把你救了起来。"

蓉伢子接着又问:"把我救上船后,你为什么不跟着爬上来呢?"

奎娃子不好意思地扭头说:"我的裤子冲掉了。"

蓉伢子想起看到的那个光屁股,也跟着不好意思起来。但她还是在心里埋怨:"你个怕丑不要命的奎娃子啊!要是从水里爬不出来,我的良心就要遭一辈子的谴责呀!"

为打破窘态,蓉伢子找出了个话题说:"这回出门你看到了些啥子稀奇呢?快讲出来我听听!"

"哪里有什么稀奇呢?除了辛苦就是遭罪。我爸爸大半辈子的操劳真是太不容易了哇!"说完这话,奎娃子眼中就闪动起泪光。

2
初出宁河向三峡

就是救起蓉伢子的第二天清晨，蒸腾起来的大宁河雾，瞬间就散离开去，能见度可是好极了。峡谷那边的太阳还没出来，只有绚丽的光芒在峡谷上空横天而过，亦像是在峡谷峻耸的两岸群山之间搭起的彩虹桥，气象万千而又动人心魄。奎娃子的妈妈把他送上皂角船后，就站在渡口梯台上对程传绪说："他爸呀！奎娃子初次跟你出去，你要多教哈！人家是大娃子了，不要来不来就打他哈！"

程传绪把篙竿一撑，就面色坦然地答应了一声"要得！"

船掉头了，黄秀碧还一动不动站在那里望着她的儿子。奎娃子向他妈妈挥手后，就想起过去没太挂在心上的"儿行千里母担忧，母行千里儿不愁"的诗句来。奎娃子平生第一次为母子的短别而潸然泪下了，直到船飞过象鼻滩转弯不见妈妈的时候，奎娃子才跟着他爸爸去认水路。

程传绪看到儿子这副表情，认为儿子懂事了。这与他当年第一次出去告别妈妈时的情景是一模一样的。此时此刻，他感到奎娃子既是儿子，又是伙计。对奎娃子的态度也就油然发生了改变。

放舟下水，无须人力推送，只大半天的时间，皂角船就途经剪刀峡、妙峡、滴翠峡、巴雾峡。在最后驶出龙门峡的瞬间，一条大江豁然映入奎娃子的眼帘，他在心中暗自感叹，好大一条江啊！比自己敬仰的天下第一溪，故乡的大宁河大多了哇！真是一出龙门天地宽！怪不得人人都想"鱼跃龙门"哩！这大江大河谁不神往呢？正在他感慨万端之际，皂角船就靠岸了，他爸爸忙喊他跟着上岸去拜码头。

上岸不远，就有许多小商小贩沿上坡两边接连搭着棚子，宛若一条长街，直通向巫山县城。这些棚子中有卖鸡蛋鸭蛋红苕洋芋的，也有卖麻花油条咸菜面饭的，更有卖金钢杂货玉石玛瑙装饰品的。奎娃子没感到有多新奇，因为在自己的那个大宁场里，远比这里更琳琅满目，只是认为这种沿路搭棚的形式比较特别。走完这条棚子街，就是一个堆码货物的大码头，挑担的，背包的络绎不绝。这大水码头真还是有它的特别之处啊！走过码头，上过几十步两丈宽的石梯，就去到巫山县城。通直的大街让奎娃子感到，这宽敞些的地方真好，大街直叫人眼睛一亮，风格与自己那里的十里长街完全不同。正在东张西望之时，两个石狮子镇守的大门上端，一块匾额突显威严，特别是"刘府"两个遒劲有力的颜体大字，颇让这个初出大山的奎娃子惊奇，同时还彰显出这户人家的雅儒与贵富。

这就是他爸爸领他去的地方。

快进门时，他爸爸转身看了他两眼，然后就自个理了一下衣服，认为妥当后，才向门内走进去。他爸爸看来是这里的常客，值门的并没有阻拦盘问他们。进门没走几步，一个穿着土打褂且袒胸露腹的黑汉迎面走了出来，在看到奎娃子后，就粗着喉咙说："程大夫子，跟到你后边的这个鸡巴卵就是你的娃儿吗？这个火卵子长得人模狗样的，看起来比你跳展多了。"

这个人虽说话粗鲁，但还是有几分褒扬之意。程传绪忙勾腰驼背恭敬说："回二总爷，他是我的儿子，让你见笑了。"

程传绪还没抬起头，这个二总爷就像一阵风，唰地就吹出门去了。

二总爷粗鲁的褒扬没让程大奎买账，并认为是对他的侮辱，心头感到非常愤懑。他想，这样高贵的门第，出来的人竟然是这么的粗俗不堪，好个挂起羊头卖狗肉的高贵门第呀！

奎娃子爸爸带他去到厅堂，见一位肥头大耳、虎背熊腰、年近花甲的老者半躺在逍遥椅上，拿上一壶水烟杆，正让丫鬟给他点。"咕咕咕"的声响中，大股股的烟雾直从他那狮子般的大嘴里喷吐出来。看到程传绪带着人进来，他才正起身子等程传绪说话。

程传绪躬身作揖说："大总爷！今天我把儿子带来拜码头，还请你好好训诫！"

这个大总爷叫刘道衡，是奉巫地界的红帮（袍哥）老大，识得字，有人说他用钱捐了个秀才头衔，在大家对他总爷的称呼中，红帮老大和秀才老爷的意思都包括在里面。与刚碰上的行武二总爷刘道远比起来，就没有那么的粗俗了。

刘总爷没急着回话，只是专注地盯了奎娃子一会儿。在他把目光收回去的时候，才慢条斯理说："你这个儿子目光迥异，戾气横生，一副桀骜不驯的样子，行走江湖肯定要受够打磨。'人看极小，马看蹄爪'，如不改变，是没人会接纳他的，更别说有什么造化。我不喜欢的人，别人也不会对他恭维到哪里去。"

刘总爷刚把话说完，程传绪就把奎娃子的庚帖递上去，并奉上五百钱。刘总爷瞟了庚帖一眼，就把庚帖和钱递给了身边的随从。他面无表情地端起盖碗茶喝了两口说："你这个儿子今后可不少让人操心，花钱的日子还在后头哩！"

程传绪虽面生难色，但为儿子未来平安，他乞求说："我儿子缺教养，今后还得多费总爷的心，望总爷处处多加关照周全。"话一说完，他又向刘总爷送上百文钱。

刘总爷把百纹钱向八仙桌上一丢，转头拿上水烟杆，面无表情地就去抽他的水烟了。

程传绪深感卑贱地带着奎娃子转身就向门外走出去。是的，是要向门外走出去，他不向门外走出去，难道会有酒席招待和什么赏赐吗？下苦力的人，只得用热脸去贴体面人的冷屁股。

从刘府出来，奎娃子以为他爸爸要为他的不笃表现去痛揍他一顿。没想到不仅没揍他，而且连气话就没说半句。只是从他爸爸铁青的脸上看得出来，他爸爸的心头一定在流血。

回到皂角船上，易麻子大伯、骆大表叔和吴小幺公三个船夫子望过程传绪一眼，都没说话。披星戴月风雨同舟几十年，其相互的了解可不比寻常。一点一滴的变化，都能在心头默契地感受得出来。

程传绪望过一眼巫峡口，就站在船头喝了声"起锚。"

船刚划进巫峡口，易麻子大伯就吼起号歌来："小船进了巫山峡哟，风吹过后遭浪打哟！神女身边想歇脚哟，那不晓得捐赋多哟！钱不交足莫想走哦，苦命船工哪个活哟！"

那歌声极其凄怆和悲凉，直叫人的鼻子就要酸楚起来。奎娃子没有开腔，只是跟着大家有节奏地把桨划得"哗哗"作响。

神女峰到了的时候，易麻子大伯就回头对奎娃子说："上面那尊人形石头，就是巫山神女王母娘娘的女儿瑶姬。你给她许个愿吧！好保佑你找个仙女一样的乖媳妇。"

听这么一说，奎娃子的脸一下就红齐颈子。看过他的窘样，大伙都哈哈大笑起来，沉闷的气氛终于才有了个缓和。

望着神女峰，奎娃子不经意就把桨停了下来，他被神女峰的景色迷住了。在神女峰的山顶与腰际，几缕轻纱似的白云轻盈地缠绕在上面，让仙袂飘飘的神女更加妩媚动人了。随着峡风吹起，那白如柔棉，洁如润玉般的轻纱便开始升蒸起来，有了动感的神女峰越发令人陶醉与神往。直让奎娃子想起"若有人兮山之阿，被薜荔兮带女萝；既含睇兮又宜笑，子慕予兮善窈窕"的《楚辞·山鬼》来。同时，因这样一幅绝美景色而诞生"西王母幼女瑶姬携狂章、虞余诸神出游东海，过巫山，见洪水肆虐，于是'助禹斩石、疏波、决塞、导厄，以循其流。水患既平，瑶姬为民永祈丰年，行船平安，立山头日久天长，便化为神女峰'的神话故事，直叫他信之入髓。他真的就跪在船尾，虔诚地向神女峰叩了三个头，并在心中许下了自己不愿向外人道的甜美心愿。

船过神女峰后，奎娃子爸爸就把他叫到船头，不住向他介绍奇峰峻崖，也一个劲教他认水路、记暗礁、识滩口。那"便将万管玲珑笔，难写巫峡两岸山"的巫山峡，在向人们展开无限风光和绝奇锦绣的时候，也给船夫子藏匿着惊梦般的灾难与深渊，奎娃子不得不认真听他爸爸的指点。从深层意义上讲，这是在教他"物竞天择，适者生存"的本领，否则的话，要不了几个初一十五，他就会被峡江里的暗礁和湍急横流撞击得粉身碎骨。

第二天临晚船出巫峡即将停靠巴东的时候，奎娃子胆怯地问："爸爸，巫山十二峰你怎么就只说了登龙、圣泉、朝云、神女、松峦、集仙、飞凤、翠屏和聚鹤九峰？还有三峰忘了吗？"

他爸爸望着码头泊湾回答说："另外的净坛峰、起云峰、上升峰在南岸山后面，船上见不到。"

奎娃子在点头之际，船就靠向岸边了。

在这个满是河沙的岸边，叫卖东西的声音不绝于耳。除此之外，显得最扎眼的就要数那个老婆子了。她把手中的彩巾不停向泊下船只的人挥舞，嘴里一个劲嗲声嗲气地叫喊："船哥哥喂！快上岸来歇歇，我们的妹儿等你们好久了呃！快点上来玩一盘呀！"

看过老婆子的叫喊神情，奎娃子就想：这天底下哪个到处就有做这等事的人呢？只是自己那里十里长街上的挂牌楼子，没有这样的老婆子叫喊，完全是"愿者鱼儿上钩"地等客上门。可这老婆子真不害臊，竟流里流气肉麻地与她搭讪的人说："我们这儿的妹儿奶子大、屁股肥，眼睛勾人一包水，玩了一回想二回，快跟我来玩啦！"

取锅煮饭的易麻子大伯正想搭腔，看到尚小的奎娃子，就把那份逗乐的骚情忍了下来。

晚饭过后，天已大黑了。天上勾画出的一弯新月，在江水中悠闲地荡个不停。碎了又合，合了又碎的光影，既让人感到寂寥，又让人感到凄怆。就在奎娃子凝目呆住的时候，几支火把就挨船地闹哄了过来。

隔着的几条船那边，一位年过花甲的消瘦老大爷正在苦苦哀求："马大哥！我这次的钱遭人抢了。今天的码头费我真是没交的，赊一下，下次一起交行不？"

那个叫马大哥的是这码头的黑老大，暗地里都叫他马挨炮。只见他恶狠狠地说。"你个瘦骨老龙，哪个敢保证你能活得到下次来呢？今天不交就不行！"

"真的没有啊！我到哪里去向马大哥交呢？"老大爷的泪花已浸润眼角。

看到蹲在老大爷身后的两个儿子抖动不停，马挨炮绕过去就是两脚，并要他们快快交。两个儿子立马跪下声泪俱下地向马挨炮哀求放一马，说下次一定补上。马挨炮把脸向岸上一转，几个恶霸就把船上父子三人揪下岸大动拳脚，直打得他们喊爹叫娘，并不停在地上翻滚求饶。奎娃子紧握拳头，愤怒得直想冲上去揍那几个土恶霸。正在此时，程传绪忙跳下船走过去拱手说："马大哥，别打了。兵荒马乱的这个年月，遭受打劫经常就会碰上，天灾人祸的，你就网开一面放他们一马吧！"

话刚说完，马挨炮的一个手下猛推过他一掌说："你要我们老大网开一面，你就把钱替他交来哈！否则，老子就把你一起揍。"

狗仗人势的另一恶霸迎面过来，指着他的胯裆说："钱也要给，还得钻老子的胯裆。"

程传绪躬身赔笑说："就按哥说的办，钱我替他交了，胯裆就放我一马不钻了吧！"

马挨炮轻蔑地盯过他一眼说："你狗日的程夫子'乌龟打屁冲壳子'，在老子面前没那么迫脱，除他的船泊费要交外，还要加五十文的消气费，并且还要钻胯裆。不这么弄整，我在兄弟们面前还有啥面子？"

义愤填膺的奎娃子正要冲过去，易麻子大伯紧拉住他的手低声说："这些黑老大惹不起，你去讨死啊！"

"我不能让爸爸钻胯裆！"

"钻胯裆又没少个东西。不钻么得了台吗？"

就在奎娃子同易麻子大伯对嘴的时候，他爸爸就从那个恶霸的胯裆下钻了过去。

马挨炮收好程传绪递交的钱，才不可一世地带着那伙恶霸去向其他泊船收码头费。待这伙恶霸走远后，易麻子大伯才让奎娃子跑下船去。奎娃子一膝跪在还愣住的程传绪面前声泪俱下问："爸爸！你为什么要去钻胯裆呢？我们就这么怕他们吗？"

程传绪伸手拉起他时说："奎娃子啊！这些事爸爸会慢慢跟你说的，你不知道江湖多险恶。快起来，我们先把受伤的爷爷和伯伯扶上船去再说。"

奎娃子擦过泪水后，才同他爸爸把那父子三人扶上船。接着奎娃子又拿来盐巴兑水为他们擦伤。那个老大爷哭诉说他们家以做棺材为生，前些天运送棺材到宜昌去卖后，没想到钱到手刚要离开，就被声称是太平天国的一伙人抢劫了。今天歇在这里，竟然又遭一劫，要不是程传绪出手相救，那后果真的不敢想。程传绪对他们安慰一番后，那老大爷才问起他们是哪里的人，并表示今后一定得把钱还上，同时还要报此大恩大德。程传绪没说自己是从大宁场来的，只说水上漂的人都应互相关照，这点小事完全不可挂心头。

第二天清晨，那父子三人还没离岸，奎娃子他们就启航了。

船驶过关渡口，就进入到西陵峡。与"高江急峡雷霆斗，古木苍藤日月昏"的巫山峡比起来，这道峡更长。且惊涛狂怒，险滩相接，怪礁如林，漩涡如斗。船行江中，疾驶如箭。他爸爸搬艄，易麻子大伯掌舵，骆大表叔和吴小幺公撑篙，哪不晓得，船行下水也这般费力。大家不敢片刻放松，面色凝重地全力注视着江面，脸上都渗出豆子般大小的汗珠。尽管如此，他爸爸没忘适时介绍青滩泄滩崆岭滩的惊险，并逢秭归香溪、屈原祠和黄陵庙还说上一段口传的故事。奎娃子极用心地记住了那一切，并把昭君和亲、屈原忧国和大禹治水的历史典故，做了个点对点粘接。同时他也在纳闷，江涛汹涌的这个大峡谷里，为什么就出过这么多人物呢？并且还把故事颂扬得惊天地泣鬼神。他便想起周先生曾说穷山恶水更出栋梁的话。因为恶劣的自然环境能磨砺坚强的意志、激发奋进的精神、开启宽阔的胸怀。能不有人脱颖出来吗？这就叫一方水土养一方人。

经过两天的惊险颠簸，皂角船终于"巴水飞如箭，巴船去若飞"地驶出了南津关。这时，江面豁然开阔，江水骤然平稳，就像一位久经磨难的人的胸怀，是那么的无欲无畏而又宁静淡泊。这不同的长江段落，真的是诗，是画，是大自然和生命的厚重交响，无不给人以启迪和震撼。就在知书识字的奎娃子用心感悟这一切的时候，皂角船又向岸边靠了过去。他问他爸爸为何要靠岸，他爸爸说要去交出峡费。奎娃子便嘟噜起来，这一路要交多少费呢？这不是在抢劫吗？一趟跑下来能落得几个子呢？易麻子大伯告诉他这是规矩，不给不仅走不脱，弄不好性命就不保，巴东那晚发生的险情，就是个心惊肉跳的例子。

江水是平静了，奎娃子的心情却翻腾了起来。他握住拳头咬牙切齿在心头说，一定要找机会去收拾这些狗杂种。

奎娃子是怀揣愤然的心情到达宜昌的，在同他爸爸上岸去跟盐务所交割手续后，就回船去交盐。他爸爸说要去办点什么事，就叫奎娃子拿着收单同盐务所的收点人去交货。去到船边，他就准备背盐。可是，几个肩上搭块破布的搬二哥把他推在一边说："小狗日的，不讲规矩想跟我们抢饭碗，那你就全背上去，老子们就在这里等。"

奎娃子莫名其妙地还嘴说："这盐是我们运来的，我们不背谁背？"

一个搬二哥哈哈大笑说："这狗日的不懂规矩，我们就调教他一下。"

易麻子大伯赶紧赔罪说："各位大哥，这娃是初来的，他不懂规矩，大家莫见外，你们就背吧！"

一个搬二哥推过他一掌说："放你妈的屁，江湖规矩谁敢破？再说老子就对你不客气。"

易麻子大伯不敢说话了。奎娃子抓起一包盐背在背上，就问盐务所的人把盐背放在哪里。在盐务所的人向一个棚子指点后，奎娃子放步如飞地就把盐背了过去。在他返回准备背第二袋时，被叫来的一个老大抓住奎娃子的膀子准备说什么，奎娃子用肘一挡，瞬间就把老大的手甩开了。这老大戏谑地对其他搬二哥说："咿耶！这狗日的还是个练家子，老子就来同他过几招。兄弟们听着，他赢了，这船盐我们背，分文钱都不要。他输了，盐他全背，还要加一倍付工钱。"

那几个搬二哥和围观过来的人都说好。易麻子大伯怎么也阻止不住奎娃子，只好由他任其性子去过招。那老大一拳向奎娃子面门打过来，奎娃子头一歪就躲过了。老大又堂腿扫过来，奎娃子轻身一跳又躲闪过去。再又接过几掌后，奎娃子觉得这个人有好身手，但还没达到自己不能招架的火候。当看到那老大老鹰捕食倾身过来抓他时，他还手了。他照准那老大的胸膛就是一弹腿，那老大应声就倒了下去，再也不见有力气爬起来。另几个搬二哥正想冲上来，那老大阻止说："别坏规矩，照我说的办。"

待程传绪回来的时候，盐全背完了。程传绪问工钱咋没付，易麻子大伯说下次他们一起收。大家都不敢把刚才发生的事告诉他，因为惹的这个祸弄不好是永远要结上搭子的，往后在这个码头的日子恐怕就不好过了。

船离码头就划向南津关，夜泊在那里，喝过烧酒的大伙把头一放，就去睡出门以来的第一个好觉了。

清晨，放明的天依稀伸手可触，真是山低天幕近，水平逐鸟飞，这情景该是多好哇！就在程大奎心生感叹的时候，赤身裸体的易麻子大伯就叫他脱衣服，奎娃子可就不好意思起来。易麻子大伯忙打趣说："你的小鸡巴又没得人偷，怕啥子呢？"

奎娃子说："我就不脱。"

骆大表叔跟嘴说："不脱要伤肉皮子，那是痛得不得了的哟！"

奎娃子没有说话，只脱了背褡，可不脱裤子。经几次催督无果，奎娃子爸爸就说："不脱算了，受了皮肉之苦他才知道锅儿是铁打的。"

进西陵峡只半天工夫，一会儿在船上上上下下，一会儿又拉纤冲滩的奎娃子胯下就奇痛难忍了。他不要人喝就把裤子脱了下来，大腿两边和胯弯里全磨破了皮，那个痛越来越钻心，好像要了命似的。易麻子大伯见状，喝上一口烧酒就喷了上去，奎娃子"唉唷"地叫了一声，眼睛水就掉了出来。从此，他就没下过船，由于没有药治，伤口便出现了感染，这遭罪可把他折腾够了。在峡谷里，他再没有心情去看风景，只是对三峡里的纤夫号子有过几首记忆，对悬崖上的古栈道和岩石上绳锯石断的纤槽深感沧桑和震撼。

把一路经历讲到这里的时候，奎娃子就对蓉伢子唱起从西陵峡中听来的纤夫号子来：

哟嗬嗬哎哟嗬嗬，哟嗬哟嗬嗨唷嗬，弟兄伙哇，哟嗬嗬！脚莫软啦，嗨哟嗬！手抓紧啦，哟嗬嗬！要抢滩啦，哟嗬！上不去呀，嘿哟嗬！鬼门关啦，哎嗬嗬！往里钻啦，哟嗬！爹妈哭啊，哟唷嗬！妻儿念啦，哎嗨嗬！再投胎呀，哟嗬嗬！别拉纤啦，哟嗬嗬……哟嗬哟嗬哎唷嗬……

听过这首纤夫号子，蓉伢子眼里就浸满了泪花。

奎娃子望过她一眼后，又绘声绘色地熟练唱起巫山峡里听到的，由大宁场纤夫吼的五句子山歌来：

百里三峡巫峡长，
纤夫血泪湿衣裳。
妹送草鞋早磨破，
光光脚板起老茧，
只盼回家早圆房。

除却巫山不是云，

天不亮来起早行。

神女望霞想起妹，

我在使力赶回程，

千万不要忙嫁人。

唱完这几支歌，奎娃子若有所思地停了会儿说："往天在象鼻滩下看到赤身裸体的船夫子，我就在心里骂他们不要脸，是下流坏子和土匪棒老二。出去跑过这趟后，我才知道他们为什么要那样子！同时还让我感受到爸爸这大半辈子养家糊口是多么的不容易！我直想早点儿有出息，让他再不要这样子去劳苦！"

说完这段话，蓉伢子更加泪流满面了。此时，奎娃子爸爸正好走进来，他看到蓉伢子这个样子，心头猛地一惊，以为是奎娃子欺负她了。于是就对奎娃子发火说："你是哪个欺负蓉伢子了？还不快给她道歉！"

蓉伢子赶忙解释说："程大伯！奎娃子没有欺负我，是他讲了你们一路的艰辛劳苦让我心里难过。他说你大半辈子养家糊口不容易，直想早点儿有出息不让你再这么劳苦下去。"

听蓉伢子这么一说，被孝心深深感动的程传绪鼻子一酸，扭头就向屋里走了进去。

在蓉伢子发愣时，奎娃子就从挂着的布袋里拿出一个有"福佑平安"四个字的香樟小葫芦来，他深情地望着蓉伢子说："我在黄陵庙给你买了这个葫芦，送给你永保平安，再就不得被洪水冲起走！"

无比感动的蓉伢子接过葫芦深情地说："奎娃子！我要做你媳妇！"

奎娃子为这句话幸福地呆住了。当他醒悟过来时，蓉伢子早就羞涩地跑回家去躲进房屋里，脸像火一样在烧，心像鼓一样地敲。

3

节外生枝袭忧烦

张克贤得知是奎娃子挺身救下落水的蓉伢子时，认定打小就没看错这个娃。奎娃子六岁那年，张克贤就说服程传绪，把他送给自己从湖北荆州请来的且文武双全的周伯印先生习文练武。后来的时光里，周先生就没少在他面前夸过这个娃。这次奋不顾身的壮举，更用行动证明了周先生的夸赞没有错。张克贤已从内心喜欢上这个娃子了。一天晚上，张克贤老爷设宴请来程传绪一家及周伯印先生，他想于此表达两层意思：一是感谢奎娃子对蓉伢子的救命之恩。二是感谢周先生这些年在这里教书育人的辛勤操劳，并培养出像奎娃子这样子的好弟子。

坐在上席的周先生没感到有甚荣光。十年前，在张克贤老爷诚邀下，他便举家搬来这里教授弟子。本想也做一回"周同"，培养出像岳飞一样的全才弟子来。前七后八算上，教过的弟子不下数百人，可是为了生计，许多人都半途而废了。因此，培养成才且拿得出手、打得上场的尚屈指可数。眼下奎娃子算是他的得意门生之一，只可惜也要辍学去承担养家糊口的重任。倘若能继续学下去，真还有希望去考个秀才、进士的来。虽然这娃是个苗子，但不能继续培养，就像是《易经》乾卦上说的"潜龙勿用"一样，不得不遭埋没。唉！这个不可选择的家境条件啊！真还是对人的成长起着决定作用哩！

在斟上酒开席的时候，张克贤没像上次请那几个船大伯一样，要蓉伢子出来叩头。因为是平辈之人就免去了这个礼节。同时也没叫蓉伢子上桌来陪同吃饭，因为这里传承的老风俗是女子不上桌。所以在八仙桌的上座，是张克贤陪着周先生，左边座上是程传绪夫妇，右边是张克贤的儿子，也是奎娃子的师兄张毛子、张永东，同他挨坐。

起身敬酒的张克贤表达出两层意思后，一直得到他照顾的程传绪谦恭地表示奎娃子这么做没什么了不起，大可不必这么挂怀破费。同时他还借花献佛感谢周先生对奎娃子的教育，"一日为师，终身为父"，他要奎娃子永远记住这份恩情。

酒过三巡的兴头上，周先生就提议说："张老爷，传绪老弟，现在娃子们都长大了，我们再不能长此叫小名，从这时起，我们就改口叫学名。"

张克贤和程传绪都敬酒表示赞同。就在这杯敬酒喝下去的时候，蓉伢子又送上来一盘菜，在放好后，她就对奎娃子说："奎娃子！谢谢你的救命之恩哈！你要多吃点哦！"

满面通红的奎娃子忙说："周先生刚才说，从现在起都叫学名，你得叫我程大奎，我就叫你张永蓉。"

蓉伢子的哥哥插嘴说："从现在起你不得叫我毛子哥，得叫我永东哥。"

蓉伢子在嘴里念过一下学名说："小名喊惯了，学名叫起怪不顺口的。"

学名一改叫，蓉伢子好像自己"哗"地就进入了人生的某个重要阶段，满份羞涩陡然袭上心头，脸一下就红了。尽管如此，她还是在心跳加速中望了奎娃子一眼，并用颤抖的声音对奎娃子说："程大奎！我再说一遍谢谢你救了我哈！"

听到直呼学名，程大奎觉得在他和张永蓉之间，猛地就隔上了一堵难以逾越的墙壁，两小无猜的情怀，蓦然一下疏远了。他在心头八个不安逸的埋怨："为什么要这么早改叫学名呢？"

于是，他急不可耐地觉得应当向张永蓉表达些什么，同时还莫明其妙地担心，怕她那天说的要做自己媳妇的话只是一句戏言。

回到家里的那个晚上，程大奎平生第一次失眠了。他幻想和张永蓉已拜堂成亲，在挑开红盖头的那一刻，就感到他是大宁场里最最幸福的新郎。接着他就把张永蓉带上皂角船，让她去看大宁河的碧秀，看长江三峡的险峻，去清点营收的钱财。他还幻想自己成了这盐场里新崛起的老板，通过与张永蓉的勤劳，已让辛苦大半辈子的爸爸妈妈享上了清福。翻来覆去的幻想，既让他感到欣慰，又让他感到惶恐。欣慰的是张永蓉说要做自己的媳妇，青梅竹马的那份爱可谓刻骨铭心；惶恐的是张永蓉家是大宁场的大盐主，并且张老爷还是大宁场的盐帮帮主。她家有财有势，自己家只是一个运盐的穷纤户，门不当户不对的，张老爷能把他的掌上明珠许配给自己吗？他为自己卑微的出身惭愧起来。天还没亮，外面"麻花豆浆、油条杆子、苞谷坨"的吆喝叫卖声更让他难以成眠，他干脆就爬起来去到渡口梯台坐下来，情不自禁地只想见到张永蓉，直把心中的那份情爱，向她忠贞地做个表达。

起早运盐的皂角船接连发出了好几只。天大明后，他就不得再这么等张永蓉了，他得回去做准备，待吃过早饭后，就同他爸爸再次运盐去宜昌。早饭过后，峡谷的太阳还在山那边没有出来，这一点儿都不影响程大奎他们的皂角船启航。他直想有个什么借口多占点出发时间，哪怕只对张永蓉说半句话也好。这早晨常见的宁河雾也不见了，为什么就不在今天继续地笼罩起来呢？就像苏东坡写的明月"何事长向别时圆"一样，这宁河雾为什么"何事要向别时散"呢？老天爷开出的这个玩笑，直叫跟航东行的程大奎一直闷闷不乐。一路上，他完全地沉默寡言了。易麻子大伯总是不时取笑他在想哪家屋头的女娃子。易麻子大伯是过来人，他一眼就看出了程大奎心头冒出来的那点小九九。

程大奎爸爸驾的皂角船如期到达宜昌码头，没等去盐务所报告，就被十几个搬二哥围住了。易麻子大伯和另两个叔公吓得冷汗直冒，并还不停地颤抖起来。正在程传绪纳闷之际，上次同程大奎交手的那个老大就拱手对站在船头的程大奎说："兄弟！我程二浪子一辈子没服个人，自从上次和你交手后，我服你了。后来我一直逐摸要和你结个拜把子兄弟，今天终于把你等来了，答不答应？就一句话。"

程传绪以为程二浪子弄错了，他忙接过话头说："程老大，你可能是弄错了，这是我儿子程大奎，这次是随我来的第二趟，他啥时候和你交过手呢？"

程大奎忙拉过他爸爸的手说："爸爸！上回你出去办事的时候，是我不懂江湖规矩，冒失和程老大交了手，好在他宽宏大量才放过我。他是个够仗义和讲义气的人，我愿意同他结为拜把子兄弟。周先生过去对我说多个朋友多条路，你就让我同他结拜吧！"

话一说完，程二浪子就大笑起来说："各位兄弟，没想到大奎兄弟是程夫子的儿子，真是'大水冲了龙王庙，自家人不认得自家人'。这个兄弟结不结拜都是兄弟，走！拉他们喝酒去。"

在去码头酒馆的路上，程二浪子对程传绪说："老辈子！大奎兄弟的好身手是你教的吗？"

心头感到意外且又生气的程传绪摇了摇头说："他从小跟着周先生读书识字，只是空闲时顺便学点花拳绣腿，哪有什么好身手哦！"

程二浪子高兴起来说："好哇！我的大奎兄弟不仅身手好，而且还识文断字，真是文武双全，今后一定有出息。"

他伸手拍着程大奎的肩膀，程大奎没忙着说客气话，只是指着还在发抖的易麻子大伯和另外两个叔公说："大哥！这三位老辈子是跟我爸爸几十年的兄弟，他们都是忠厚老实人，看你今天把他们吓成啥样子了。"

程二浪子忙拱手向他们招呼："二浪子给三位叔伯赔礼了。"然后就同程大奎相视大笑了起来。

去到酒馆，十几个人围着三张凑拢的八仙桌坐下来。落座的程传绪想，今天这顿酒恐怕要把自己几个人灌个半死不可。你个该死的大奎呀！一出来就惹是生非，这辈子唧个去收场哦！可是让他没想到的是，酒喝完后，他们几个人并没有醉。席间，只是由程二浪子带头，同敬程传绪一行一杯，以表主人之意。再就是程二浪子同程大奎喝了一杯结拜酒。最后一杯是大家齐喝庆贺酒。三杯酒下肚后，程二浪子就大声说："在今天这个高兴的日子，我们就听程老辈子的，他说怎么喝就怎么喝。"

程传绪向碗里连倒三杯酒说："程老大和各位搬哥，我敬各位三杯酒，说三句话，然后就不喝了。"他环顾了一下大家，接着就用真诚的话语说，"我们都是凭劳力吃饭的人，下午还要做事，我们各尽到心意就行了。切不可弄到酒醉伤身的地步。"他站起身双手托着酒碗说，"我的第一句话是感谢过去程老大和各位搬哥对我们的关照。第二句话是感谢程老大不嫌弃大奎和他结成兄弟。第三句话是希望今后大家要多帮助大奎。在家靠父母，出门靠主人，我在这里拜托了!"话一说完，头一仰就把三杯酒弄了个一饮而尽。

程二浪子拍着胸膛说:"老辈子够意思，请你放心，我们绝对做对得起你和大奎兄弟的事。"

饭后的程传绪去到盐务所，盐管事就要程传绪把这一趟盐直送荆州，并给他出了运盐文书。

得到这个消息，程大奎心头就叫苦不迭起来，原指望这就回去见张永蓉，完全没想到会有这样的一个节外生枝。

是的，是节外生枝，可这个节外生枝是处在相思之苦中的程大奎完全出乎意料的。

就是在程大奎他们出门十多天的时候，程大奎的同门师兄袁仁贵，便求他父亲袁世忠托人去向张克贤的闺女张永蓉提亲。这个想法是大宁场盐帮副帮主袁世忠早就在心头盘算过的。这下好了，自己儿子有这个要求，那真是桩求之不得的事。于是就叫金管家去筹办聘礼，托媒择日去向张家提上这门门当户对的好亲事。

选定黄道吉日的那天，袁世忠就同媒人去到张克贤老爷家提亲。张克贤可高兴了。门当户对知根知底且不说，这一联姻，盐帮正副帮主的团结会更紧密，经营盐业的势力会更强大。真是一门好亲事，乐不可支的张克贤满口就把这门亲事答应了下来。

要是张永蓉心里没有程大奎，这个袁仁贵还是没啥可说的。袁仁贵也是从小跟师周先生。在所有弟子中，他性格柔顺，体质瘦弱，不仅没练出什么像样的拳脚，而且读书的慧根也不深。除这点不足外，就本质上讲，他为人忠厚，不倚势逞强，一点没有财东大户子弟的纨绔与自恃。托身这样的人，一生虽不会声名显赫，但一定会落得恬淡安宁。

这还有什么挑剔的呢?

是没有什么挑剔的。可是对张永蓉来说，袁仁贵可不是自己心仪的人，除程大奎外，谁在她心头也容不下。在她爸爸把这个事告诉她后，她一下就懵了，半天就没回过神来。

在这个大宁场里，虽然交织着天南海北的风俗习惯，但就婚姻来讲，还得遵从"父母之命，媒妁之言"的古训，倔强的张永蓉也不可例外。

当她回过神来的时候，就向妈妈向育梅哭闹起来。她说她不和袁仁贵成亲，就是嫁猪嫁狗也不嫁给他，若不退掉这门亲事，她就跳大宁河去死了算了。

听到张永蓉持住这个态度，一向把她视为掌上明珠的张克贤发怒了。他对妻子向育梅吼道："死女娃子真是娇惯坏了，这个事由不得她。她要退婚，我这颜面往哪里搁？她还要死要活的，这不是在向我脸上扇耳光吗？"说完这通话，就把茶杯向地上砸了个粉碎。

看到这个阵势，向育梅不敢再开腔了，她只得想办法去劝化女儿张永蓉。

张永蓉心已铁定，不嫁就是不嫁。哭闹伤心几天后，就想着程大奎快回来。她要去问他是否爱自己，如不爱，她就去跳大宁河。张永蓉的这份痴情，可就叫人感慨万端。

4

私订终身对老天

程大奎跟他爸爸出去一个多月才回来，主要是到荆州多耽误了上十天时间。父子俩回到家的时候，天已麻黑了。程大奎妈妈黄秀碧麻利地弄了两个菜给父子俩洗尘。程传绪破天荒拿来两个酒杯，满满斟上酒。然后愉悦地端起酒杯说："大奎！来，我两爷子干一杯，哪怕出去再辛苦，只要回到家里头，心里就感到舒坦。"说完，他就同大奎把酒干了。

心生埋怨的黄秀碧对程传绪说："大奎还在长身体，你喊他喝酒不是在害他吗！"

程传绪又一边倒酒一边说："'拉纤峡里走，不得不喝酒。'这东西除劳解困，不管哪个都能吹个半斤八两，我的娃子再孬也要整个三四两吧！"

程大奎只是喝酒，一句话也没讲。没法阻止他喝酒的妈妈感到非常奇怪，于是就问："大奎？这次出去嘟个了，怎么就变得少言寡语了呢？"

程大奎望着他妈妈说："没有啊！不知道你想要我说啥子哩？"

程传绪接嘴说："这趟出去就像变了个人似的，他易麻子大伯还在笑他是在想哪家屋里的女娃子哩！"

知子莫如母，黄秀碧感到程大奎一定是在想心事，她认为程大奎想的这个心事似乎与张永蓉有关。从那次张永蓉来向她问程大奎在不在家时的神情，以及后来到张老爷家去吃答谢饭张永蓉所表现出的羞涩，细心的黄秀碧是察觉出蛛丝马迹的。只是因为门不当户不对才没去想那么多。此刻看到程大奎的这副模样，她就想去试探一下程大奎的虚实。

她夹来一块腊肉放到程大奎碗里说："你两爷子走后，张老爷家添了件大喜事哩！"

大奎眼睛一亮地问："啥大喜事？妈快讲一下！"

黄秀碧故意绕着弯子说："人家屋头的大喜事，与你有多大关系？这么急嘣嘣地做啥子？"

程大奎说："隔别邻里的，应该同喜同贺哈！"

黄秀碧装得不经意地说："是张永蓉的大喜事。"

听这么一说，程大奎脸色一下就变了。他脱口就说出："是找了婆家的大喜事吧！"

黄秀碧顺着口气说："是哩！是许配给袁老爷家袁仁贵的。"

听过这话，程大奎的手就抖动起来。他努力克制不想让他爸爸妈妈看出破绽。但谁又看不出来呢？于是大家都不言语了。程大奎赶紧扒完碗中的最后一口饭，并说头有点昏就自个进房屋去了。

程传绪和黄秀碧相视一下后，什么都明白了。他们既为自己没有能耐撑持起门当户对的门户而倍感惭愧，也为程大奎"癞蛤蟆想吃天鹅肉"的这份相思而焦虑。这心头无端生出的疙瘩，不知怎样才能去解得开。

程大奎进屋就把门闩了。他和身倒在床上，扯过铺盖把头一盖，就任凭不听使唤的泪珠子无声地流起来。这桩"父母之命，媒妁之言"的婚事，已把他同张永蓉彻底隔开了。这有缘无分的相思怎么能放得下呢！他立即就想去向张永蓉表达爱情。但他又担心张永蓉若乐意与袁仁贵的婚事，那不是去自作多情么？虽然那次张永蓉说要做自己的媳妇，多半是一时冲动的戏言，更何况自己同张老爷家门不当户不对。

可袁仁贵家就不同了，他家是除张老爷家外的第二大盐主，有财有势谁不倾慕呢？张永蓉未必不跳米箩要去跳糠箩么。俗话说"龙配龙，凤配凤，推屎爬配打屁虫。"自己算什么呢？真是癞蛤蟆想吃天鹅肉啊！整整一个晚上，程大奎就没合眼，并完全忍受着胡思乱想的煎熬。

清晨，沿河两岸的街道上，吆喝声，叫卖声，又一如既往地闹腾起来，第一次让程大奎感到无比的嘈杂与烦躁。他直想从窗口伸出头去向这些操着南腔北调声音的人臭骂一通，真是"屋漏又逢连阴雨"。他翻身起来呆呆地闭了两下酸涩的眼睛，在直直地向一个角落望过阵子后，才起身木然走出去。

他妈妈黄秀碧早已煮好面条放在桌上等着。看到程大奎红肿的双眼，黄秀碧真的心疼极了。她把手伸向围腰搓过两下说："快吃面吧！你爸爸出去时吩咐，要你饭后去猫儿寨砍捆竹子，等他和张老爷投账回来好编纤绳。"

程大奎坐下来问他妈妈："你吃没有？"

他妈妈说："吃了。"

程大奎把面翻了两下，感到没有胃口，一筷面也没有吃。他只是向妈妈推说这会儿吃不下，等去把竹子砍回来后再吃。

望着程大奎出门的身影，黄秀碧潸然泪下了。

忧心忡忡的张永蓉看到程传绪在找她爸爸投账，断定程大奎一定回来了，她得赶紧去找他。就在她走出门的时候，心却"怦怦"狂跳个没停，并且脸也烧得滚烫滚烫的。与过去到程大奎家去找他俨然是不一样的两种心情，她怎么也没弄清楚是咋回事。但不管怎样，这个时候她都得去找到程大奎，哪怕是上刀山下火海都得去问程大奎一句话。

迈进程大奎家门，就看见黄秀碧长嘘短喘坐在桌边，张永蓉愣了一下问："黄伯娘？大奎呢？"

黄秀碧慌忙开颜说："上猫儿寨去砍竹子了。"

没回话的张永蓉转身就追了出去。

上到猫儿寨的程大奎，失魂落魄坐在寨门前的一块石头上。他把刀背向地上懒心无肠地锤过数十下，然后才呆呆地向大宁场鸟瞰下去。

当此的大宁场，最惹眼的就是那条大宁河，极像碧蓝的翡翠玉带，直从刀削斧砍且又高耸入云的观音岩根下飘出来。在幽雅地摆弄出几个蜿蜒的游龙姿势后，就钻进两河口的背弯处不见了。借住这段河流，拴到渡口边的数十几条皂角船，随流动的河水歪斜着身子，挨挤的一排排极像柳枝上的新叶，在水天之上轻轻摇曳，把个春风拂杨的意绪淋漓尽致地表达了出来。同时也让肝肠寸断的程大奎更加地堆起相思与苦痛。他只想纵身跳下去，立马就放飞皂角船去运盐拉纤，用极端的体力消耗，去得到一点自己也没有弄清楚的释怀解脱。

可是，他的身子像是飞了下去，但眼睛始终没离开大宁河，还有倒映在河水中的大宁场。大宁场是沿河两岸修建的，几千年的呵护，完全配得上上古盐都的称谓。且看那麻条石砌成的护堤，约两丈多高，长十多里地。在至两河口处，左边的那条护堤再向来来了个九十度的大转弯，直向猫儿滩延伸了上去。看不见头的朦胧，在袅袅的烟雾中，蒸腾起的是咋咋惊叹的昌隆；右边堤岸紧贴住寨子岩的古栈道，把大宁河与后溪河的缠绵交融做了个称心如意的交涉。同时还顺从地把壮大的大宁河水向雄性的三峡做了个歌声遥遥的指引。左右两条堤岸上，分别是临河的十里长街。在地势稍宽处，倚山的地方要么是盐灶，要么是店铺和居民住房。不足两丈宽的两条长街从目及的观音岩起势，似乎要把像大宁河的蜿蜒比个善美，互不相让的直逼两河口。可是，左边的那条街道得意的一转拐，就向猫儿滩连通了十多里路的闹热。右边的街道在两河口虽然戛然而止，但过往的脚步并没有因此而停下，反而因古栈道的沧桑而倍感历史的厚重。顺势而建的街道，高高低低幢幢相接，除能目及的数千口盐灶外，街的临河边多是断断续续大大小小的吊脚楼，极像小孩子把玩的积木，要不是粗壮的圆木斜撑横梁，好像随时就有倾向河中的危险。可是一直以来，总是成为一道惊心动魄的风景，烙印在天南海北来此人们的心头而津津乐道。这些高高低低错落有致的成千上万间房屋，有庙宇、客栈、商铺、妓院、会馆和民居，几千年的兴隆和眼下几万人的来来往往，让这个上古盐都的闹热非同凡响。特别是大宁场北岸盐泉下方十几丈远的地方，有七八间连排的汉砖青瓦房，六扇封火垛子翘檐盘龙，古色古香，尤让人仰慕与敬重。这排房子最中间的高大正门外，一对大青石狮子昂首挺胸守候在两边，大张开的嘴巴似乎在告诉人们，这里面的主人是何等的富贵与昌隆。的确是富贵与昌隆，除甩甩桥连通的南街上方半里地的那排全木结构穿斗房屋可以去门当户对外，恐怕再就没有哪条街上的房子敢去向其独树一帜了。

那北边的汉砖青瓦房就是张永蓉的家，那南街上的全木穿斗房就是袁仁贵的屋。

程大奎在心头的百般不是滋味中，看了一眼南街上自己的家，虽然与张永蓉家正面对，但那渺小的体量，简直就不敢去与之作微不足道的对比。

就以这大宁河的水来说吧！千古冲涌出的梯台渡口也就深深依在她家的门前。有阴阳先生说，这宅基享尽"日有千人拱手，夜有万盏明灯"的风水，富贵昌隆，无人能比。

哎哟！程大奎呀！你真是在"癞蛤蟆想吃天鹅肉"哩！

就在他完全心灰意冷的时候，那吊脚楼上悬挂的串串大红灯笼，就像在对他说这里天天都充满喜庆。只是这喜庆没笼罩在他的头上而已。程大奎失魂落魄的心情，就像沿河两岸盐灶冒出的滚滚浓烟，不可捉摸又永不断绝。

程大奎不愿再看下去了。他在心头深深的探问和祈祷：翠绿得不能再翠绿的大宁河啊！美丽得不能再美丽的大宁场啊！你们该是有灵性的吧？你们可不可以保佑我心想事成、美梦成真呢？

慢慢地，他的双眼就模糊了，还出现了幻觉，好像张永蓉正从一片云天下的山道上向他跑过来，清亮的声音在亲切呼喊："大奎——大奎——"

甜美地呼喊越来越近，越来越入耳！

他猛然一惊地睁开眼睛，张永蓉已站在寨门前丈多远的道口上。满装情殇的眸子，是那么的清纯与无瑕，同时也流露出满腔地执着与坚毅。

程大奎刚叫出"永蓉"，两人就冲到一起紧紧地拥抱着。心有灵犀中，泪水"哗哗"直往下淌。这世俗的羁绊，让他们在无奈中直想获得挣脱，但同时又感到巨大的压力和自身力量的微弱，难于去为自己的爱作明火执仗地对抗。那个时代里，他们的对抗就只有两条路：一是私奔，二是自杀。

张永蓉轻轻松开手，然后用注满深情的双眸望着程大奎说："大奎！上回我说要做你媳妇，你还没回答我，今天我就是来问这个事，你愿不愿意？"

程大奎抬起手背擦过一把泪眼说："我就是想你做我的媳妇。上回本来就想找机会对你说，没想到出门那么久才回来。昨天妈妈说你许配给了袁仁贵，我一晚上就没合眼，我不敢想你不做我媳妇我啷个活得下去！"

张永蓉欣喜地问："那你是爱我的啰！"

程大奎没感到有何难为情，他坚定地说："是的。我爱你！我只想你做我的媳妇！"

张永蓉斩钉截铁地说："大奎！我只要你这句话就够了！"

程大奎极显忧郁，他无可奈何地低声说："你说够了又怎么样呢？'父母之命，媒妁之言'，白纸黑字，你改变得了吗？"

张永蓉望过一眼大宁场后，就把头依偎在他怀里说："我只要做你媳妇，其他的我管不了那么多！"

程大奎力不从心地长长叹了口气，要张永蓉成为自己的媳妇，他感到何止千难万难啊！

良久过后，是张永蓉誓言般的回话让他感到了些许慰藉："大奎！我请老天作证，除了你我谁也不得嫁！"

在程大奎的泪珠子再次滚落出来的时候，张永蓉转身就向大宁场跑了回去。程大奎感到自己不知是哪世修来的福分，值得张永蓉如此深情的相爱。他转头望着王聪儿，这长宽约五丈，高约六七丈的王聪儿，恰如一方沉重的方印压在他的心头。这座百莲教大起义时由王聪儿建起的寨子，看起来已显出历史的沧桑，但那悠悠岁月留下的斑驳历史，便深深地烙印在程大奎的心头。他曾经纳闷，一个女流之辈，为给丈夫报仇和反抗官府的残酷压迫，为什么就呼卷起那么大一场风云呢？虽然朝廷说她是反贼，但在民间却视她为英雄。特别是这个大宁场里，还有人把她当成神，逢年过节的时候，居然有人上到这里来烧香燃烛祭拜。多半是她那敢于同命运作抗争，不向权贵所屈服的精神感染了大家。受人敬重的王聪儿虽已被历史的岁月所淹没，但她的灵魂依稀在程大奎心中得到复活，并完全体现在张永蓉的身上。

他转身跪在寨门前，双掌合十虔诚地向王聪儿祈祷，让她保佑自己同张永蓉能有情人终成眷属。他把汉乐府民歌"上邪！吾欲与君相知，长命无绝衰。山无陵，江水为竭，冬雷震震，夏雨雪，天地合，乃敢与君绝"默念了一遍又一遍。并企盼《梁山伯与祝英台》的悲戚故事，不要在他和张永蓉身上重演。

5

单说退婚谈何易

一天下午，闷闷不乐的张永蓉信步去向周先生家，本想向自己的先生吐露点儿什么。正进门的时候，恰巧同拿着齐眉棍从周先生家走出来的袁仁贵碰个对面。袁仁贵脸一红，头一低就侧身快步出去了。哪怕他刚跟周先生练过棍棒，但一点儿也没看到阳刚之气的英武，倒像个柔弱女子那般的羞怯。见过他的这副样子，张永蓉感到老天爷根本就不是把他和自己配成了一对，只不过是在这个时候开了个玩笑而已，她对退掉这门婚事的决心更加坚定了。于是她忙转身过去叫住袁仁贵，把他约到清静的神皇庙前，就把自己的牌摊了出来。

"二师哥！"张永蓉显得极有礼貌，她不能当即就去伤害他，他爱自己毕竟没有什么大不了的错。于是就接着说："谢谢你看得起我，来向我家提亲。可是我对你除像哥哥一样的尊重外，真是动不起感情来。我想跟你说的是，你取消我们的婚约好不好？天底下三条腿的克蚂（青蛙）找不到，两只脚的姑娘多的是，并且个个都比我强，比我美。何必要找我呢？你就别高眼看我，去找别家般配的千金小姐吧！"

"师妹别恁个说"，袁仁贵脸色铁青嘴唇发紫地紧张说，"我们不仅是青梅竹马，而且还门当户对，我们的姻缘说得上是天作之合。我娶你是想了很久的事，更何况你们家已纳了聘，有父母之命、媒妁之言，你就不要拒我于千里之外吧！"

"我知道父母之命、媒妁之言的道理，但是我心里不爱你，即使我们成了亲，那也是不会幸福的。合不来就可能三天一大吵，两天一小吵，如果是那样还有什么意思呢？"

"我的脾气好，和你吵不起来！"

"不是脾气好坏的事，是两个人的心根本就印不在一起。一厢情愿的，既害你，也害我。"

"我贴到心喜欢你，怎么能放得下呢？你就试着喜欢我一回行不行？"

"不行！二师哥，我下跪求你别娶我好不好？"说完，张永蓉就向袁仁贵跪了下去。

"永蓉！"袁仁贵的泪水流出来了，他痛彻心扉地说："不管你嘟个求我，我都不会放弃要娶你，除非天塌得下来！"话一说完，袁仁贵平生第一次显得极有骨气地转身就走了。

一屁股坐在地上的张永蓉仰面朝天"啊啊"大叫了几声。她恨不得冲上去给袁仁贵狠命地一顿教训，直到他同意退婚为止。可是，这极端的想法完全无济于事，她感到，做人是个无比麻烦的事，从来到这个世界上，许多事情就不能由自己做主，并且条条框框总是把人束缚得没有半点自由的空间。眼下看起来自己是无忧无虑的，但实际上已让世俗的条款把自己绑架了。要坚强的抗争，真有登天般的那么难！牙关紧咬中，张永蓉决心要去抗争这一回，即使和程大奎结不成伉俪在人间相守，也要做梁祝化蝶在世上飞一回。

张永蓉心力交瘁地去到渡口梯台坐下后，就眼直直地望着程大奎的家。那来来往往的人流和南腔北调的喧闹，并没有让程大奎的家门打开，程大奎运盐出去没回来，她只想与他约定快快去私奔。如果这样既影响名声也会给家人带来伤害的话，她就幻想再涨一河大水把自己卷下去，让程大奎再来抓住自己，可不是在前河湾叫人把自己救起来，而是随光屁股的程大奎冲出大宁河，冲出大三峡，到一个无人打扰的地方和程大奎生活下去。若干年后带着儿孙回来的时候，人们也许会送来惊喜和祝福。那时她已人老珠黄，就是想嫁给袁仁贵，人家都不得娶。这个幻想中的笑声让张永蓉又回到现实来，她不知道接下来的步子该如何迈。

心急如焚的袁仁贵可让他爸爸袁世忠给张永蓉设计了步子，决定在两个月内选定黄道吉日把她娶过门。袁世忠之所以这样决定，完全是因袁仁贵的催督。袁仁贵怕日久生变，只想立即把张永蓉娶过来，一旦生米煮成熟饭，他便揣摩张永蓉也不可能吵到啥子程度去。于是，在那天同张永蓉分手回家后，忧心忡忡的他就向袁世忠提出要求，要把张永蓉即刻娶过门来。问明情况后，老到的袁世忠就在心里盘算起来。要是张永蓉贴到心不乐意，一旦娶过门真的三天一大吵，两天一小吵又当咋办呢？总不能像平常人家给她一顿毛捶呀。就是能毛捶，她家有财有势的，能闲视袁仁贵虐待她？本来张家就把这个掌上明珠娇惯得没什么家教，张野的性格一旦撒泼起来，袁仁贵自当就是她的下饭菜。"人闹败，猪闹卖。"若把一家人闹得鸡犬不宁，那不是找坨炭火拿在手上，不巴到烫才怪哩。如果不是想用联姻的办法去打张家盐营产业的主意，他坚决就不会同意这门亲事。现在张永蓉向袁仁贵摊牌了，如到时她不能同自家合成一条心，所有的梦想就会成水中月和镜中花。思索阵子后，他还是抱着侥幸心理同意袁仁贵的意见，先把她娶进门后再说下文。但在时间上不能太急，总还得给张家留个合理的筹备空间，毕竟人家是高门大户，可不是任由自己性子转的。于是父子俩决定让媒人去送个口信，两个月左右就娶张永蓉过门。

"男服学堂女服嫁。"张克贤没加多想，就同意两个月内让袁仁贵与张永蓉成亲。

知闻这个决定，张永蓉又闹开了。她先是向妈妈哭个没完，想要妈妈去跟爸爸说别这么忙，再说自己根本就看不起袁仁贵，如嫁给他就是在把女儿往火坑里推。作为在丈夫面前没话语权的妇道人家，除了陪着女儿哭就是哭，其他任何办法就没有。于是，张永蓉又找到哥哥张永东，求他想法帮自己一把，并给爸爸说坚决不嫁给袁仁贵。张永东虽然对她心疼，但他认为这门亲事没什么不妥，反道对她劝导了一番。他说撇开门当户对不说，就凭对袁仁贵知根知底的了解和袁仁贵的人品表现，认为是配得上妹妹的。更何况从古至今婚姻都得遵循父母之命，媒妁之言，哪能由其自己呢？作为女儿家，就得遵从父命，恪守妇道。怎能由其性子辱没家风呢？在最后说上别闹并叮嘱她快快准备婚事后，就到周先家练拳脚去了。

绝境中的张永蓉还是硬着头皮去向爸爸张克贤道出来心声，张克贤在痛骂她一通后，见她还不服从，气冲牛斗中，就狠狠扇了她一耳光。长这么大还是张克贤第一次打她，并且打得如此之重，晕倒在地半天就没爬起来。

张永蓉醒来的时候，身边没有任何人来向她伸出怜悯之手，就是最心疼自己的妈妈也不在。她简直就孤独极了，完全感到就是这个世界上多余的人，死活全然不会有人牵挂在心头。要不是心头有程大奎强大爱情的支撑，张永蓉真的就有立马死去的勇气。好在阳光从窗口射了一缕进来，她才没感到那么凄绝。她目光凝滞地扶着椅子站了起来，所有泪水的阀门全关上了，脸上除留下怒放的愤懑，就是不屈不挠的叛逆。

不嫁就是不嫁，她决定用自己的坚强和对程大奎的钟爱，让张袁两家热衷自己婚事的人到时去捶胸顿足，一切的忙活全是"提篮打水——一场空"。

可是，袁仁贵没有这么认为，在为婚事忙活的喜悦中，再没见张永蓉去找他，完全以为张永蓉屈服了。他乐在心头自语："就是嘛！我袁仁贵这般的家庭和如此的俊才不嫁，你张永蓉要去嫁谁呢？除达官贵人外，自己就是天底下可以托付终身的最好男儿！"

过了一些时间，张永蓉没找他，他可就想去找张永蓉了。以便做个沟通把那回的心头疙瘩解开，把心里的不乐理顺。要是她一直把不中意闷在心头，娶过门就吵吵闹闹，那就输"烙铁"了。张永蓉在对他突生的痛恨中，根本就不想再看他一眼，她只想让他哭，让他在大宁场把脸丢尽。她决定在走投无路的时候，就走极端，说她已让程大奎给他戴了绿帽子，看袁仁贵还敢不敢娶自己。什么要遵守"父母之命，媒妁之言？"这时对张永蓉来说就是屁话。为了真爱，她把命和脸都不要了。倘若到了那一步，大不了动个家法，或是同程大奎私奔。这只是她做的鱼死网破的最坏打算，究竟怎么办，还得等程大奎回来商量再说，毕竟这是两个人的事。

6

同病相怜指迷津

自猫儿寨与张永蓉痛别的第二天，程大奎就同他爸爸出门了。他坐在船尾目不转睛地直把大宁河死盯着，半句话就不对人讲，神不守舍的样子差点把大家吓一跳。易麻子大伯不当紧时就笑他是在害相思病，心情沉重的程传绪更知道他相思的是谁。船到巫山龙门靠岸后，程传绪怕程大奎在三峡里因情梦难圆做出傻事，于是就上岸去刘府找到刘总爷，想把程大奎交给他调教几天，以便让他知道一些人情世故和江湖规矩。作为江湖老大，这是巩固和扩展势力的一项要举。若是把人调教得有转变，好歹也算功劳一件，更何况程夫子又奉给了调教费，不答应可是说不过去的。于是，他就叫人同程夫子去把程大奎接了上来。好在二总爷刘道衡不在，要是在，程大奎一定得与他较量一回，兴许会把心中的所有不痛快全发泄在他的头上。若是那样，程大奎一定就不会有好果子吃。

刘总爷轻蔑地见过他后，就让一个叫黑娃子的手下去拿他拟定的《江湖序规》读给程大奎听。黑娃子拿过来没递给刘总爷，而是站在程大奎面前结结巴巴地念起来。听得着急的程大奎一把就把《江湖序规》夺过来自个看起来。刘总爷把水烟杆往桌上一搁，不高兴地对着程大奎说："你娃儿怎么是这个脾气呢？你抢过去能把上面的字认出来？"

程大奎没有搭理他，只顾翻页往下看。不高兴的黑娃子趁势就挖苦程大奎是"狗脑壳长角——装羊（样）。"

"外行看热闹，内行看门道。"是读书人的刘总爷脸上渐渐就表现出惊奇。从眼神和动作看，程大奎可是有些学问的读书人。他止住黑娃子的说话，就静让程大奎在自己面前去把《江湖序规》看完。良久过后，读完《江湖序规》的程大奎态度陡变地问刘总爷："刘总爷！这《江湖序规》是你写的吗？"

刘总爷还没开口，黑娃子就抢过话说："不是总爷写的还是你写的吗？真是'推屎爬戴眼镜子——假装地理先生。'"

程大奎没有还嘴，刘总爷就先发问："你明白《江湖序规》上的道理吗？"

"你写得真好！"程大奎诚服地点着头说："这之前，我对江湖的理解以为就是些拜把子讲的一点义气，没想到江湖还有这么广博的道义。"

刘总爷换了副和颜悦色的面容对他说："没想到孺子可教！"说完这句话，刘总爷就想细知程大奎的底细。先是问他向谁识的字，接下来又问了些四书五经中的道理。闻程大奎是名享川东周先生的弟子，也就另眼相看三分。加之对四书五经对答如流，有些地方还阐述出独到见解，很是对刘总爷的口味，与第一次烙印的那个桀骜不驯且又缺乏家教的野娃子判若两人。为什么有这么大的反差呢？刘总爷又向他问起来。程大奎说是因二总爷那次辱说他是"火卵子"才生的气，所以拜见刘总爷时才表现得没教养。刘总爷哈哈大笑说："背时的老二一辈子就改不掉粗鲁性格，还把大奎比成火卵子，真是好笑死人了！"

见刘总爷和颜悦色下来，程大奎才消除心头畏惧。可是畏惧是消除了，但那分销魂断肠的相思直让人一眼就看得出来。几天时间里，刘总爷在教他做人道理和少时谈论诗文中，半句话就没去触及他心中的秘密。可是一天早晨，来到大厅给刘总爷问安时，就看到他双目肿胀得像黑桃，眼球布满血丝，红红的眼睛像是三峡里燃烧的红叶，一时半会莫想熄灭得下来。话到嘴边的刘总爷忍住没有问他，知道他一定是有一腔相思在心头，因为刘总爷至今也还怀揣一个痛。刘总爷拿上鱼竿，把他带到长江边的一块沙滩上坐下后，就抛出只拴着一坨小石头的钓线钓起鱼来。在大宁河里，他没少钓把把鱼，（就是把蚯蚓用线穿成一把，拴在一根两尺多长的竹竿上，去一膝深的水中把竹竿伸进河里，如有鱼扯就提出让其落在准备好的篮子中。）看刘总爷这么既没栓鱼钩又没串蚯蚓的钓法还是第一次，可这并没有引起他的好奇。他只是坐在江边盯着追逐的水鸟和成对鸳鸯把那分情爱演绎得无比的荡气回肠，怪不得古人用"在天愿为比翼鸟，在地愿为连理枝"来形容男女之间那分海枯石烂的爱情了。他想：若和张永蓉是那双双水鸟和对对鸳鸯该有多好啊！就在他的思绪斩不断理还乱的时候，刘总爷就问："大奎！你心里是不是装上人了？怎么这样牵肠挂肚的神不守舍呢？"

程大奎没想把秘密说出来，因为相思之痛是没多少人有共鸣的。他便搪塞地说了声"没有。"

"唉！"刘总爷叹了口气说："人世间一切就好，就是那个情字够人折磨。"

为让程大奎把心中的秘密说出来，刘总爷率直地就向程大奎讲起自个情梦未圆的故事来。那是二十岁的那年，喜欢到长江边钓鱼的刘总爷看上了一条打鱼船上的姑娘，为得到姑娘芳心，他每天就把船上打到的鱼全买了。没几个初一十五的眉来眼去，两人就心有了灵犀。月明星稀的一个晚上，便同位姑娘私订下终身。正待他上四川回来准备去提亲时，姑娘的父亲就把她许配了人家。姑娘曾不同意，并还告诉了与刘总爷私订终身的事。她父亲为怕丢脸，就强行要把她嫁出去，以便在刘总爷没回来之前把生米煮成熟饭。出嫁的那天，肝肠寸断的那位姑娘跳进长江永远就没再露身出来。她与刘总爷的青春之恋就昙花一现的做了个短暂绽放。回到巫山的刘总爷得知这个消息，便在这个江边万念俱灰地跪了一天一夜。自此以后，他每个月就要来这里钓一天鱼，希望姑娘能从打鱼船上跳下来，从涌流的江水中浮上来。每每是在夜深人静的时候流上一通眼泪后，才一步一回头地向城里走回去。几十年的相思，一刻就没从心头放下来。抹过一把眼泪后，刘总爷就叫程大奎讲讲他的故事，对同病相怜的人没什么话不可以说。

"问世间情为何物，直叫人生死相许。"心情更显沉重的程大奎终于向刘总爷敞开心扉，就讲起他与张永蓉的爱情故事，并断定最后的结局弄不好双双就和那位为刘总爷殉情的姑娘一样，将在人们心头留下深深的遗憾。但程大奎不想就这么向命运屈就，他要做出应有的努力，只想同病相怜的刘总爷能出个主意帮帮他。

有了"父母之命，媒妁之言"的婚姻，刘总爷也想不出什么好办法。但不管怎样，他认为千万不可往绝路上去走，毕竟人的生命是最宝贵的，一旦失去，就永不再来。他垂着头想了会儿后，就说出了"私奔"二字。程大奎说自己放心不下父母，私奔不是他想要的结果。刘总爷说他连死的想法就有，未必私奔就比死还艰难。望着语塞的程大奎，刘总爷就语重心长地说："你们可以这么办。"刘总爷指点出迷津，这也是唯一的也可能是最好的办法。"你到宜昌下面去找个栖身的地方，然后再回来叫张永蓉玩失踪，让他趁人不知就悄悄去那里安顿下来。这样不与外人道的相守在一起，有谁知道是照样在大宁场来来往往的你与其私奔了呢？"

　　这个办法虽然让人兴奋，但程大奎还是在心里犯起愁绪，自己哪来的钱去找那么个地方呢？看出来难处的刘总爷表示愿意借给他银子。没想到爱财如命的刘总爷还对同病相怜的程大奎这么慷慨。程大奎说等他回大宁场去与张永蓉商量后再去这么办。

　　同样饱受相思之苦的刘总爷下午才带程大奎回刘府。虽然一无所获，但程大奎心头确感到了些许踏实，他直等爸爸程传绪返程时，再随其回大宁场去理落他的心头事。可是事不凑巧，当天晚上，程大奎就莫明其妙的病倒了，那病的来势可不轻松，直让刘总爷费尽心血。就是在程传绪他们返来巫山时，程大奎正病得起不了床。程传绪没立即回大宁场，只托易麻子大伯回去向黄秀碧捎个信，等程大奎病情好转后再回大宁场。

7

突生枝节险丧命

见程大奎久不回来，可急坏了张永蓉，因为袁家定的婚期就只剩十几天时间了。究竟是与程大奎私奔还是采取别的什么行动，自己一人怎么做主呢？在她大着胆去向黄秀碧打探消息得知程大奎病倒在巫山时，顿时就感到身上像浇了一盆凉水，从头直凉到了脚。她直想长个翅膀飞到巫山去看程大奎，并从此就与他私奔到一个没人知道的地方生活下来。从黄秀碧说的情况看，几天时间程大奎是回不来的，一旦到婚期该怎么办呢？未必就坐等嫁到袁家去？那肯定不行，就是死也不得嫁过去。张永蓉在心里盘算，在向妈妈要些私房钱后，就决定悄悄启程去巫山找程大奎，一是去看他，二是干脆就和他私奔。可是，像是命运故意要同她开玩笑，当天半夜的时候，袁仁贵口吐白沫，高烧不退，慢慢就开始胡言乱语，一副即刻殒命的样子，可把袁家老少吓坏了。于是忙找来端公驱邪避鬼，经一夜闹腾，袁仁贵的病情仍没半点好转。没招的端公就瞎编说要冲喜才能解决问题。用什么方法冲喜好呢？急坏的袁世忠可就想到婚事是最好的冲喜。痛哭流涕中就去找张克贤，欲立即把张永蓉取过去。没加多想的张克贤当即就同意了，只说稍做准备就叫袁家用花轿来抬。去叫换装的妈妈向育梅把情况告诉张永蓉，就像当头一个霹雳，直把张永蓉惊了个目瞪口呆，半晌才回过神来。她径直去向客厅，就跪在地上对张克贤说："爸爸！你就这样草草地让女儿嫁过去，我就是那么一文不值去为别人冲喜的东西吗？就算是个一文不值的东西，也当为我未来的日子着想啊！"她擦过一把倾落的泪水，直不理解地又说："别个袁老爷就知道顾他的儿子，你就不心痛你的女儿？要是袁仁贵有个三长两短，女儿一嫁过去就守寡，不是把女儿害一辈子吗？无论如何，今天是死我也不嫁过去。"

怒发冲冠的张克贤起身过去就扇了张永蓉几个耳光，眼冒金花的张永蓉差点又晕倒过去。她感到爸爸太绝情绝义了，她就像消失了父爱的鸟，可怜得不知飞向何方。孤立无援中，她站起身就冲到梯台渡口，只把程大奎家望过一眼后，没加思索的就跳进了大宁河。

张克贤没有跟着追出去，只叫张永东去把张永蓉拉回来准备穿上新娘服等袁家来娶。没太在意的张永东刚迈出大门，就看到妹妹跳进了大宁河。慌神的张永东来不及多想，冲过去跳进水中就去施救。可是钻下水摸了两次，张永蓉的半点影子就没找到。在张永东把着堤岸绝望呼喊的时候，听到吼闹的张克贤才跑出来看究竟，听说女儿跳了大宁河，并看到张永东在水里绝望的呼喊妹妹，他脑壳一嗡地倒在地上就人事不省了。冲出大门的向育梅没去管张克贤的死活，也一下跳进大宁河准备跟女儿一块去。因为失去了娘的心头肉，向育梅也就不想再活了。要不是张永东在水里快速救起他妈妈，张家真的就要出人命了。

张永蓉跳下河的时候，正在船上换纤绳的易麻子大伯大吃一惊，他没去想这是发生了什么事，只认为救人要紧。凭在水上漂浮多年的经验和张永蓉的手在水面抓过两下随水流动的速度，他断定可不是在原地救得到她的。所以张永东跳下水完全是一通瞎忙活，照此救人最终只得到大宁河的下游去收尸。算准距离的易麻子大伯扑腾一下就跳进河心，再下潜到两米深的地方，借着清澈河水的模糊视觉，就把张永蓉拦截下来，在带出水面的时候，就已冲到象鼻滩。易麻子大伯把张永蓉拖上岸倒出喝进的大宁河水后，才叫看热闹的人去通知张家的人。

要不是周先生和黄秀碧去张家挺身张罗，为一家寻死觅活无计可施的张永东真还腾不出个手脚来。他爸爸晕倒一直不醒来，不肯换干衣服的妈妈坐在床边拉着张永蓉的手只是哭。周先生没让人去请端公，而是叫来郎中把脉为张家父女取药诊治。他清楚病是医好的，不是端公跳好的。出了这等大事，他又有些气恼地去叫袁世忠请郎中给袁仁贵诊治，若再这么瞎胡扯，定是喜没冲就要丢掉袁仁贵的性命。

看到张永蓉不愿为他儿子冲喜闹出的这出大事，袁世忠也只得作罢下来，请郎中是此时心生怨愤的他唯一的选择。

张克贤醒过来的时候，周先生就责怪他不该听冲喜之说而做出如此荒唐的决定。要是真出人命，那冲出来的就不是喜，而是后悔不及的悲痛。再说张袁两家都是大宁场里的大户人家，是大家关注的楷范，要是都不讲体面听任谬说去办事，今后大宁场就要乱套了。今天差点把张永蓉逼上绝路，暗地里定不乏有人对他张老爷频加议论和指责。

在黄秀碧的精心照料下，张永蓉觉得心里有了踏实的依托，除她妈妈和周先生外，其他任何人就拒其探望，更不想再听到有人去说起那桩叫人痛恨得咬牙切齿的婚事。

起床的那天，张永蓉对黄秀碧说想搬到她家去住。这怎么能行呢？在好一番劝导后，张永蓉才把两人知道的秘密作罢下来。她说她天天就要到猫儿寨去等程大奎，如他回来，就叫他上猫儿寨去找她，黄秀碧当然应承把话一定转达到。

一天中午，程大奎同他爸爸刚回家里，黄秀碧就把张家发生的事话了一通，在支开程传绪后，黄秀碧就对程大奎悄悄说张永蓉在猫儿寨等他。心头一酸的程大奎转身就向猫儿寨跑上去，他要去为差点生离死别的心上人做个贴心地慰藉。

猫儿寨上，张永蓉看到的大宁场与程大奎看到的并无两样，更有甚者，大宁场里的人流量更大了，那沿河的十里长街早已无法容纳，于是在靠山的陡坡上，鳞次栉比层层叠起好多简单的房屋来。那每间房要向县衙月交税厘五纹钱，成百上千间的，该是县衙多大的一笔收入啊！除此之外，只要大宁河不涨水，不时就有外来人在河滩上长蛇阵似的摆上地摊，把玉石饰品和小玩意直向老人、妇女和小孩不住嘴地推销，要不了一阵子，就会揣着银钱心满意足地离开。特别是那些耍猴把戏的人，一潮换一潮的在河滩上摆出阵式，锣声不绝中大喊大叫有钱的捧钱场，无钱的捧人场。终于也在最后的一声锣响后，牵着几只猴子在大人小孩的尾随中，上到堤坎去了他们认为该去的理想地方。可张永蓉在想，有谁来给她捧人场？自己该去的理想地方又当在哪里？正在迷疑之际，程大奎突然出现了，她一下就冲了过去。

泪流满面中，程大奎半句安慰的话就没说出来。他理解情之所至的关键时刻张永蓉为什么要去以命相拼。他不愿为那个生离死别再去挑开张永蓉的创痛，而是急切地想同她商量接下去该怎么办。他摸着依偎在怀里的张永蓉的头，就把刘总爷指点的迷津对她讲了出来。张永蓉已不愿再等程大奎去宜昌找好地方回来让她去玩失踪，当想到病愈的袁仁贵又定的婚期，这个她心目中的魔鬼直把她烦透了，只想立即就离开大宁场这个地方。她决定快刀斩乱麻，一两天中就玩失踪私奔出去再说，以免让天天逼近的婚期像刀子在她心头割。主意拿定的张永蓉决定晚上去向周先生道个别，并想在自己失踪后，恭请周先生择机悄悄去做她爸爸的开导，毕竟这个不光彩举动，会把她爸爸的心伤透。

夜虽然如约到来了，在张永蓉心中感到比那天就来得晚。等得极显疲惫的张永蓉进到周先生的客厅，一膝就向周先生跪了下去。周先生被这个小弟子的举动惊呆了，他忙去拉张永蓉，并问她这是为何？没有站起来的张永蓉又给他叩了三个响头，然后才回答说："自爸爸把我许配给袁仁贵，我心里就没高兴过一天，因为我半会儿就没喜欢过他。前些时间，为不让爸爸那么快就有丧女之痛，我就在想着怎么办。可是后来事发突然，我就不想活下去了。"说到这里，张永蓉就摸去挂在腮边的泪水，脸上显露出异常的坚定说，"我坚决不嫁给袁仁贵，我知道唯一的办法就是在这个世界上消失，如果不死就得找个地方躲起来。我觉得再去寻死不值得，我决定选择后者。我不想让其他人知道，我只想对周先生你个人说。同时想请你过些日子找时机去劝慰我的爸爸妈妈，我的行为对不住他们。他们可以忘记我，只当没生我一样。过些年后，如有机会我再回来看他们。"

周先生拉起张永蓉让其坐下后，才满面疑云地问："永蓉啊！你爸爸给你订的这门亲事有什么不可以呢？门当户对且不说，就袁仁贵讲，他人心地善良，忠实厚道，从不惹是生非，应该说没什么可挑剔的呀？"

张永蓉把目光移开了说："老师说的本来是这么个理。但是，当我想到要和袁仁贵成亲，我的心里就像火在烧，一股死的念头怎么就浇不灭。反正我是向老天发过誓的，如嫁他，就跳河。"

对于这个小弟子，周先生知道她是刚烈的，前些天演出的生死一幕，就是最好的证明。可是，她为什么会这样呢？思索一会的周先生才问："你心里是不是另有人了？"

就这一问，张永蓉低着头半晌就没有作声。

周先生接着说："如果你不把真实情况告诉我，我到时如何去劝慰你爸爸妈妈呢？"

张永蓉缓缓把头抬起来说："我来之前就是要把真实情况告诉老师，可是面对老师又不知道如何开口。"

周先生安慰说"你准管对我说，先生一定为你保密。"

张永蓉鼓起勇气对周先生说："我爱程大奎！已和他私订终身，我要和他私奔，只是还没找到去处。"

周先生叹了口气说："这都怪我这个先生没把你们教好啊！居然让你们做出违背礼数的事，真是有辱斯文，先生还要跟着你们戳脊梁骨哩！"

张永蓉再次跪在周先生面前说："周先生！我们对不起你！但事已至此，说再多也属多余。但我请先生为我保住这个秘密，给程大奎留个脸面，我们永远就不忘这份恩德！"

话一说完，张永蓉又向周先生叩了三个响头，然后站起身就向外面走。

周先生认为两个弟子的决定非常草率，事情应该冷静地想办法，或许还有意想不到的转机。他忙叫住张永蓉说："永蓉别走，先生有话说。"在张永蓉停下脚步时，他才走过去接着说，"你们都是我的弟子，我本不该来插这个手。既然你和大奎两情相悦，我就认可你们的选择。我建议你们冷静几天，看先生能否为你们帮得上忙，如到时没有办法，你们的路怎么走都行，现在的选择可不是个上策。"

在张永蓉面生难色的时候，周先生就悄悄向张永蓉出起点子来，并叮嘱她千万沉住气。

得到如释重负的上策指点，张永蓉才让周先生把自己送出大门外。

8

邀赴饭局释疑团

一天上午，周先生请来袁世忠父子做客。在袁世忠和袁仁贵来到客厅时，周先生的客厅已坐着两个人。周先生忙向袁世忠介绍，说左边的那位叫灯影大师，右边的这位叫台柱师傅。他们都是周先生的老朋友，今个来自武当，路经此处去青城山论道。双方拱手礼毕后，就摆起来龙门阵，氛围极显和谐，直到摆好酒席的周先请大家上桌才打住下来。

酒至三巡的时候，周先生又向袁世忠进一步介绍灯影大师识面相，通八卦，善演《易经》，被世人尊称为活神仙。

听这么一说，极其迷信的袁世忠忙恭敬请灯影大师看自己的面相和断袁仁贵的未来前程。

灯影大师推辞说："袁老爷富裕昌隆，贫道那敢妄加胡言？"

经再三请求，灯影大师总是推辞。起了疑心的袁世忠就请周先出面求情，好让灯影大师给自己看个明白。

在周先生帮助说情后，灯影大师就叹了口气说："今天坐在这里的都不是周先生的外人，如说真话，又怕惹起袁老爷不愉快，不说真话，又对不起老朋友。袁老爷还是另请高明吧！"

听这么一说，惊出冷汗的袁世忠更是虔诚地要请灯影大师不吝指点，周先生也继续地跟着打总成。

灯影大师望着虔诚的袁世忠说："袁老爷面青唇紫，目黄无光，此为异兆。近日定头晕目眩，日喜暴怒，夜生盗汗，心悸力乏，噩梦不断，嗜渴难忍。"

袁世忠惊叹道："哎呀！大师真是活神仙啦！说得一点就不错。特别是近日，常感到有什么大事要发生，并且还有快要死的幻觉。大师一定要帮我化解呀！"

灯影大师说："这个事要从两个方面来配合。一是做法，这个我自会为你解决，无须袁老爷费神。二是请袁老爷自解。"听到这里，袁世忠连连点头表示一定按大师指点办。停顿下话题的灯影大师再次望过袁世忠两眼后，才又接着说，"先是要避谷。从现在起，应少吃辛辣油腻酒食之物，尤其饭不能过量，酒不可贪杯，欲不能过度。多动于山川，吸纳天地之灵气以壮精神。再跟着辅之以药物调节气血，不日定有其功效。"

周先生笑着说："你这哪里是看相呢？分明是郎中在给别人看病哩！"

灯影大师说："人是立世行为之根本，精气神出了岔子，犹如堤生蚁穴，厦朽支柱，岂不危险？"

周先生说："我见过多少面相卜爻的，大都是对未来的事说得玄之又玄，并不像你这样从根子上去断人事理，你真还是个不多见的活神仙哩！"

听过恭维话灯影大师爽心地笑着说："'审堂下之阴，而知日月之行，阴阳之变；见瓶水之冰，而知天下之寒，鱼鳖之藏。'天地万物，皆有规可循，谁都跳不出这个圈圈，只要稍加留意，就不难理断。"

在周先生点头的时候，对他们开论大道听得云里雾里的袁世忠又对灯影大师说："我的事就按大师说的办。现在还请大师看看我的运程和我儿子的前程。"

灯影大师满饮下一杯说："普天之下，盐之有味，餐餐必用，是个历久不衰的营生。只要中庸守信，袁老爷财源广进的运程无须理论。只是这仁贵。"灯影大师没再往下说，若无其事地夹上菜直往嘴里送。

袁世忠急不可耐地催问："大师？仁贵的前程怎样呢？"

灯影大师向台柱师傅望了一眼，然后就对袁世忠说："你问台柱师傅吧！"

袁世忠忙叫袁仁贵同他一齐向台柱师傅敬酒，恭请他指点迷津。

受敬的台柱师傅放下酒杯说："既然大师点名了，我就献一回丑。"他专注地望着袁仁贵，似乎已有什么东西让他成竹在胸，他又接着说，"从袁少爷的气色上看，突显喜中带忧，定凶险不断，笃绊甚多，得千般提防。"

周生先接嘴说："仁贵几个月前才订上亲事，现正还生着喜气哩！"

袁世忠接着说："是的是的。"

台柱师傅说："我说的就是这个姻亲之喜。"

袁世忠说："这亲事有什么问题吗？"

台柱师傅显出深不可测的样子说："这个就不敢妄断了。"

袁世忠说："请师傅直言，我绝对不得怪你。"

周先生也跟着说："台柱师傅就好好给袁仁贵看一下吧！"

台柱师傅看到袁世忠极有诚意，就对袁仁贵说："来我两个划三拳，你心里想着这个事，每拳任由你出几个指拇。"

三拳过后，台柱师傅说得到了一个卦。他推断出的卦辞是："上下不合同，劳而又无功。从此埋积怨，人财两路空。"

听这么凶险的一说，袁世忠忙问："那这门亲事是不吉啰？"

台柱师傅说："岂止是不吉，简直就是大凶。"

急躁起来的袁世忠对袁仁贵嚷道："这事该找人去合个八字，早知不吉，就不该去提亲。"若有所悟的袁世忠接着就对台柱师傅说，"自订婚不久，无缘无故的袁仁贵就生了场大病，差点没有好过来。在与张家商量接张永蓉过门冲喜后，张家又差点闹出人命。要不是他们家一闹接去灾祸风头，多半袁仁贵的命就没有了。"

袁世忠认为他的断定是确切无误的，但关键的是接下去该怎么办？他不得不向台柱师傅问明白。他向台柱师傅添酒的时候，便又笑嘻嘻地问："台柱师傅说得点滴不差。如要避除大凶，我们该怎么办呢？"

台柱师傅没有卖官子，而是直截了当地说出了"退婚"二字。

袁世忠再没想用联姻办法去图张家的产业，如不避祸，定将是"偷鸡不成倒蚀一把米"。于是，他干脆利落地表态一定要退婚。

听说要退婚，袁仁贵急着还嘴说："我喜欢张永蓉，我就不退婚。"

袁世忠一脸不高兴地说："你不同意退婚，想家破人亡人财两空吗？"

"不退就是不退，反正我不退。"话一说完，袁仁贵起身就冲出去了。

见此情形，袁世忠忙赔礼说："这娃儿不懂事，还请大师和师傅别介意。"

台柱师傅微笑着说："本来吗，'宁撤一座庙，不毁一桩婚'。看到袁老爷这么虔诚，我们只得实话实说，至于信不信，就得袁老爷自己去拿主意了。"

袁世忠深信不疑地说："这事我信，我回去就找媒人去说退婚的事。"

灯影大师掐指一算说："这事不能急，从情形上看，即将引火烧身，必成大凶之相。我看不出半月，吉人天相，自有解困之机，你可得抓住。在处理好这事后，忙给少爷圆房一个媳妇，其灾自消，颠簸自平，并获利自甚，心想事成。"

袁世忠千恩万谢后，就回家去等那即将出现的解困之机了。

半个月时间真是度日如年的才到来，袁世忠正把灯影大师说的时机等得心急火燎的时候，媒婆就急匆匆地跑来找他。说："袁老爷，出事了，张永蓉清早要我来说，他不愿和少爷成亲，如袁老爷一定要让她和袁少爷成亲，她就自寻短路，并要我三天后给她回话。"

袁世忠在心头的暗喜中，就叫佣人去喊袁仁贵过来商量咋办。正在佣人回话到处找不到人时，袁仁贵一把鼻涕一把泪地就从外面要死要活的小跑进来。袁老爷忙问他为何弄成这般模样？袁仁贵却说是张永蓉刚找到他，说坚决不嫁给他，要他死了这条心。因为她与他不是一个笼子里的鸟，要他另选名门闺秀。如果执意要娶她，过门之日，就是袁家出丧之时。同时还说既然袁仁贵死心要娶她，她就拉上袁仁贵同她一起去向鬼门关，并说先要把两副棺材准备好。

听这么一说，袁世忠就怒发冲冠了。他说："老子袁家高门大户的，娶她又哪点配不上呢？居然说要备好棺材，简直就是对我袁家的不敬，这样没家教的东西我袁家瞧不起。"他把茶杯猛地砸在地上，接着一巴掌拍在桌上又说，"她要我袁家准备好棺材，那好！媒婆你去告诉她，三天后我们就去娶她过来，不管是活的还是死的。一句话，生是袁家的人！死是袁家的鬼！"

看到袁世忠生这么大的气，媒婆哪敢怠慢，忙应声快步了出去。

本来，在媒婆来告诉他说张永蓉不愿和袁仁贵成亲时，他本想借此就去向张克贤提出退婚，理亏的张克贤定无言可辩，表面上也伤不了和气。当听到袁仁贵说张永蓉与他不是一个笼子里的鸟时，他认为袁家受到了侮辱，还说要娶就准备好棺材，简直把袁家藐视得无法去接受。由此他就在心头咬牙切齿地想：既然你张永蓉喜欢死，那好！就把你往死里送一程。那一死什么都可以不了了之，免得还让自己去为退婚操心劳神。如三天后赖着不死，娶亲不成再持此理去向张克贤退婚也不迟。他极想利用往后的三天时间去逼张永蓉自行了断，以让张家人亡家破。如能达此目的，他的心头别说有多高兴。主意经打定，他就带着袁仁贵去县城谎说置办婚庆用品，以便把蒙在鼓里且充满期盼的袁仁贵的三天时光消磨掉再说。

得到媒婆的传信，张永蓉傻眼了。她忙去找周先生拿主意。周先生对袁世忠的这个决定感到非常意外，他在想是不是袁世忠看出了什么破绽才有这个反常之举？但他料定袁世忠没这个智慧。那他为什么又会这样呢？思索过一会的周先生终于明白了，是张永蓉说的要娶就准备好棺材的过头话激怒了他。稍有智力的人都想得到，既然你张永蓉要死，他为什么要去费力费神费唇舌去退婚呢？周先生只是叹息袁世忠的心太狠了点，居然把一条人命当儿戏。同时周先生还感到，袁世忠此回的醉翁之意，切忌莫小看，心里装的东西真还不简单。

弄清"一镬之味"的周先生对张永蓉责怪说："永蓉啊！你怎么去说那么没有退路的过头话呢？人家就等你三天后去死。你真去死吗？你为什么要在交代之外去画蛇添足耍小聪明呢？你看这回，差点因为你就前功尽弃了哇！"看过满面愧色的张永蓉，周先生叹了口气又说，"明天你就跑到舅舅家去玩几天，待事情转机后，我就叫人来通知你。"同时他再次又叮嘱张永蓉今后说话切不要那么绝，应留有余地。否则，许多事情就不可能有从头再来的机会。

张永蓉挂着自惹的不可舒展的愁眉，悻悻地朝门外走了出去。

9

意外姻缘一线牵

　　袁世忠带着袁仁贵去到县城，那热情接待的请吃请喝可谓应接不暇。可是，袁仁贵始终闷闷不乐，他只想快把婚庆用物采回去，以便三天过去把张永蓉娶进家门来。他认为张永蓉说准备棺材去娶只是个赌气话，自己在她心目中一定没有让她讨厌到那般地步。在对三天时光的焦虑等待中，他梦幻迭出，企盼尚多，完全没看穿他爸爸心头打上的那把如意大算盘。

　　心情酸溜溜的第三个日头快升起来了。起个大早的袁仁贵只想快快回到大宁场去，拟与张永蓉见上一面，然后动情地说服她高高兴兴嫁过来。就在催促他爸爸上路的时候，县衙里就来人通知袁世忠，说县大老爷周义方请他父子吃午饭。得到这个邀请，袁世忠是不得推辞的，因为这比前两天所有的迎进奉出都有面子。

　　近中午时分，袁世忠备上厚礼去到县衙，县大老爷周义方忙从客厅拱手迎了出来。他满面堆笑地说："袁老爷进城也不来给我打个照面，不请还不来，分明是看不起本县嘛！"

　　袁世忠忙解释说："岂敢不来拜见，只因袁仁贵的婚事烦心，所以才没前来。还请大老爷见谅！"

　　惺惺作态地笑过后，大家才进到客厅坐下来。周义方刚喊上茶，后门里就走出一位姑娘。她用茶盘端着三碗盖碗茶，轻盈地移动着婀娜多姿的步子。她先来到袁世忠面前，稍一躬身就开口说："请袁老爷用茶。"袁世忠取过茶杯后，她又移步到袁仁贵面前，那满面的娇羞，亦像含苞欲放的牡丹，直让人有魂不附体的陶醉。她请过袁少爷用茶后，就把一个勾魂的秋波送了过去。

触电似的对眼中，袁仁贵好像一下就被她拿去了三魂七魄，眼睛倏地就发直了。他颤抖的手端起茶杯，就有似握住那姑娘的手，悬在胸前半天就不知道放下来。看到他的这副呆样，姑娘不好意思忙移步到周义方面前托上茶盘说："请大伯用茶。"

周义方接过茶杯后，才让姑娘迈开极有教养的步子回到里屋去。

这姑娘梳着云鬓流海，粉红旗袍把高挑的身材衬托得更加妩媚动人，特别是那双丹凤眼比她那张樱桃小嘴更会说话，只要秋波一闪，就能叫人生出期盼来。她端茶从屋里出来，宛若下凡的仙女，徐徐移来步步娇；在她转身回眸的那一刻，又犹如"一朵水莲花不胜凉风的娇羞"。当此人间尤物，不仅是初生情窦的袁仁贵第一次见到的令其倾心的美丽姑娘，也是风流成性的袁世忠极想享用的"美餐"。真是"此人只有天上有，人间难得几回闻"。

正在父子俩暗自惊叹的时候。周大老爷就对他们介绍说："这是我侄女周小花，上个月从西安来看我。我这个名门望户的侄女，琴棋书画样样不差，今年十七，尚未许配人家。"周大老爷望过一眼袁世忠和袁仁贵后，显得非常骄傲地接上说，"凭我侄女的才貌，不知哪家有缘的公子才能去配得上哦！"

袁世忠从内心深处掏出恭维话说："令侄女才貌双全，哪家娶到就是哪家的福气！历朝古都养育出来的人就是不一样啊！"

周大老爷压下话题问："袁老爷刚才说为仁贵的婚事烦心，是咋回事呢？"

"哎！真是一言难尽。"袁世忠堆起愁眉说，"前几个月我给他订了门亲事，就是张克贤的女子张永蓉。谁知这女子不遵'父母之命，媒妁之言'，并对媒人和袁仁贵说不嫁给我家，说要娶就准备两口棺材与袁仁贵同赴黄泉。这样没家教的女子我真恨透了，根本就不想把她娶过来做儿媳妇。可是，袁仁贵像中了邪，硬是想着她，相思得要死要活的样子真把我气死了，所以才把他带到城里来瞎跑这一趟。"

周大老爷故意皱着眉头说："张克贤的那个女子我认识，张野张野的，的确没家教，仁贵为什么还这么倾情呢？"

袁世忠说："可能就是那个无家教的张野劲把他的魂勾了，所以才钉到心头放不下来。"

周大老爷呵呵大笑说："情人眼里出西施嘛！哪怕是个癞疙包（癞蛤蟆），爱上了就是个宝贝啊！"他把话头一转又说，"不过仁贵用不着这样痴情，三条腿的人不好找，两只脚的女娃子多的是，我可以给你介绍更好的。"

听这么一说，心旌摇荡的袁仁贵似乎感到了点什么面面药的味道，他生怕失掉这个机会，忙变调子解释说："周大老爷！不是我硬要娶张永蓉，只是从小一块长大印象深，所以就想和她成亲。"

周大老爷说："既然仁贵是这么个心思，那这个事就好说了。你们就以张永蓉不同意为由，去把这门婚事退了，然后我再给仁贵介绍个才貌双全的。"

说到才貌双全的，袁仁贵马上就想到周小花，并把她与张永蓉做了个对比，更认为周小花是仙女下凡，特别是那双媚眼，早就把他的魂拿去了。同时还在心头庆幸没把张永蓉娶过门，否则的话，不就是自己吊起腊肉吃干饭——干瞪眼了吗？得到他风流父亲遗传基因的袁仁贵，情变如此之快该是不足为奇的。

更懂弦外之音的袁世忠在表示感谢的时候，心想那个大师说的话真是太灵了，这机会硬是一个接一个的来。往天与张家联姻确是有自己打的如意算盘，现在面前已展开更好的图景，一旦攀上县大老爷这个高枝，那好处定比联姻张家强上千百倍？自己的如意算盘不就越打越大了吗？感谢菩萨保佑没把张永蓉这个丧门星娶过门，真是阿弥陀佛啊！袁世忠差点就庆幸得跳了起来。

招待午宴开始了，八仙桌左右两边分坐的是袁世忠父子，周大老爷主座对面空作上菜席口。每一道热腾腾的菜，都由周小花端上来。那舒缓而又优雅的举止，着实把袁家父子燃烧了。酒过三巡的时候，周大老爷就叫周小花弹奏琵琶以助酒兴。周小花应声后，一个丫鬟就递上琵琶来。周小花接过琵琶拨弄了两下，真是"转轴拨弦三两声，未成曲调先有情。"大家酒兴猛涨了。三两曲过后，不知是否听懂了点什么的袁仁贵，就"江州司马青衫湿"了。

见此情景，周小花放下琵琶，起身斟上满满一杯酒，就去敬袁仁贵。她动情地说："曾闻俞伯牙弹琴遇知音钟子期，没想到我今天弹的曲子让袁少爷深谙其音，并动情至此，真是三生有幸，我特地破例女子不上桌的规矩，敬袁少爷一杯，请不要推辞。"

已把她同张永蓉在心头悄悄作了置换的袁仁贵，便在受宠若惊中，把杯多情地一碰，就一饮而尽了。乘着酒性，已至痴狂的袁仁贵不知从哪里借来的胆子，端起酒杯躬身对着周义方说："周大老爷，你说给我做媒找个才貌双全的女子，我今天找到了一见钟情的知音。"他把目光移向周小花，接着就低下声音略带羞涩地说，"这知音就是令侄女小花，我和爸爸回去就请人来提亲，盼老爷成全！"

袁世忠没想到袁仁贵会这么荒唐，居然有侮斯文地去向周大老爷当面提这个事。他怕周大老爷因此生气而拒绝袁仁贵的奢求，如那样可不是前功尽弃了。他在心头潮涌地痛骂中，直向周大老爷躬身作揖赔对不起。

周大老爷哈哈大笑地对袁世忠说："我就喜欢仁贵这样的耿直性格，虽然似礼数不合，但比装腔作势强百十倍。"他挪了一下杯子，转眼望着满面娇红的周小花若有所思片刻问："小花？你意下如何？"

周小花低声细语地说了声"全由大伯做主"后，就"犹抱琵琶半遮面"地躲进屋去了。

看来这桩姻缘是有戏了。

醉软如泥的袁家父子当天下午没有回大宁场，翌日日上三竿的时候，也就是他们进城的第四天，才从县衙启程回大宁场。走在路上，袁世忠暗自思想，要是回去听到张永蓉死了的消息就好了。自己不费一言一语就能达其心愿，若菩萨这么保佑自己，那还有什么不可以心想事成的呢？他在精神抖擞中，更加疾步如风了。

回到大宁场，袁世忠并没听到张永蓉死去的消息，但他不可以去等这个噩耗，要是因此失去与县大老爷侄女联姻的时机，那就太可惜了。于是他找来媒婆，准备去向张克贤提出退婚。

袁仁贵终于发表意见了。他说:"爸爸,我看婚不能这么去退,因为我们曾叫媒人说三天过后去娶张永蓉过门,现在非但没去娶,还主动提出退婚,定是我们礼亏。要是别人知道内情是张永蓉不愿嫁给我去退婚,我们就丢面子了。虽然心知肚明是他们不对,但实际上还是我们站住下风,更还要与不是跟张永蓉一个想法的张老爷闹上矛盾,今后两家相处就别扭多了。为谋个上策,我们还是去请周先生出个主意。"

袁世忠突然眼睛一亮,没想到平时蔫夯夯的袁仁贵在关键时候还这么有头脑,真是读了书的娃子就不一样。袁世忠欣然同意后,就带着媒婆同袁仁贵一起去找周先生拿主意了。

袁世忠把前几天张永蓉找媒人和对袁仁贵说的过头话向周先生讲述了一遍。面对张永蓉的这个态度,不知怎么去退这个婚事好,欲请周先生拿主意或出面运筹。周先生问袁仁贵是个啥想法,以便再作决定。有了城里的际遇,袁仁贵的心早就飞了。但他还是不可以把这个实情说出来,他只说是"强扭的瓜不甜"。如果两个人在一起过得不快乐,不如放弃还是一种解脱。周先生没想到袁仁贵的弯子转得这么快,没几天就这么想得开,他真为张永蓉和程大奎感到庆幸。他故作思考了好一会,然后才对袁世忠说:"这个事很伤人面子,弄不好是要出纠葛的。你们先别出面,由我去找张老爷谈,听他是个啥意见,然后等我消息再决断。"

袁世忠在千恩万谢中,点头哈腰直请周先生快快传来好消息。

袁世忠父子走后,周先生就叫女儿去张永蓉舅舅家把她叫了回来。在叮嘱张永蓉一番后,就去向张老爷摊牌了。

张克贤得知这个不光彩的消息,直气得面红耳赤。周先生面前,他没向张永蓉发作咆哮,痛切心扉忍耐片刻后,才向周先生讨教怎么办。

周先生说:"这个事如就事论事地去处理,怎么办就是一步难棋。要么是自己没面子,要么是别人没面子。我看还是这样来。"周先生请张永蓉和她妈妈避开后,就悄悄对张老说起他的锦囊妙计来。张老爷领计后,才如释重负地舒缓了一下愁颜。

告别张克贤后,周先生就去到袁世忠家。他说已向张老爷转达了相关情况,张老爷准备动番家法后,就来向袁家请罪。是他进一步劝张老爷没这个必要,因为娃儿心已铁定,要是今后在一起日子过得不幸福,那是把大家就害了，并且还要伤亲家和气。在说服张老爷后，才来向袁老爷扯这个回销。

着急的袁世忠高兴这件事搁平了，说立即就去张家了断这个事。

周先生告诉他别急，必须找个打圆场的理由，这样大家才有下楼梯的面子。

袁世忠担心一年半载找不出理由，那不要把自己拖死啊！于是他反复恳求周先生快快想办法。他担心时间一长，那县衙里煮熟的鸭子就会飞掉。

刚过两天的一个上午，走在街上的张永蓉突然倒地，口吐白沫，人事不省。急坏了的街坊忙把张永蓉送了回去。见此情形，张永蓉的妈妈就吓哭起来，焦急的张老爷忙叫张永东去请郎中。一位热心的大婶凑身过来掐了一会张永蓉的人中，仍不见有反映，于是断定发作的是羊角风（癫痫）。得上这个病，一辈子可就难受了。听这么一说，张永蓉的妈妈更加揪心地哭喊起来。瞬间，大半条街就知道张永蓉得怪病了。

请来的郎中给张永蓉把脉后，也没明断是个啥急症，只说有点像羊角风。接着就开了剂药方，叫张永东跟着去取药。

药喝下去直不见病情好转，有人说是中了邪，应请端公使法力治一下。于是，张老爷就请来端公，搭上场子，问神驱鬼的做起法事来。在首场法事做完后，端公说是孽喜相冲，震怒了王母娘娘。若不解缘，不仅必死无疑，而且还要殃及众邻。

围观法事的邻居就议论开了。说张永蓉不该与袁仁贵订亲，这是孽喜，应退掉这门亲事。对于殃及众邻的说法就越传越玄，说这门婚事不退掉，周边十八家就要跟着死一个人。

鉴于神的指引和街坊邻里的压力，就由周先生搭桥，把张克贤和袁世忠两老爷叫到一起商议如何解决此事。只一袋烟的工夫，双方就达成共识，愿顺天应民解除这桩婚姻，并请周先生写告示以安抚街坊邻居。

大宁场的神皇庙前，一个识字的人就给围观过来的人念周先生贴出的告示。

告示

各街坊邻居:

　　近日，张克贤老爷之女突染重疾，久诊无效，经法师通神宣旨，乃系误结姻亲，孽喜相冲，尚欲怒及百姓。为顺应天意，厚顾百姓，张袁二老爷同堂惠议，决定于即日中止已订袁仁贵与张永蓉之婚姻。此高风亮节之举，旨在息神怒、安民众！

　　特此告示，盼相互安告！

　　就这样，张袁两家订上的这门婚事，便圆妥地得到了解决。

　　在家喻户晓告示内容后，袁世忠才备上厚礼，急不可耐地去向县衙周大老爷的侄女周小花提亲。周大老爷纳了厚礼，决定于中秋佳节举行订婚仪式，意外姻缘就这么一线牵上了。

10

中秋喜庆传好音

为把这个喜庆的订婚仪式搞得轰轰烈烈，袁世忠通知各帮会在中秋节这天，可举行各种开心的活动，并由他出资请各帮会劳办宴席大宴宾朋。同时还请来川戏、秦腔和黄梅戏班子唱演几出正统大戏。他要把脸上的风光，像春风般吹向大宁场的每个旮旯犄角，让人人都知道，他袁家的门庭，从此将更加添光增彩了。

各帮会得到这个通知，都把巴结的期望值提得老高老高。同时认为不远的时候，大宁场盐帮帮主就要易主了。于是，都竭尽全力地想把中秋节这天的活动搞得极其出彩，以博取袁老爷那份得意的满足和开心。

看到大宁场里的这个欢腾氛围，张克贤感到极其失落。张永蓉的这一闹，倒让人家因祸得福攀龙附凤了。明眼人都明白，有县大老爷做后台，袁家成为大宁场第一大户也只是个迟早事，张克贤隐隐在心头感到了一种莫名其妙的压力。于是，他就悬着忐忑不安的心，主动去找袁世忠，看自己能为他效劳些什么事。袁世忠高傲地推绝说自己已安排妥当，无须张老爷驾劳。

这件事虽然让张克贤老爷不痛快，但程大奎和张永蓉却为之喜不自胜。他俩约定，等这股风头过后，程大奎就去请周先生为媒，舒心畅意地去向她家提亲。

转眼八月十五的喜庆日子到了，从早晨开始，各帮会都把活动轰轰烈烈地开展了起来，主要的形式是祈福和祭祀，程序均按巫咸传承下来的套路进行。先是船帮在梯台渡口祭河神，猪头羊头放满祭台，端公大师做过一通大法后，就奠酒烧纸，让参加祭祀的数百名船夫子全跪叩下来，许愿乘风破浪，逢凶化吉，出入平安。端公大师在心中暗喜能将这些祭品收囊怀中的时候，才念念有词带领船夫子各执香一炷，依次点燃跟在他屁股后转上个大圈，然后才把香插在祭台上的香炉里。此时，大家显得无比虔诚，只是在一串鞭炮响起的时候，才有些许的声音发出来。

灶帮那边，一条火龙环绕大宁场南北的十里长街转着圈。这条火龙用红布做成，除前面挥舞绣球的那个人外，共有十二个人舞动着这条龙。每到一个堂口，龙就随舞动的绣球上下腾罗，左右翻滚。在锣鼓喧天，唢呐吹奏，鞭炮齐鸣中，跟在火龙后面的狮子顿时就乖巧地摇头甩尾跳跃起来，助推的阵式，比过春节的架势还拿得大。十里长街上的男女老少，都在欢天喜地中，像过年一样的乐活着。

喜欢稀奇的张永蓉没去看船帮祭祀河神，也没去看盐帮祭拜白鹿盐泉的盐神，更没去听陕西商会高亢激昂的秦腔，也没去四川会馆听滔滔不绝的西厢怀书和川戏。她童心未丢地直跑在灶帮火龙的前头，看那火龙腾跃起来的龙马精神。在她不住地拍手喝彩中，玩着龙头的程大奎更是使出浑身解数，百般表现让自己心爱的人儿为之高兴。打着大红脸的程大奎头扎红帕子，身穿红大褂，腿套红裤衩，如不说是他在玩龙头，可是没人能把他认出来。无论咋个打扮，张永蓉就知道他是谁，因为他早已刻进到她的心里头。

这里我们得顺便说一下，程大奎为什么不去祭河神，而要去灶帮玩龙头呢？其道理极简单，因为玩龙是个体力活，加之又很讲技巧，为把龙头玩得鲜活，灶帮便托文武双全的周先生帮忙组建训练，那有一身功夫的周先生的得意弟子程大奎就拔得头筹，这也是周先生想为程大奎今后能在大宁场崭露头角做的个有意铺垫。

充满精气神的火龙玩到两河口上百座灶膛的时候，才和狮子拜伏下来。仙风道骨的端公大师在祭坛上大大的歌舞了一番，随后捉住一只雄鸡做过一通法事，在卡掉鸡冠上的一个冠齿后，就把血滴在三碗酒中。他从左到右上完三炷香，接着就端起一碗酒祭天，他用中指点酒向天弹了三下，然后就同祭地的那碗酒从左到右倒在地上。端公大师端起最后一碗酒，在听不懂的咿咿呀呀中，蹒跚着滑稽的步子迈向灶膛。当他把酒倒进灶膛轰然喷发出爆火后，祭祀活动才神圣的宣告结束。

接下来龙和狮子就由灶帮帮主带领，直向袁家朝贺了过去。同时也为迎接县大老爷做准备。

时近中午的时候，县令周大老爷和他侄女周小花才来到袁家。看到这个欢迎的场面，周大老爷出乎预料的高兴。他下轿就拱手向围观过来的人们问好，一副慈善的父母官形象，即刻就显现在大家的面前。有拍马屁的人不失时机地就开口叫周大老爷好，并奉承地大呼他为周青天。

人群中，也有人并不是那么在乎周青天，而是想看袁仁贵订亲的媳妇是个啥模样。心情显得最为迫切的就要数张永蓉。她挤在轿子旁，看到下轿的周小花梳着金钗云鬓，从身前走过，好像就比她高出半个头。特别是那身绿旗袍，映衬上她的红脸蛋，美得极像出水的芙蓉，又像含苞的荷花，直叫人心生梦幻。自小包得乖巧成形的一双小脚，穿着精锈的三寸金莲，走起路来，一点就不像自己这双包得极不像样的大脚风风火火，在丫鬟的携扶中，犹如摇曳的青杨，婀娜而又婆娑，以为就是杨贵妃驾临。真是个大美人儿啊！怪不得袁仁贵这么快就松口解除与自己的婚姻哩！

真是太感谢你了，大美人儿！张永蓉心里像喝糖水似的一直这么默念着。

袁家的客厅里，参陪县周大老爷的只能是有头有脸的各帮会帮主，当然还有周先生。几桌酒席上尽山珍海味，由袁世忠带头齐声向周大老爷敬酒后，才依次礼节性把起盏来。父母官面前，可是不得有半点粗陋和放肆的，绅士风度还得做作地装弄出个样子来。

酒兴浇浓的时候，周大老爷举杯站起身说："各位贤达帮主，今天我侄女与袁仁贵订亲，感谢大家光临！借此喜庆，我要告诉大家一个对大宁场非常利好的消息。前段时间，长毛在长江下游一带闹得猖狂，截断了淮盐运道。目前鄂湘遮民食盐紧缺，经湖广总督呈报，户部请旨议准，朝廷同意用'川盐济楚'解决困难。我们应抓住这千载难逢的机会，增加盐产量，扩大水陆岸引，以为朝廷解难。从现在起，本县决定，每增加一石盐产量，就减税厘三文，三个月一结账。希望大宁场张袁二老爷抓住时机，赶快增灶扩产，以不负皇上隆恩。"

听到这个旷古不闻的利好消息，大家都拍手叫好起来。因为盐的引岸朝廷一直没放开，长期实行官府专控。就是想扩大产量，也是不得行的，更别谈经营了。现在扩大水陆引岸，就是给盐业经营开放了地盘，随着需求量增大，那打滚狂赚的银子，不就要像弥天的雪片倾落下来么。

待大家的兴奋劲平静下来后，周大老爷又才接着说："为分工负责双拳出击，同时又避免内耗，本县决定，从现在起，大宁场的水岸交由张克贤老爷打理，陆岸交由袁世忠老爷承办。对于增灶扩产的事，二位老爷应鼎力想出办法以解朝廷之忧。"

见周大老爷这么安排，张克贤对周大老爷感佩起来。按理说，他与袁家已打上亲家，十个指拇应该往内折，为何他不这么做？还把获利更厚实的水岸盐营交给自己。真是个事理分明和清正无私的青天大老爷呀！他情不自禁地忙过去敬周大老爷的酒，表示一定不负青天大老爷的厚德隆恩，把扩灶增量的事情办成办好。

接受张克贤的敬酒和恭维后，周大老爷就叫过袁世忠，便对盐帮的正副帮主叮嘱起来：一是要不分心把大宁场的盐营事业做好。二是想方设法增配盐引计岸。叮嘱完毕，二人又向周大老爷同敬了一杯。

午宴过后，周大老爷就带着他的侄女鸣锣开道回县衙了。这时，整个大宁场的狂欢才进入主题，各个层面的人乘着酒兴，有开始打牌掷骰子推牌九的、有继续划拳拼酒比输赢的、有晃悠晃悠到陕西等会馆听大戏的，各种乐子可谓不一而足。但真正热闹的还要算春香楼、醉颜楼和销魂楼了。来这几个地方的人几乎挤满堂子，那些操着南腔北调的人群中，有腰缠万贯的商人，有风餐露宿的背哥，有击浪拨水的纤夫。

他们吵嚷着，嬉闹着，把管事的妈妈急得团团打转。这个场合下，无论先安谁去和女儿们快活都是要遭臭骂的。于是，就只得由客人比人强马子壮和力大膀子粗。只是在那些博得优先风流权的客人进屋的时候，妈妈才嗲声嗲气地交代一声："爷你动作搞麻利点哈！后面跟起的人还多着哟！"

这样的狂欢场面，恐怕是大宁场有史以来最为空前的。通宵达旦的大宁场，像是雄阳高举的壮汉，在精疲力竭的翻涌后，才慢慢平静了下来。

11

改进工艺初走红

这个大宁场里，峡谷两边全是高山，像样宽敞的坝子极其有限。几千年熬卤制盐的延续中，能筑灶台的地方全都密不透风地筑上了，这增灶的地方该到哪里去找呢？作为盐帮帮主的张克贤可为这事急坏了。经与袁世忠商议，拟把史上废丢的古栈道恢复起来，再把盐水笕引到剪刀峡上边的前河湾去筑灶熬盐。那个向平的地方增加百十个灶台应该不成问题。虽然眼下投入比较大，那有什么大不了的呢？不趁现在这个时机去扩大地盘还待何时。一旦产量增上去，要不了几个初一十五，就会把本钱捞回来。而且还长远见利，只有傻瓜才认为划不来，张克贤拿定主意就这么干。

在工程开始前，张克贤同袁世忠口头约定，所增盐灶各归一半。所有的工程花费先由张克贤统筹垫付，待竣工后再进行分摊。

说起这个古栈道，就是在大宁河顺流的右岸崖壁上，开凿的深尺余，六寸见方，间隔四五尺的石方孔。从大宁场到巫山县龙门峡全长 135 公里的崖壁上，有石方孔 6888 个。这些石方孔开造何年，作过何用，废自何时，已无准确的史料记载。只留下人们纷纷的假设与猜想：有的说是为征战和商贾往来之用修建的；有的说是为"一骑红尘妃子笑"的杨贵妃送荔枝修建的；有的说是为笕引盐水到巫山县熬盐修建的。无论是为何修建的，都是大宁河交通史上的一个奇迹，更是小三峡盛放的一朵隽秀奇葩。但就张克贤老爷讲，最可信的这古栈道是为笕引盐水到巫山县熬盐修建的。因为那几千个洞洞全是从一个水平线延伸出去而得出的结论。所以他确定，把盐水笕到前河湾去熬盐是非常可行的。他得借用先人留下的成果，全力以赴去把这个事做好。这既能讨得官府高兴，又能在"川盐济楚"的行动中获取厚利，一箭双雕的事，不可怀疑的是天上掉下来的一个大馅饼。

虽然从大宁场到前河湾的古栈道只有三四公里，张克贤老爷还是动用百余人搞了三个多月。在崖壁上，有系上绳子向栈道孔里打桩的；有搭起架子向横桩上搁枕梁的；有来来往往向枕梁上铺木板的。其场面真有"地崩山摧壮士死，然后天梯石栈相勾连"的那般惊心动魄。

栈道修好后，安上的竹笕也通盐水了，剩下的事就是筑灶台升火熬盐。经丈量地势，张老爷拟筑一百口单锅灶以试效果。

这种单锅灶叫土垄柴灶，是一种传统的制盐土灶。这种灶占地面积多，柴禾燃耗大，用工耗时长，并且制盐产量低，一直以来就没什么技术革新。这次大量增加锅灶，也还得以壶画瓢筑用这种单锅灶。

在突击筑灶的人群中，程大奎跟着他爸爸干过两天后，就想把观察到的问题和自己的建议说出来。但跟谁去说呢？去跟他爸爸说，弄不好还要挨一顿头子，并且也起不到突变风云的作用。若是直接去跟张老爷说，自己同张永蓉给他带来的烦恼就没搁平，那不是在自讨没趣吗？但这件牵涉到未来祸福的事还不得不说。于是，他就去找周先生，想请周先生去向张老爷点明利害和提出建议。

听过程大奎讲的道理，周先生高兴极了。这个给他长脸的弟子，一定得在大宁场出人头地。于是就叫程大奎晚上来他家直接向张克贤老爷说，同时叮嘱他不要冒半句与张永蓉有关的话题。

隆冬的风非常寒冷，从屋檐边吹过，时不时就发出"呼呼"的怒嚎来。月亮还躲在山的那边，天上只有星星在闪烁。特别是悬在西天上的太白金星异常光耀，并且个头比银河里任何一颗星星就还大。去周先生家的路上，程大奎身上的汗水，像三伏天热得直管往下淌。要不是吊脚楼上那扯起喉咙猜拳行令的人分散开去一点注意力，他会紧张得连路就走不稳。他深吸口大气走下二十几步梯子去到大宁河边，躬身捧起水就往脸上浇，在用衣袖擦过脸后，火烫的身子才稍感冷却些下来。

去到周先生的家，周先生早在火笼升起火来。暖烘烘中，像是与张克贤吹上了一阵子。他俩手中各执一个杯子，看样子正在暖饮火坑里烫的蜂糖酒，这份意绪是多么的充满年的味道呀！

看到程大奎进来，周先生忙叫他坐在进门方的板凳上，并拿上杯子也给他倒上一杯蜂糖酒。程大奎虽没推辞，但端上酒并不敢忙着喝。他在暗暗观察张克贤的脸色。张克贤跟平时显得没什么两样，只是不像过去见着自己总要满面堆笑的叫喊自己的名字。在周先生请他们干杯时，张克贤才把杯子伸过来对着程大奎说上一个"干"字。

程大奎七上八下的心总算搁放下来。周先生再添上酒后，就要程大奎把想法向张老爷讲出来。

看到张克贤心情这么平和，程大奎就没有那么多顾虑了。他显得极其恭敬地说："张老爷，我跟爸爸到前河湾去筑了两天灶，虽然河岸有那么一块地势，但地势相对低凹，极易遭受洪灾，这不是长久经营之计。就像周先生教过的兵法屯兵是一样的。屯兵之地应平阳高居，濒水远扎，取势避害。张老爷选的地势有犯兵家之忌，应设法改进。"

听到这里，张克贤猛吃一惊，的确是啊！逢每年涨大洪水，那个地方就会被冲洗，若是能住扎营生，为什么千百年来那里就这么冷清荒芜呢？自己只想到增灶赚钱，根本就没去想过这欺山不欺水的事。真是一语点醒梦中人，这读了书的娃子就是与众不同，并且还把这个筑灶的事与兵家屯兵联系起来，直说得自己心服口服。但他转念又想，现在干就这么干了，若是就此停下来，自己花的那么多银子不就白打水漂么？那增加盐产量想大赚一把的梦就跟着要破灭。这个'川盐济楚'抢占地盘的时机一旦失去，再向哪里去扩大销岸呢？并且县大老爷还在等着交差，这下真是骑虎难下了，张克贤把冷汗就惊急了出来。他不停在心头怨老天，既然老天恩赐这里一眼盐泉，为什么就不给这里宽敞些的地势呢？他为自己的无知和蛮干后悔起来。他把这个难处讲出后，就呆呆地愣住了。

半晌，周先生才问："张老爷，你打算怎么办呢？"

张克贤叹了口气说："这个事前面是岩，后面是坎，进退都是个遭。不知嘟个幺得了台哟！"在极其的焦虑中，他转目望着程大奎说："大奎，你有什么好点子吗？"

程大奎没有装腔作势，也没有受宠若惊，他放下酒杯说："张老爷不要着急，万事都有个解难的法子。对于低凹的那个地方，灶还是要筑，只不过不能用泥巴去筑，若遇洪水，就会冲得一干二净。现在可用大石条去砌，若遇洪水，只把锅搬走以避其害，大石条洪水不能撼动，水退之日，稍加清理添补，就会重燃锅灶，这就叫避其煞劫，接气天时。"在张克贤点头说过有道理后，程大奎又接上说"那个前河湾里，倚山的坡势较缓，那面得天独厚的山坡上，还可利用地利筑上百十口锅灶。"

张克贤纳闷地说："那盐水要多少人才能挑上去哟！"

程大奎说："我是这么想的，在那笕口处建一个大水池，再在水池上面搭上水车架，车架上做上装水的盒子，不停地转动中，就把盐水提升到用大木料做的笕槽里，再分流到各卤池。按此法弄上两三级，就能解决盐水提升和建灶地势受限难题。"

真是"有志不在年高，无志空长百岁"。要是没有他与张永蓉的那个插曲，张克贤会把他当成忘年交，同时还要好好地对他夸赞一番。可是现在真不知道怎么去表达自己的心情。他在心头暗自高兴一阵后，就对周先生说："大奎说的真是个好主意，我决定这么办，还请周先生帮忙给我找几个能工巧匠来设计施工，一定要把这件事办好。"

没等周先生答话，程大奎又接嘴说："如要找人设计，还可以把灶作个改进。就是一灶放三到四口锅，在灶的头锅烧火，在灶的尾锅做烟囱，既扯火力，又让余热发挥效用，保不准就会缩短出盐的时间和提高产量。"

程大奎提出改进的这个盐灶，就是后来沿用的比土垄柴灶工艺进步的塔垅柴灶。

张克贤盯着周先生，意思是看周先生认为这么改灶是否可行？

明白意思的周先生说："对这个改灶的事，应先做个实验，在停工设计和备砌石条的这段时间，你可在前河湾按大奎说的那样，先筑个一灶多锅的灶实验一下，待一个周期出盐后，再与单灶的物料、人工消耗和出盐量做对比。如改进的方法优于单灶，那就不可迟疑，应全按改进的一灶多锅砌筑。若划不来，再按老灶搞也不伤筋动骨。"

张克贤连连点头说："我决定照周先生主意办。不过这个变化我还得去跟袁老爷说一下，增加的花费还得要他认账。"

周先生若有所思地说："你去跟袁老爷说这些想法时，千万不要提是大奎的建议，你就说是我的主意。否则的话，这个事就有可能办不下去。"

张克贤有些不解地应承说："好吧！就按你的意思去说。"

周先生转头对程大奎说："大奎，不是师傅想抢你的功，只是在这些事没办妥当之前，是不能把你推向人前的。你明天可到前河湾去找个地方，就按你提的一灶多锅方法，去筑灶熬盐。待出盐后，就把人、财、物的花费以及出盐量情况记载下来，以便张老爷好有一个对比数字做决定。因这个事大，一旦出现闪失，那损失是万贯家财都承受不起的！"

程大奎表示一定尽力。同时他也感到这份责任非常重大，他想要周先生脚不离步的跟他做指点，他怕把这个事办砸。他不想去做放牛娃赔不起牛的赖皮，更不想张老爷的万贯家资由着他的瞎胡闹去蒙受不应有的损失。

得到周先生的同意，程大奎就告辞了。他要回去思考砌筑一灶多锅的方案。

就在剩下周先生和张克贤对酌的时候，周先生就对他说："程传绪养了这么个聪明儿子，看来他程家光立门庭的时候不远了。"

"此子是个人才，说实在的，今天我还得感谢他，要不然，那后果简直就不堪设想和承受。"

"趋利避害，言明善道，乃做人之上品。他真是人才难得哩！"

"我真羡慕程传绪！"张克贤没把话说完就打住了。

周先生揣摩了一下张克贤的心思说："你羡慕什么呢？'临渊羡鱼，不如退而结网'啊！"

张克贤像没听懂意思似的说："你是叫我去生个儿子吗？就是再生个儿子，也不一定有程大奎这么成器呀！"

"你真是装糊涂哦！只要你同意，他不就是你儿子吗？何必劳你再去生呢？"

张克贤沉默了一会说："只是现在很叫我为难，还是过些时间再说吧！"

"只要你心里这么想就行，时间早迟没关系。到时我来做这个媒。从现在起，你要多在暗中帮衬他，大奎一旦得势，前程就不可限量。"

心头极其高兴的张克贤终于醉倒在周先生家里了，第二天大上午的时候才清醒过来。

他告辞周先生就去到袁世忠家，想把前河湾的事跟他说一下。可不凑巧，大早袁世忠就同袁仁贵启程到陕西湖北去活通陆岸关系了。

就这样，前河湾改灶提卤的事，他只得自个拿脉了。因与袁世忠有个约定，一切事务均可由他做主。袁世忠还谦虚地说过有劳他操心费神，自己坐享其成真不好意思。

现在袁世忠不在也好，那就有缓和的时间让程大奎去做改灶的工艺实验。

前河湾里，火热的筑灶场面消停了下来，只有程大奎和周先生带着一班人在这里筑实验灶台。

按程大奎的设计，他们筑了两种灶。一种是长蛇形的，即是把四口锅在灶台上一字排开，在头锅开门升火，尾锅后做烟囱扯火，让热量在直通后面几口锅时发挥效用。另一种是盘龙形的，即是在头锅侧面开扯火孔，盘龙状地把三口锅围在开门灶的左后右，再在尾锅后树起烟囱。经日夜施工，不几天灶就筑好了。张老爷找来最好的熬盐把式掌握熬盐火候，固化操作流程，考定出盐周期。

点火四天上头，蟠龙灶出盐了。相跟第二天，长蛇灶也出了盐。从出盐产量看，蟠龙灶比长蛇灶要多近十斤，并且所用柴禾少三千多斤，人工节省两个多。实验证明蟠龙灶是最好的，比起单锅灶来，盐产量不可相提并论，每天增加产量就近二十斤。

程大奎提出改进的这个灶一下见了功效，没有人去故意宣扬和喝捧，一夜之间他就走红出名了。

张克贤老爷高兴了，周先生高兴了，程大奎的爸爸妈妈高兴了。然而，只有张永蓉躲在房屋里泣不成声，她为她的大奎有出息感到骄傲！为之祝福！她认为铁心抗婚是值得的，大奎没有让她失望，他用能耐消除了存在于人们心目中的门当户对观念，她与大奎成亲，定不会遭人去品头品足了。张永蓉在心头急切地盼望程大奎快去请周先生来做媒，以把这门亲事早早地定下来。

前河湾里，砌灶提卤的施工场子又热腾了起来，程大奎以管事师傅的身份出现在那里，可没人去小看他的年轻，倒为他精明的管事能力帖服依从不已。经昼夜赶工，在临近春节的时候，工程就收尾了，只待袁世忠回来举行隆重的开业典礼。

12

欲向秦楚铺大梦

到陕鄂去活通陆岸关系的袁世忠还没回来，此行除带着袁仁贵外，还有县周大老爷的师爷季定军同行。他们先到的是镇坪，安康。然后才去竹山，房县和兴山。此行的目的，一是借春节将近的时候，礼尚往来给每个县大老爷备上厚礼拜年。当然醉翁之意仅不至此，袁世忠想为承接的全部陆岸盐运活通关节，把利润拿到最大程度。比如在征收厘金上，他承诺对放水获得的利润，定得给上像样的回扣点子。在这个天赐良机的发财暗道面前，损公肥私的巴掌毫不费劲地就一拍即合了。达成的这分默契，就让他们构筑起了抱团的利益共同体。二是在安康，房县和兴山设立大宁场世忠盐号，把扩大的计岸经营权紧紧地掌握在手中，那获利的运作空间就会不断扩张。在开疆扩土的天地中，有谁敢来跟自己竞争和碰撞呢？那独占一方的垄断定能雄霸"诸侯"。三是铺平平安通道。这个事没让袁仁贵参加，他安排袁仁贵自回大宁场，然后就同季师爷去拜山头。

袁仁贵向大宁场启程后，袁世忠和季师爷就自由了。他俩先是到兴山聚财赌馆玩上了一天，两人输掉数十两银子后，才在骂骂咧咧中去到千娇楼。他们包了个房间，决定在里面销魂上两天再说。看到两个有财的主，老妈妈挑选了四个出牌的姑娘和他们同吃同喝，陪赌陪睡，花天酒地的日子比神仙还快活地过了起来。在这醉生梦死的日子里，最快意的就要算季师爷了。四个如花似玉的姑娘全让他一个人屁颠屁颠地销受了,并还把四个姑娘满足得魂不附体,要不是为挣钱的话,这么雄健的猛男,恨不得倒还把他包起来。与季师爷相比,袁世忠除只缠着几个美女掷骰子推牌九外,就没有那么大本事了。除进门秧分分地风流一盘后,不争气的那个东西就是张扬不起来,这份低调是他最灰心丧气的。虽然腰缠万贯,可那东西就是不像有钱那么让人骄傲!他直想有什么神药能让他金枪不倒。他多么羡慕季师爷呀!要是像他那样老当益壮,就是少活几年也不后悔。现在这个样子,可能是过去在花花世界里劳累过度的缘故吧!唉……他把一口气叹了个好长好长。有位姑娘看出来他的心思,主动说愿以歌舞为他助兴。袁世忠欣然让她来玩个花样。姑娘在起身清唱中,就舞动起娇柔的身子来,虽然欠缺仙袂飘飘的窈窕,但凭新莺出谷的清脆歌喉,就让袁世忠提神不少。在姑娘唱完"妹儿下河洗花鞋,郎从山上打伞来,左手拉住郎的手,右手把郎抱在怀,妹问哥哥那里来?"的歌儿后,袁世忠就把妹子抱在怀里直想翻江倒海。看到有了反应,这妹子说不要忙,等她弹一曲琵琶更提劲后再说。听姑娘说要弹琵琶,他就想起未过门的儿媳妇周小花弹过的曲子。要是这姑娘弹得动人,他就暗想为她赎身,找个地方把她养起来。

琵琶响奏之时,虽没有周小花弹的精妙,还是有"大弦嘈嘈如急雨,小弦切切如私语。嘈嘈切切错杂弹,大珠小珠落玉盘"的铿锵。这个情景,直让他穿越到一个魂飞飘逸的奇思妙境,依稀感到还是在周大老爷的县衙听周小花弹曲子。醉眼蒙眬中,姑娘慢慢地就变成了周小花,那"回头一笑百媚生"的电触,使他涌动的春潮便情不自禁起来。他猛地冲过去抱起"周小花"就甩到床上,于此意识里,压在身下的就是周小花。他真的快活极了,有如新婚之夜的那般舒爽与销魂。

风平潮退后,他再没想为这姑娘赎身了。因为这个赝品不值得他去那么付出,他要把那分功夫积攒起来,好去用在能让他销魂夺魄的那个真人的身体上。不过他还是给了这姑娘的厚赏,因为是她让自己酥脆了身子,让自己突涌起春潮。

转眼两天过去的时候,袁世忠和季师爷才意犹未尽地上路。这次袁世忠同季师爷去的地方叫仙鼻山。仙鼻山在神农架深处,自然形成的天堑,远看就像一个接地连天的巨大鼻子,故得此名。上仙鼻山只有前山和后山两条道，真有"一夫当关，万夫莫开"之势。仙鼻山上，有股占山为王的土匪在这里扎寨了近百年，手下七八个分寨，共把持着神农架和安康地区的盐马古道。现今这里的匪首姓宋，名孝廉。他武艺不凡，通晓诗文，见他是个文武全才，朝廷曾几次向他招安，他都拒绝了。因为他不想去上《水浒传》中那个自家宋氏兄弟一样的当。他不稀罕许诺的一官半职，只想领着土匪在这里雄霸一方，在做个土皇帝的优哉乐哉中，用谋到的钱财，悄悄在安康置办田产。在那边以宋孝廉倒名的严孝颂身份出现，有谁会怀疑他这个有头有脸的严大老爷会是一个土匪呢？近几年由他掌控这个山寨来，他只图财，很少害命。特别是周边几十里地的老百姓，他从不去打劫他们，甚至时不时还给上一点好处。因为他知道"得民心者得天下的道理"。知书识字的人当土匪，其运作模式也是充满智慧的。所以受过小恩小惠的老百姓对他并无多大反感，甚至看到有大鱼入窝，有的人还主动给他通风报信。因为仇视富人的劣根，一直就不能从人们心目中消除，这个穷山恶水的大山里更是如此。

袁世忠和季师爷是从前山上山的。在进把守的寨门时，袁世忠向喽啰通报了姓名和身份，说是专程来拜见宋大寨主的。上路不久，带路的喽啰就和季师爷扯谈起来，没过几番对答，他就和喽啰像老朋友般的那么亲热。袁世忠在心头骂道：你个龟儿子季师爷不光那个事得行，而且匪人也是一整套，怪球不得能成为衙门里的红人哩！

上到仙鼻山，喽啰就叫他们在外面等，待他进去向宋寨主禀报。趁这个时刻，袁世忠就向远方瞭目了出去，绝顶的仙鼻山周围群山起伏，如惊涛翻滚，直涌天边。在那一浪一浪的远腾中间，弥漫的云雾一动不动，静如白雪，绕如仙袂，轻如柔棉，洁如润玉，直叫人心生梦幻。再收目回来，身前的万丈绝壁，又让他极生惊恐，若失身下去，何至于不会粉身碎骨。他望了一眼放出高人目光的季师爷说："龟儿子这个地方生得太绝了，真像是玉皇大帝的宝殿。"

季师爷回答说："过去这里就叫玉帝庙，只是后来被绿林占了。"此时此处，是不能说是土匪占了，只得恭称土匪为绿林。

袁世忠向玉帝庙望过去，高大庙门上的门头翘檐盘龙，造型极像一顶显尽荣华与威严的皇冠。大门两边像翅膀张开的围墙，各有十多丈那么长，有人多身子这么高。有些褪色的红墙若不是挖出的十几哨眼让人心生胆怯，来到这里真的就会以为是到了天堂，并有立马列入仙班的感觉。再向后望去，只能看到五六根苍劲的翠柏，像剑一般直指蓝天，把个"敢问天下谁是英雄"的气概雄浑地展示了出来。同时又像巨笔，在天幕上大书"群山极其我为锋"的豪迈。袁世忠感到，这一定是一座规模比较宏大的庙，只是站在门前不能看到那后面的殿堂而已。他把收回的目光又投注在大门门框两边的对联上，他虽然识得几个字，但那龙飞凤舞的草体硬是让他没认出几个来，他只好问季师爷对联上写的是什么？

季师爷若有感悟地就给他念起来："前行一步临悬崖，无限江山，勿冒险苦求；后退千寻倚碧天，寥廓星罗，任欣然大观。"

虽然袁世忠没多大学问，许多世间的事理还是通晓的。他在心头说：这个玉皇大帝还很会借景劝人哩。"无限江山，勿冒险苦求"分明是想把这江山千秋万世的坐到底！生怕有人来造反，还叫大家后退千寻，真是笑死人。正在他感叹的时候，宋寨主就带着几个随从迎了出来。

宋寨主拱手堆笑说："欢迎袁帮主和季师爷大驾光临，我已久闻你们的大名，今天得以谋面，可让鄙寨添光彩了，快快请进。"

季师爷拱手抢话说："宋寨主名震江湖，威贯四方，袁帮主早就想来拜会了。这次得有机会，所以就专程赶了过来。"

假惺惺的客套话中，宋寨主就带着他们去到大厅看坐上茶。并不失热情地说："袁帮主和季师爷来本寨有何吩咐？只管讲出来，我能办到的，一定不得推辞。"

袁世忠说："宋寨主真是快人快语，我们也就直话直说。"他望了一眼季师爷，见他没有阻止自己说话的意思，于是就又说下去，"这回川盐济楚，县大老爷把我们大宁场的盐营水陆两岸分了个工。水岸由张克贤负责，陆岸由我统营。在这几条盐马古道上，你可是一呼百应，为了盐运安全，我想请你给我提供保护。"

宋寨主说："各条盐马古道有好几百里长，各种势力犬牙交错，要确保盐马古道平安，可不是件容易事啊！"

袁世忠说："一直以来，官府虽说出面维护平安，但收效并不太大，好在近几年有你的把持，在交过保护费后，平安的问题才好了许多。现在我独营陆岸，不得不来向宋寨主拜山头，以保护我陆岸盐运的安全。"

宋寨主说："袁帮主既然诚心来拜山头，心里一定有所盘算吧！"

袁世忠说："我现在接手的陆岸有安康到汉中，由大九湖分道向房县和兴山三条运道，这三条道上，都由你总把持，只要你一发话，各分寨都得帮我们，至于盘算。"

话还没说完，季师爷一嘴就把话抢了过去，他说："鉴于要维护这么大一块地盘，宋寨主可得动用大量的兄弟日夜操劳，袁帮主准备每条道每年增给一千两银子的保护费。"

季师爷这一摊牌，袁世忠脸色陡变，宋寨主也即思索起来。

半晌后，宋寨主才说："你们在我这里住两天，等我叫山下的几个兄弟上来合议后再答话行不行？"

面带难色的袁世忠只好说行。

宋寨主安排人把他们带到厢房后，袁世忠就怒色地对季师爷说："我的大师爷呀！我话还没说完，你抢着开口就给每条道轰出去一千两银子，你知道一千两银子要熬多少斤盐呢？"

季师爷埋怨地说："'叫花子的三斗米，是你自讨的。'你说要他保平安就保平安，还把几条盐道计岸都说了出来，这么大的方圆，你只想给三百两别人会干吗？要是闹僵随便在你身上搞一票就不只这么多钱。他叫我们等两天，再谈的条件肯定不是这个数，你就等着割肉吧！"

袁世忠不服气地说："我不说个地域出来，他知道保护个锤子啊。"

"你说让他保护他所控制的地盘不行吗？"

"不说清楚，一旦出事，他就有借口，这个我还想不到吗？"

季师爷看他说不进油盐，就奚落地说："好好！你想得到，你就等着好消息吧！"

沉闷阵子后，季师爷就自顾出去散心了。

13

赔了夫人又折兵

尚在生闷气的袁世忠怎么就没想到，儿子袁仁贵两天前被搂上山来了，在柴房里正被两个土匪看守着。

就是在袁仁贵从兴山县独自启程不久，便同一位到大宁场背盐的年长大伯结伴同行了。说来也巧，在一个当槽的拐弯处，从路边林子里突然窜出个人来，要不是那个人还在系裤子，袁仁贵还以为是跑出来的棒老二。他有些不快地在心头骂道：屙屎拉尿的就搞利索哒出来嘛！像鬼打慌了地跑出来吓人一跳，真是个没有教养的老东西。正在他白过一眼自顾朝前走时，那个人就叫喊起来："袁少爷，你哪个也到这里来了呢？"

只这一喊，不很痛快的袁仁贵便转过身来认真地看了看。这人分明是个老大伯，但他没认出来是谁。凭叫得出自己的名字，一定是认识自己的人。俗话说"久旱逢甘雨，他乡遇故知，洞房花烛夜，金榜题名时"为人生之四喜，这在他乡遇到认识自己的人，不管他是不是故知，也比面对陌生人的强，这难道不是一喜吗？于是，他就和乐下口气问："请问你是哪位？怎么我不认识呢？"

老大伯说："我是兴山县的盐背子，叫胡连海，大家看到我背驼，所以都叫我胡驼子。每年我都要到大宁场跑三四回背你家的盐，所以我就认得到你。更何况你们家富甲一方，声名远扬，哪个盐背子不认识你们家的人呢?"

袁仁贵说:"哦!是这样子的。你只认识我,我不认识你,还请胡大伯多多包涵哈!"

"袁少爷别这么说,你们那里背盐的人来的千千,去的万万,你哪能认得完呢?更何况你还没管事,这有啥稀奇的。"

接着两人就越谈越亲热,并约定结伴同行。一路上的吃喝,袁仁贵承诺全由他买账。

这个胡大伯可高兴了,今巴结上这样一个主,不求今后有何关照,至少一路的饭食钱是赚到了。于是,他一路就向袁仁贵介绍盐马古道上的自然风光,风土人情,匪患天灾,有时还得说上几段盐背子的风流故事,直让袁仁贵听得津津有味。

不知不觉中,他们就走了两天路程,在胡大伯饶有兴趣没完没了讲野人故事的时候,四五里外的一座像鼻子的山峰直入云天而去。袁仁贵知道到了神农架的腹地仙鼻山,因来时路过这里,季师爷曾向他说过这山的险峻,但没说上面有土匪。看到天色渐晚,袁仁贵就问胡大伯今晚住在何处。胡大伯说再向前走两三里地就有个店子,可在那里住歇。同时还说店子里有秀色可餐的姑娘,只要给钱就可以风流快活。脸红齐耳根的袁仁贵好像嘴里在说有辱斯文,但心里却翻江倒海了。特别是下面那东西居然有了反应,就像上了弦的箭,随时就可能飞出去。可是,反应总归是反应,他的处子之身可不敢去"初生牛犊不怕虎",一旦闪失把丑事传出去,那美得不能再美的未婚妻还会向他弹奏动人的琵琶么?他坚决地就把那分初潮克制了下去。

袁仁贵同胡大伯接近铺子的时候,只见房屋旁边插着一杆红旗子,旗子上明显写着"仙鼻店子"四个字。这四个字的书法极富功力,有魏碑的刚劲,颜体的圆润。与其他那些店铺歪里邪垮的招牌相比,就突显出这个店子的台面来。不仅如此,那充满巴蜀风格的穿斗结构四合院大瓦房,无不可以想象这个店子的殷实与富足。特别是在历史的匪患中没受到惊扰,那就更说明这里面主人黑白通吃的能耐了。

二人去到仙鼻店子拴骡马的地坝,就看到一位包着青色帕子的中年妇女端着簸箕从大门里走出来,要是穿的大脚裤不卷边,差点就把一双乖眉日眼的小脚罩住了。穿着的青花布对襟棉袄，被一条黑色粗布围腰系得气鼓日胀，立即就会让人联想到那里面系裹着的丰乳肥臀。这身土家族打扮的妇女抬头看见他们，把簸箕往边上的石墩上一放，嘴里就连珠炮似的打起锣来："嗨呀驼子大哥！你这时才到，早就没有床铺了，今晚你又得跟秀娃子打挤哩！"

"蔡姐娃子哦！你不要这么霸王硬上弓嘛！我哪有那么多钱去和秀娃子打挤呢？还是给我找个地方打个瞌睡算了吧！"

"那你就只好在火笼里陪那几个吊起鸡巴的烤兜胯火了哦！"

"这个好说。"接着，他就恭敬地指着袁仁贵补充说，"只是我身边这个袁少爷你真的要给他找个铺哦！他是大宁场盐帮袁帮主的大少爷，你可不得怠慢啰！"

"哎呀！这么有来头的袁少爷光临寒店，真为我们增脸面了，我一定把袁少爷安排好。"

在边说中，把他们迎进屋的蔡姐娃子高声对着楼上喊："乐乐，快把屋子收拾好，把火盆加大点，袁少爷今晚住你那里。"只听楼上一声清细的声音发出来，答应的"要得"两个字，像珠坠玉落，一下就把袁仁贵酥脆了。他立在原地愣过一下后，就推说不上楼去住，他要跟胡大伯到火笼里坐一晚上。

看到袁仁贵这副样子，蔡姐娃子哈哈大笑说："袁少爷莫多心，你是贵客，我总要把你安排得安安逸逸的，如你不愿乐乐陪，她就跟别人去挤。我才不得像驼子哥说的要霸王硬上弓哩！"

袁仁贵说："既然这样，今晚我就和胡大伯在楼上睡，价钱我给双倍行不行？"

这咋不行呢？有钱能使鬼推磨，蔡姐娃子眉飞色舞地高兴起来，趁势就说给他俩安排点野味，还要热上一壶烧酒。袁仁贵当然不好拒绝，因为对胡大伯说过一路由他捡馆账，只好硬着头皮认可。

炉火温暖，野味可口，烧酒醇香，两杯下肚，袁仁贵就兴奋了。这时，烧得一手好菜的蔡姐娃子的男人刘厨子端来一盘肉说："袁少爷！这是前两天打的竹溜子。这肉细软滑嫩，保你喜欢吃。"

袁仁贵忙说："够了，够了，我已吃得差不多了。"

正在此时，穿着棉褂子的乐乐进来说拿东西，在向铺上翻找中，乘着酒兴的袁仁贵就把目光偷瞟了过去。这乐乐看上去才二十来岁的样子。水汪汪的一双眼睛，把山里妹子的清纯全都装在了里面，虽然穿着不是那么让人陶醉，但她躬下身子翘起来的大屁股，可谓令人销魂。

刘厨子似乎看出了点什么门道，忙叫乐乐过来敬袁少爷一杯。袁仁贵礼节性地推辞两下后，稀里糊涂就接受了乐乐的敬酒。一饮而尽后，袁仁贵的酒兴浇浓了，在回敬乐乐一杯后，乐乐就自个留下来连续同袁仁贵把盏，同时还顺手牵羊把胡大伯灌了个大醉。添菜进来的蔡姐娃子见状，同她男人刘厨子把胡驼子扶下楼往火笼里一甩，就让他去烤兜胯火了。兴致勃然的袁仁贵没有再说要把胡大伯留在这里，他装着没看见似的，任由蔡姐娃子两口子把他扶起走，就是把胡大伯剐了杀了他都不得去管了。

蔡姐娃子把房门拉上后，屋里就只有袁仁贵和乐乐两人，蔡姐娃子在酒杯里下的春药，已在袁仁贵身体里剧烈发酵起来，他一把拉过乐乐就开始猛亲。当乐乐把柔糯的舌头伸进袁仁贵嘴里绕动几下的时候，袁仁贵全身就颤抖起来。乐乐趁势解开他的裤带，一会儿抽出手来的乐乐咯咯笑着说：“袁少爷啊！你这么不经整，谨防你媳妇二天给你戴绿帽子哦！”

袁仁贵说：“我还没结媳妇，今天是第一次让女人碰哩！”

听这么一说，乐乐心头高兴了，居然袁少爷还是自己开的张。那好，今晚得和他好好地度春宵。她去把门关上后，就宽衣解带和袁仁贵上床了。在教过袁仁贵几下后，他就在乐乐酥软的肉身上欲死欲仙起来。当成新婚快活的乐乐于抽搐中紧抱住袁仁贵说：“袁少爷！你的叫声好吓人啰，比喊春的猫还嚎得凶哉。”

袁仁贵又颠簸了几下屁股说：“你的叫声才吓人哩！啊啊啊的像杀猪一样吼。”

乐乐不好意思地嬉笑起来。她伸手揪着袁仁贵耳朵说过真坏后，就翻身过来骑在袁仁贵上面，一个像猫，一个像猪地又吼叫了起来。

一阵又一阵的吼叫，直把隔壁鼾声如雷的盐背子惊醒过来，屏气凝神中，直想过去搭火像猫猪一样地吼叫上一盘。

唉！谁不让他们吼叫呢？他们囊中没有多少子子让他们去雄得起。于是，只好在心头祈祷菩萨保佑，希望在这个条件反射下，能有一个春梦做出来。

大下半夜，翻江倒海的袁仁贵和乐乐才平静下来，在如胶似漆地相拥中，两人便香甜地进入了梦乡。

大约是寅卯不添光的时候，突然有两只火把照在了袁仁贵和乐乐的床前。一人伸手下去猛拍一掌袁仁贵说："风流鬼快起来，我们是来借东西的。"

惊醒的袁仁贵没弄清楚借东西是啥意思，便忙说："我是住店的，不是老板。你们去找他们借。"

那个人说："狗日的还装蒜，把你身上的钱全交出来，不然就宰了你。"

"你们是抢啊？"似乎有些明白的袁仁贵说。

"聪明。我们就是来抢，就是你们说的抢犯的抢。"说完这话，几个土匪就哈哈大笑起来。

这时，蔡姐娃子跑进来拖着哭腔说："各位大哥高抬贵手哇！这是大宁场盐帮袁帮主的大少爷，你们抢了他，我这个店子怎么担罪得起呢？"

一个土匪兴奋说"哈给！咱今天还弄到条大鱼，快起来押上山去，叫他老子拿银子来取。"

刘厨子拉住那个说活土匪的手说："大哥莫恁个，你就放过袁少爷，我把我家的全部钱财给你们行不行？"

那个土匪把他的手一甩说："你是你的事，他是他的事，各了各。"

另一个土匪把梭镖在桌子上拍得"啪"的一声说："你两个再说就把你们全宰了。"

只这一吓，蔡姐娃子两口子就再不敢吱声了。那个土匪车身把梭镖向袁仁贵的铺盖上拍着说："快起来写封信，我们好派人去取银子回来放你。"

这个阵式下，袁仁贵才魂飞魄散地穿上衣服去到桌边。一个土匪递上准备好的纸笔，由他念一句，才让袁仁贵写一句。

　　爸爸、妈妈：
　　　我在神农架惹了大祸，是仙鼻山上的绿林好汉帮我
　　解了危，我现在他们那里做客。为平安回来过年，请快

叫人送五百两银子来仙鼻山还人情。否则的话，我就永
难敬孝于你们的膝前了。十万火急，盼速筹办。

袁仁贵泣告

写好信后，土匪就押着他准备上仙鼻山去做人质。下楼路过天井的时候，吓得瑟瑟发抖的胡大伯喊道："袁少爷？你哪里去？"

袁少爷几步迎上去说："胡大伯，他们押我到仙鼻山去。"

"出了什么事？"

"他们把我弄到那里，要屋里拿五百两银子来取。我已给屋里写了封信，叫他们快按我说的办。光凭信怕屋里不信，我把护身观音给你做信物，你快启程，把我的口信和信物带回去，我会一辈子感谢你！"

胡大伯接过信物答应后，土匪就推着袁仁贵把他押上了仙鼻山。

所以说袁世忠没想到儿子袁仁贵已看守在这个山寨里，袁仁贵也没想到他爸爸会上到这个仙鼻山上来。

第二天中午，宋寨主设了个鸿门宴。酒过三巡后，没出季师爷所料，宋寨主摊出的牌可就不是每条道增加保护费一千两银子，而是两个条件任选其一：一是把陆岸盐营所得的利润分两成。二是把安康到汉中的盐道交他们经营。

听到这个狮子大开口的条件，袁世忠傻眼了。他把自己怨得死去活来，早知如此，为什么要上这个山上来拜什么鬼土匪呢？就是每年遭一点抢，可也没这么大的损失啊！真是偷鸡不成倒蚀一把米呀！这狗日的土匪就是土匪，一点就不讲情义，爪子深得吓死人。这些遭千刀万剐的，朝廷为什么不剿灭他们？他们这么狮子大开口，自己该如何做决定？

看到他老半天没说话，宋寨主说可让他考虑半天。

和季师爷去到厢房，袁世忠就骂开了："这些狗杂种以为老子是熬银子的，只想一口把老子吞下去。老子回去找亲家公，老子陆岸不干了，老子不想赚什么巴盐济楚的鬼钱了。还是像往天那么搞，平安无忧地过日子算球了。"

季师爷提醒说："那巴盐济楚是朝廷的旨意，你敢违抗？周大老爷是朝廷官员，他说的话能朝令夕改？你要自作主张来与土匪修好，头就接上了，

你能缩得回脚？我看你这回是骑虎难下了。还是答应一个条件吧！"

袁世忠怒不可遏地说："答应什么呀！老子辛苦，他们来坐享其成，老子心不甘，老子也去当个山大王算了，免得低三下四去求爹爹拜奶奶。真不是他妈个好卵世道。"

季师爷劝道："别说气话了，还是想怎么办。"

袁世忠赌气地说："屁的个怎么办，你老当家，该有个幸灾乐祸的办法吧。"

季师爷一脸苦笑说："你阴阳怪气的，我怎么敢想办法？"

袁世忠还火气不减地说："有话就说，有屁就放，不要来卖关子。"

季师爷摇了摇头，感到跟这个粗人说话太有辱斯文了。但为了解决问题，他还是耐着性子说："我想来取个寸，就每年五千两银子包干了断，免得到时扯不清又节外生枝。"

袁世忠心里像爆发的火山，没控制住就对季师爷破口开骂了："你个狗日的季师爷，开口就几千两几千两的银子甩出去，老子的钱就不是钱？拿你自己的钱来试试，真是你妈个'丧门星'"。

但骂总归是骂，偷鸡不成倒蚀把米的事是自己找起来的，早知如此，就像过去顺其他妈的自然算了，即使要保护这几条道的安全，便可以巴盐济楚的名义要官府来搞。唉！这官府有这个指望吗？要是有这个指望，太平天国就不可能闹得这么凶，那就不得让他们切断淮盐运道搞锤子巴盐济楚，自己就不得到这里来。再说土匪也不可能在这里猖狂上百年。这些操他祖宗十八代的土匪一点情义就不讲。现在若不答应他们的条件，恐怕人就走不脱，即便走脱了人，那今后土匪在这几条道上就会实施疯狂地报复性抢夺。那损失就更不可预见了？好嘛！羊毛出在羊身上，今后老子就提高盐价或搞点其他什么名堂把损夺回来。眼下这个没有退路的时候，就按季师爷这个狗日的说的办。

得到袁世忠的同意，季师爷才独自去取这个寸。季师爷把这个取寸的想法说出后，宋寨主爽快地就答应了，并叫来袁世忠当场约签按手印。在双方收好约签的时候，宋寨主就一厢情愿的让大家举杯喝庆贺酒。大家当然喝的是庆贺酒，只有袁世忠感到喝的是血是泪是毒药。真是赔了夫人又折兵！他只想化作一团烈火，瞬间就把这些狗杂种烧得灰烬火熄。正在他心头怒火中烧的时候，宋寨主就叫人把袁仁贵请了出来。袁仁贵见过他爸爸，就把头低了下去。袁世忠吃惊不小地问他为何在此？宋寨主忙接过话说："前几天，袁少爷在山下遇上太平天国险遭毒手，是我们拿了五百两银子才把事摆平，为防再起事端，我们才把袁少爷接上山来。由于他对我们有戒心，没说是那里的人和来干什么。所以我也就不好安排人把他送到哪里去。先前他听说从大宁场来了个袁帮主，他才说是他父亲。现在我把他平安交给袁老爷，就劳袁老爷把袁少爷带回去。"

袁世忠没因此去说感激涕零的话，他知道太平天国如闹到这里，宋寨主还敢去出手相助？再说袁仁贵虽然初涉世道，但也不乏机警。来来往往那么多人就没惹到太平天国，唯独就袁仁贵惹上了？多半是些狗日的土匪设局把他弄上来的。

看到袁世忠一点儿没表态的意思，季师爷忙拱手说："宋寨主费神操心了，大恩大德我们这里表示感谢！"

宋寨主把手一扬说："既然我们有了一个约签，就不应该再讲客气，有事相互关照是我们义不容辞的责任。另外那五百两银子不还了，就算是我给袁少爷的见面礼。"

宋寨主说的这个事实袁仁贵不得不点头认可。上午宋寨主找他时就对口过，在他父子见面时，宋寨主怎样说他就怎样顺，否则就把他狎妓的丑事说出来，或是把他父子都扣做人质向他家里要更多的赎金。当然这个时候的结果是理想的，如袁世忠不答应条件或又不听季师爷取寸，那宋寨主的话可就不会这么说了。

袁世忠似乎明白了是咋回事，似乎什么也没弄明白。他只是谢天谢地庆幸没出大事，总算父子团聚可以平安回家了。

走在"未晚先投宿，鸡鸣早看天"的回家路上，袁世忠心里直暗暗后悔，这趟过来做啥子呢？真是搞了个赔了夫人又折兵的买卖呀！

14

遭遇打劫险丧命

　　袁世忠一行返程还没到竹山，胡大伯的口信和证物就送到了袁家。突如其来的消息让袁仁贵的妈妈毕珍哭了个不可开交，一家人乱作了一团。正在金管家纳闷的时候，袁仁贵的书信又有人送了进来。这还有什么怀疑的呢？但金管家还是没弄明白，既然袁仁贵被土匪扣了，那袁老爷又哪去了呢？他忙把胡大伯叫到一边想问个明白。因为在路上袁仁贵没有提及他爸爸留在兴山的事，所以也没说出个什么"子曰"。更何况土匪来抢劫的时候，醒过来的他才发现自己睡在火笼边，也就道不出袁仁贵为何要被押走以及他风流快活的半点事儿来。这如何是好呢？金管家忙叫人去找来张克贤和周先生计议。冷静的周先生说，无论怎样，袁仁贵是扣做人质了，拿钱救人不容迟疑。至于袁世忠是咋回事，把袁仁贵救出后，一切就自当明白。关键是这五百两银子（拿的银票）该谁送去，可让大家动了一番脑筋。最后还是周先生拿来主意，他说那一路上凶险交加，一般人是不敢去胜任的，必须要小心谨慎之人，甚至还要有武功，一旦遇到意外也能有个对付。他推荐程大奎和张永东一同前往。为不走弯路，周先生便托送信的胡大伯做向导，走徐家坝，穿十里峡，从大九湖，再到神农架的仙鼻山。他们一路腿勤脚快，三天时间就赶到了。

　　去到后山门外，程大奎向值守喽啰说是受宋寨主相邀前来办事的。对这些小土匪是不可说真话的，弄不好这些见钱眼开的家伙就会搞出节外生枝的事情来。当喽啰应承让他们进去时，程大奎才叫胡大伯拿着犒赏高高兴兴地回兴山县去了。

程大奎和张永东在喽啰的带引下，很快就上到玉帝庙。刚到议事厅门前，叫他们等着的土匪就进去向宋寨主通报有两个人受邀求见。

宋寨主纳闷，自己没向什么人发邀请啦？是谁敢擅编故事闯进本寨呢？真还得多个心眼。他叫上几个随从去到议事厅，就叫喽啰通传两个自称受邀的人。

宋寨主端坐在大厅中间的太师椅上，椅子后面的神龛供着大刀关公，那讲道义重情意的面容，直让人心生敬意。只是遗憾供在了不该供奉的地方。关公像的两边有副对联，可是宋寨主自己的杰作。那粗犷有力的草体很能出手，自成一家，完全地把书箱之气淋漓尽致的表现了出来。特别是"头顶天脚踏地人间我为大，朝瞰云夜观星江山独受尊"的对联口气，可就要把人大吓一跳。无论谁从外面进来，首先就会给他留下一个巨大的震撼。至于宋寨主端坐左右两边各放的四把椅子，就逊色得不会因称其八大天王位而把人惊出冷汗来，充其量是些议事的头头或是迎来送往的乌合之众搁落屁股的地方。

看到程大奎和张永东是两个乳气未干的小毛头，宋寨主可没喊他们坐。就是喊坐，程大奎他们也不会坐。因为他们不想成为乌合之众。站定的程大奎始终把目光注视到那副对联上，他认为这书法别有特色，颇具韵味。特别是那对仗，简直就是"癞蛤蟆打呵欠——口气宏大"了。咿！你这个宋寨主硬是想当皇帝哈。正在程大奎这么想的时候，宋寨主就开腔问："请问两位英雄尊姓大名？说我邀请二位来有何贵干？"

程大奎不卑不亢地说："我们是袁帮主的下人，我叫程大奎，他叫张永东。今个是来送银子取人的。"在边说话中，程大奎就把那封要银子的信欲近前给宋寨主递过去。一个随从出步拦住他，伸手取过信才呈给宋寨主，他怕这个不知底细的程大奎近前去上演一出荆轲刺秦的故事来。

宋寨主看到前几天逼袁仁贵写的亲笔信，就哈哈大笑说："这袁家硬是有油水，一封信就把银子送了过来，只是袁老爷不如他家里人痛快。"

一个小头目附耳问宋寨主："这两个小子送来的银子收不收呢？"

宋寨主转头低语说："不收。若收我们就得交人，这人已走了，我们就没了理由。虽然我们是见钱眼开的人，但这点江湖道义还是要讲的。"

小头目又悄悄提醒说："如不收，就要向这两个人说不收的理由，要是他们知道过中的道道，一旦不安好心回去说袁帮主通匪，他们不仅要遭殃，我们每年的保护费就有可能泡汤。"

宋寨主把头点了几下就盯住程大奎和张永东说："袁老爷已托人把银子给了。若一路顺畅，袁少爷他们可能就过了竹山，你们来时就没碰上他们？"

程大奎说："我们是从十里长峡过来的，如他们走竹山，就不会碰上。"

宋寨主再没说什么，只叫那个带他们上来的喽啰把程大奎和张永东又带下山去。

出过后山寨门，走上官道阵子后，程大奎就对张永东说："永东，我们找个林子去躲一会，看有无可疑人跟上来。确定无疑后，我们再启程。"

张永东不解地问："为什么要这么做呢？"

程大奎说："凭直觉，好像有眼睛在盯着我们。我们已向土匪显摆了银子，还不该谨慎些吗？"

张永东还是没明白地问："他们不是说银子已给，就叫我们回去吗？"

程大奎说："正是如此，我才更加担心。"

他俩躲进一个僻静的林子，在来往的盐背子从面前走过几朝后，没见有顺路的可疑人追过来，确定无异后，他俩才重出上路。去到一户人家前，程大奎就进去把主人的扁背和打杵买了。意在把自己和张永东装扮成盐背子，再说拿着打杵也好有个防身的东西。

背上扁背的时候，那个五十多岁的老人家就说张永东不像盐背子。其理是穿着不像穷人，倒像个大户人家的公子。盐背子风餐露宿，满脸都是疲劳，不像他们这么气色鲜明。另外盐背子去背盐，背里都背着打成几十包的苞谷面，每到一个吃饭的幺店子，他们都得编上号或写上自己的名字把包寄在那里，以便背盐回来好取出煮糊糊吃。再说他们两个娃子又没人带，保不准别人还会怀疑他俩是土匪棒老二什么的。

看来这老人家非常厚道，他的直话直说没怕程大奎不买扁背和打杵。他觉得做人就应该这样坦诚相见。程大奎叫张永东同老人家换了外套，补巴罗补巴的对襟衣服和大腰抄裤穿在身上，虽像那么回事，但梳得讲究的长辫子还是不相搭配。老人家按山里人的做法，把长辫子为他裹在头上后，才把盐背子的味道打扮出来。道过谢的程大奎和张永东才又重新上路。

临近年关，除迎面过来的最后几朝盐背子外，再就没碰上他们追上返程和后面跟来背盐的盐背子。他俩越走越孤单，越走越清寂。在一块立着九条命牌子的地方，突然就从崖壁上跳出四个手执梭镖的彪形大汉拦住去路。这个叫九条命的地方，是一条在山脊上用人工开出的险路。山脊的那边，是悬崖绝壁，山脊的这面是黑压压的森林。立此险要之处，真的就是一夫当关万夫莫开了。有人说在山脊上杀人，左边可丢下万丈深渊粉身碎骨，右边可甩原始森林喂狼喂熊。这里常发命案，最惨的就要数过去有九个盐背子在此遭土匪抢劫，并且还把他们捆在山脊右边的大树上活活杀死。为警示路人和祭奠亡灵，便由官府立此九条命的碑刻。今天土匪又出现在这里，莫不是要增立一块两条命的碑刻哟？

那个头目把左手叉在腰间，右手拄着梭镖，满脸横肉的下面，似肥猪般的大肚子，裹在起了一层油蜡壳的棉袄里，凶神恶煞地腻得让人只想吐。那副目空一切的样子，可恶得好像把天就要吞下去。没等程大奎他们近身，像鬼嚎的声音就从他的口中发出来："你两个狗日的一路诡计多端，让老子们赶了好几个空，今天等在这里，看你两个狗日的往那里跑？"

张永东正要开腔，程大奎就止住他回话说："英雄你一定是搞错了。我们是背盐到兴山才回来的，不知道你说的是啥意思。"

那头目把梭镖拿起来"嗯嗯"舞过两下说："狗日的还装蒜。打明说，要么留下银子，要么留下狗命。"

张永东忙答话说："英雄，我们真的是盐背子。"

那个头目对着他的同伙哈哈大笑说："他们说是盐背子，他们能说得出这条道上的几个出名地名吗？再说把盐背到兴山县又要办些什么交割呢？他们说得出来吗？"

一个嘴快的土匪把刀扛在肩上起哄说："是啊！快说哇！说不出来了吗？别以为老子们是傻儿，老子们是千里眼和顺风耳，你们别想逃得脱。"

看来这个关口是不能善过了。程大奎与张永东交换了一下眼色，就是准备硬闯。程大奎装着极害怕的样子说："英雄，我们愿把银子给你，你们千万要放我们一条生路啊！我们不想死在里呀！"话一说完，就假装哭起来。

看到程大奎和张永东被吓出的尿样，几个土匪就大笑起来，并把警惕抛在了脑后。那个头目大摇大摆地走过来对着程大奎的肩膀推了一掌说："小狗日的，快把银子拿出来。"

程大奎和张永东趁势就把扁背放了下来。在程大奎伸腰的一瞬，猛地一脚就踢在那个头目的下身上，那头目本能地用双手去护下身时，程大奎一杵打在他的脑壳上，头目应声就倒了下去。看到突如其来的变故，三个土匪一拥过来，就与程大奎和张永东打斗上了。二对三，简直就是一场血战。双方打斗上十个回合，程大奎瞄准一个破绽，一杵晴天霹雳，就把一个土匪打翻在地。在程大奎转身时，见另一个土匪一刀就向张永东背上捅去，他赶紧飞起一腿，土匪踉跄的瞬间，还是让刀在张永东背上划出一条口子，鲜血流了出来。见血的程大奎红眼了，他丢掉打杵，捡起脚边的马刀就向那个土匪猛劈，只三个回合，就锁喉一刀就把土匪干掉了。随即他便大喝："永东闪开，让我来收拾他。"

脸青面黑的张永东闪过身后，那土匪就把刀"呼呼"地挥舞了两下。从套路上看，武功底子不薄，程大奎便和他小心地交起手来。在劈砍刺杀中，土匪出手凶狠，刀刀封喉，招招致命。十几个回合下来，落于下风的土匪没想到小狗日的还有这么好的功夫，他感到再这样打下去，要不了多少回合自己就会成刀下鬼。在程大奎隔他刺过来的一刀时，忙一跳步脱身就跑。本来程大奎会放他一马，但想到周先生的叮嘱，若遇土匪捧老二抢劫，一定是你死我活的打杀，如能取胜，千万不能留活口让他们寻仇报复，务必斩草除根。同时又想到土匪向张永东刺过去的那一刀，差点就要了张永东的性命。于是，程大奎把刀扬起，对准土匪的后背就甩了过去，只听"嗬"的一声，马刀从土匪的后心窝插进去，随即就饿狗吃屎似的一头栽倒在地。

看到四具尸体，程大奎不敢怠慢，忙将其拖到悬崖边做了个无影无踪的崖葬。他不可以给土匪留下丁点物证，要是看到尸体，定会怀疑是他们干的。结上的匪仇一定得寻报追杀，从此就不会有安宁的日子过。在把现场收拾干净后，程大奎才把自己的一条裹脚取下来为张永东缠绕背上的伤口。虽然流了不少血，但张永东还是坚持得住，毕竟伤是在背上，不直接影响脚力，他们还得加紧赶路。

15

瑞雪一夜天留客

经快步疾赶，天黑尽的时候，程大奎和张永东才到大九湖。寻着狗叫，他俩去到一户农家。这农家虽然盖的是茅草房子，但连排五大间的体量，还是判断得出是一家老门老户。这户人家的大花狗异常凶猛，特别是夜晚看到陌生人，它会把对主人的忠诚，毫无保留地表现出来。程大奎和张永东怎么就进不到用树干打扎的围栏地坝里。

焦急中，程大奎就向屋里喊道："叔叔伯伯，出来赶一下狗子嘛！我们想来借个歇。"

门"咿咿呀呀"地打开了，一个五十多岁的男人拿着一个火把走了出来。他头上包着青帕子，帕子下的脸虽然窄瘦，但显得极有精神。他的个头不小，总比这山里人要高出一个头，分明就是个大汉。虽齐腿的棉长打褂打着几个大小不等的补丁，但肩上没有半块像盐背子那般补疤罗补疤的功勋。凭着这副模样，程大奎就在心里认定他是一个猎户。

看到是两个大娃子，这人才用烈酒卤过的声音喝道："花娃子住嘴，来的是客。"听了主人的话，大花狗才坐在地上警觉地盯着程大奎和张永东。

主人把程大奎和张永东迎进屋里，放下扁背后，就向火笼边围过去。

火笼挨门边坐着两位老人，都七十开外了。那个老爷爷坐在老奶奶左边，正聚精会神地织着扁背。那个娴熟的动作，可不是一两天练出来的功夫，早已达到盲编的境界。他脸上虽布满沟壑，但并不显得那么沧桑。一杆三尺多长的土烟杆支在火坑坎边，不停地吧嗒出烟雾来。他没像其他老人那样要在头上围上一条粗布帕子，而是把头整理得顺顺地，并且还把那条长辫子像银环蛇似的盘在颈上。要不是身上穿的那条长衫胸前结满油蜡壳，可真的就会感到他与凡夫俗子似乎有些许的不同。老爷爷把程大奎和张永东望过一眼后，就把手头活停了下来。坐在他身边的老奶奶跟山里的其他老奶奶看不出有什么不同，她正拿着一支篾条向老爷爷送过去。看到老爷爷没接，就推过一下老爷爷说："不织了吗？还不接！"

在老爷爷答应不织后，就把没编成的扁背，给坐在老奶奶身边的那个十二三岁的孙子递过去。这孙子接过扁背准备去搁放时，便对围坐的一个弟弟和妹妹说："这地方给我留起啥，别给我占了哦！"

那个最小的弟弟说："哥哥，我想去挨到奶奶坐，你回来坐我这里好不好？"

那个小哥哥望了一眼小弟弟说："你跟奶奶捏腿行不？你就别来凑热闹了。"

小弟弟说："我喜欢挨到奶奶坐！"

这时，老奶奶亲切地说："快来挨到奶奶坐嘛，咪狗子！"

在奶奶允诺后，咪狗子就趋身过去，忙把奶奶的腿捏起来。没力气的他做出的那个搔痒痒样子，直让奶奶打趣地说："好了！好了！你这么捏奶奶的脚就不痛了。"

天真的咪狗子信以为真地兴奋说："哥哥！奶奶的脚不痛了，是我捏好的。"

咪狗子的哥哥说："好吗！那你天天就给奶奶捏嘛！"

耶！这家人的家风真不错，亲人这么和睦，这么体贴，真不像俗话里说的"穷山恶水出刁民"哩！程大奎心里就这么在想着。

察言观色他们好一会儿的老爷爷说话了。他问程大奎和张永东："两个娃？你们是干什么的，怎么这副样子？"

程大奎先把自己打量了一下，认为没什么特别的，他又把目光向张永东投过去，只见他脸青面黑，目光呆滞，像是得了大病。程大奎心头一惊，忙抓住他的膀子问："大宝哥？你嘟个了？"这个大宝哥的叫法是程大奎和张永东在路上约好的，因怕说出真名惹出事端，他俩都改称姓林（因来自大宁场，就取宁的谐音。）并说是堂兄弟，张永东叫林大宝，程大奎叫林小宝。

张永东有些发颤地说："我头有点晕，好像天就转起来了。"话刚说完，随即就晕倒过去。

程大奎惊吓地喊起来："大宝哥，你别吓我哈！你要扛住哦！你若有事，回去我向大伯哪个交票呢？"

正在程大奎惊慌之际，老爷爷已把住张永东的脉搏，诊断片刻就对程大奎说："大宝一定是受了伤，并且还感了风寒，要不是有些内功底子，恐怕早就支撑不住了。"

听老爷爷这么一说，程大奎更加断定他不是等闲之辈，忙一膝跪在老爷爷面前说是半路上遭土匪抢劫受了伤，要不是跑得快，他俩早就成刀下之鬼了。还请老爷爷看在他们兄弟初次出门谋生的分上，不吝出手救救他的大宝哥。

老爷爷望着他的儿子说："郑和平，快把大宝扶进房里，我去取药来为他敷。"

程大奎记住了，这家人姓郑，刚才开门的伯伯叫郑和平。

在把张永东扶进房里扑放在铺上时，郑爷爷就提着一个木箱走进来。他脱掉张永东的衣服把伤口一看，嘴里就喃喃说："这土匪下手的招法太毒了。再深一点，捅伤肝就没救了啊！"

程大奎在落泪中没有搭腔，他怕激动失言节外生枝，毕竟眼前这位老者不可小视。

敷好药缠上布带后，郑爷爷又给张永东喂了一丸药，说要不了几天就会好。同时他又吩咐郑大伯把打的野鸡炖汤给大宝补身子。真是遇上好人了啊！守在张永东身边的程大奎心里不停地在感叹。

夜很深了，外面呼啦啦地刮起大风来，看来是要下雪了。瑞雪兆丰年，雪就快下吧！但程大奎立即又大吃一惊，现在下雪一定得封山，没有十天半月是出不去的，那过年哪个赶得回去呢？他不得不在心头焦急起来。

风稍停歇的时候，铺天盖地的大雪果真就下了起来。一夜没合眼的程大奎起早开门一看，齐膝的雪简直就像一床大棉絮，把大地山川盖了个严严实实。这门外哪里是路？哪里是坎，全就分不明白了。一旦结上冰冷，如抹上油的山道谁敢向前放步？那万山老林到处都是悬崖和深谷，稍不留神跌下去，可以想象那该是一个什么样的结局。

程大奎去到火笼的时候，起早生火的郑大伯就说："你起来这么早做啥子呢？天下大雪了，你们走不了呐！人不留客天留客哩！"

程大奎说："走不了我也没啥子。只是在这里请不到郎中，大宝的伤就叫我担心了哇！"

郑大伯向火坑里放了把毛毛柴说："有我爸爸这个土郎中上的药，大宝的伤应该问题不大，这算得上我们有缘，要是你们住到别处，可就没人给他治伤了。"

程大奎忙说："真是谢谢郑爷爷和郑伯伯了，此恩此德我们永远就不会忘记。"

郑和平淡然地说："算了。我们救治了多少人，我们向谁图过回报？到这个时候，我们还不知道你们的底细，给我讲一下好不好？"

正在程大奎准备讲的时候，郑爷爷也来到火笼。他把杵着的烟杆向身旁一搁说："娃你慢慢讲，我顺便也来听一下。"

程大奎说："我叫林小宝，和堂兄大宝哥是大宁场的人，他长我两岁，今年十九。前几天我俩约起出来到房县和兴山看一下盐马古道，然后回去决定是当盐背子还是在大宁河当纤夫。我们还没到兴山，半路就遭抢了，好在跑得快才躲过这一劫。"他深叹口气好像拿定了主意说，"看来这条路上凶多吉少，只好回去当纤夫了。"

郑爷爷和郑伯伯望着表现得极为真诚的程大奎没有说话，但看得出来，他们对他充满怀疑，要不是看到他是个娃，那可就得赶他和张永东出门了。若真是那样，这天寒地冻的，加之张永东又受着伤，他俩不是喂狗，就要喂狼。

16

一世情缘天作合

经过几天的调整养,张永东的伤得到了极大康复。大年三十这天,起床的张永东去到火笼,一膝跪在郑爷爷面前声泪俱下地说"郑爷爷!感谢你一家人的救命之恩,我大宝一生一世就不会忘记。这里有五两银子,权当我和小宝的一点心意。更何况几天还动不了步,过年就还要麻烦你一家,你千万不要介意哈!"

郑爷爷扶起张永东说:"大宝啊!老天把你们留在我们家过年,说明是我们前世有缘,从近几天的观察看,你们不是坏人,我想你们心里一定有秘密,但我们是不想知道的,这是这条道路上人家的规矩。银子我们不要,饭食钱我们还捡得起,你们就只当是我们家的客。我们一家认识你们都感到高兴,从现在起就不要把自己当外人。"

再三推辞后,程大奎才叫张永东把银子收起来。

简单吃过午饭,大家就忙起年夜饭来。程大奎和几个小弟妹把地坝里的雪除了个干净,准备让郑爷爷祭典天地后写春联贴福字。张永东高兴地站在门旁边,亲热地摸着那条大花狗的头,逗弄得大花狗把尾巴像风摆柳似的摇个没停。

在地坝里安上八仙桌后,郑大伯就端来猪头放在上面。郑爷爷把烟杆向桌上一放,执炷香一燃,就念念有词地祷告起来。在把香插在地坝坎上的时候，郑爷爷才喊大家过来祭酒。这祭酒的次序先是老奶奶，接着是郑和平和两个儿子，再接着是郑和平的夫人郑氏和两个女儿。

就在郑氏准备上酒的时候，只有小女儿郑云桃跟在后面，大女儿躲在灶屋里不出来。郑和平便喊道："云菊！快出来祭酒，还在灶屋里做啥子？"

里面没有声音，程大奎和张永东在心头猛然纳闷，这几天没见有个叫云菊的姑娘啊！真要算个稀奇哩！他们直想看看这个云菊是个啥模样。

自程大奎和张永东来到郑云菊家的第三天，从姑姑家吃杀猪饭回来的郑云菊在灶屋听妈妈说家里来了两个大宁场借歇的小伙子，因大雪封山只得住在家里过年。那个叫林大宝的还受了土匪抢劫的刀伤，爷爷还在为他医治。他今年十九，小的林小宝也快十八。两个娃子看上去聪明勤劳，直讨人喜欢。听妈妈这么一说，情窦初开的她一直就没敢出去现身。现在爸爸要她去祭酒，她也只想回避。可是在催过两次后，郑云菊才满面通红地走出来。哇！简直就是一个活脱脱的大姑娘。迈出灶门的瞬间，低头收住的一双大眼睛快速地四下扫视了一下，心就更加"怦怦"地跳起来。两个顶天立地的小伙子是她平生第一次见着这么英俊的，你说没有想法，到了谈婚论嫁的年龄，那怀春的心怎能平静得下来？在脑壳嗡嗡直响中，手忙脚乱的郑云菊便草草地应付了祭酒仪式。

在郑爷爷喊程大奎和张永东过去祭酒时，站在门边的张永东还呆住在那里，是他一见钟情看到郑云菊呆住的。这个郑云菊身材高挑，看上去只比张永东低小半个头，她把齐膝的辫子抛在身后，更让人感到她的清丽与妩媚。她上身穿着短棉袄对襟，尽管棉鼓鼓的，但一点儿也不会丑化她丰满而又匀称的体态，虽然她的裤脚边和棉袄肩已磨破补巴，并不会让人感到她有多么寒碜，相反还更加突显出来她的勤劳。虽然她祭酒的举止有些慌乱，但从气质上还是看得出她非常有教养。张永东感到是在什么地方见过她，但一时又想不起来。反正是那么的亲切与熟悉，并且认定郑云菊就是他此生想要娶的媳妇。

看到这副样子，程大奎似乎明白了他的心事，为不失体面，他忙过去拉住张永东的膀子说："大宝哥，你没事吧！"

回神过来的张永东忙说："没事。"

"没事就过去祭酒。"

张永东不好意思去到桌边同程大奎向天地行过鞠躬礼后，就虔诚地用中指向土碗里蘸酒向空中弹了三下。

祭酒仪式结束时，郑爷爷收拾出桌子，铺开红纸就准备写对联。他拿起笔对着张永东说："大宝，今年过年这么特别，你来写副对联吧！"

张永东正想应承，程大奎忙说："大宝哥大老粗一个，哪能写得出来呢？"

程大奎之所以这么说，是怕张永东控制不住露出马脚让郑爷爷起疑心。

郑爷爷没再相邀，只见他凝神聚气，挺胸悬腕，一气呵成就把对联写了出来。在笔走龙蛇之间，书法颇具柳体功力，并且在变化之中又形成独特的风格。"大九湖中酒杯杯醉残更，神农架上钟岁岁鸣新年"的对仗太有意思了，看似通俗，确深含寓意，不失为一幅好联。程大奎在心里暗暗称颂，却又不敢表露，只是张永东连连说了几个好字。在郑爷爷接着写上"紫气东来"的横批后，大家才把对联贴到大门上。

从这个时候开始，所有的人都进入到年的温馨中，并期待快开的年夜饭，把所有的期盼和憧憬都兴奋地端出来。

一串鞭炮终于把惊天动地的畅想送了过来，大山中的年就正式开始了。郑伯伯在火炕上安上两张大条桌，上面端上了好多菜，其中大半以上都是郑云菊端上来的。她从害羞地躲避到此时频频现身，就可以猜出她心里生出的不可外人道的情结了。入坐在主座右边的张永东一直就在关注她，他心里越看越甜，越看越有滋味，好像身上的伤瞬间就全好了，气色一下就光润了起来。除两个小弟和那个小妹妹外，大家似乎察觉出了点什么味道来。燃放鞭炮的郑爷爷进来坐上主座后，就叫郑和平夫妇坐在程大奎和张东的对面，郑爷爷把小孙子叫坐到他和郑奶奶的中间，郑云菊和弟弟妹妹坐正对面。斟上酒后，郑爷爷才高声发话团年。此时映在大家脸上的喜庆，如春风给神州大地送来的芳菲，清新而又芬芳。

酒过三巡，程大奎没来得及阻止，醉意鼓胀的张永东触景生情就朗诵起诗来："三生系有缘，天留此团年。清酒壶中暖，美味肚内甜。普天同贺岁，和家共欢颜，待到雪化时，春风伴回还。劫伤愈妙手，炉火驱胆寒。祭酒窈窕至，似逢已经年。我心遇所属，近对高堂言。天恩独垂我，还望多成全。"

诗一朗完，郑爷爷就说："大宝啊！自看到你和小宝，就知道你们不是孬包子。才又触景生韵，投石问路，初开情窦真是妙不可言！我想请小宝也来和上一首，如何？"

心头对张永东怨极了的程大奎推辞说："我不及大宝哥那么有情多才，不敢出丑，就敬你一杯酒行不行？"

"小宝别装傻了，你不仅聪明机警，才情也不在大宝之下，你以为我苟活几十年就看不出来？这条盐马古道上，什么人我没见过？"话一说完，郑爷爷就哈哈大笑起来。

程大奎感到郑爷爷的眼睛里，什么就别想瞒过去，事情既然捅穿了，他还不得不从命。他说大宁河的人喜欢唱五句子山歌，他想编个五句子出来凑热闹。在郑爷爷欣然叫好后，他就放开高亢的嗓门唱起来："一夜风雪频堆盐，大九湖里把脚闲，早知老天有此意，大宁场里何冒烟，盐当饭就吃不完。"歌一唱完，大家就把"盐当饭就吃不完"的这句话笑了个前仰后合，并喊他多唱两首。推不过去的程大奎又开口："兄弟长了十几年，想到兴山去背盐。出门就遇棒老二，差点就把人头悬，担忧父母泪涟涟。"他把喉咙清了一下又唱道，"万事老天早注定，大九湖里情重深。一段佳话传久远，爆竹声里听福音，缘来本是一家亲。"

听得高兴的郑奶奶说"原（缘）来本是一家亲好，多让人亲切呀！没想到我又多了两个孙儿。"

听郑奶奶这么一说，氛围就更加亲切相融了。相互敬酒，好语相赠，希望祝福，直把这顿年夜饭烘托到面红耳赤，火光通明。

"三十晚上的火，十五晚上的灯"是山里人感受的年的快乐温馨。大家就在这快乐的温馨中，把个岁值守到了半夜。

该是发压岁钱的时候了，郑爷爷和郑伯伯给几个娃儿发去几个小铜板后，张永东也掏出铜板跟着给弟弟妹妹发起压岁钱来。两个小弟弟和那个小妹妹可高兴了，今年这个年的收获真不小，希望年年这个大宝哥就来过年。在张永东给郑云菊递压岁钱时，不好意思的郑云菊扭头就躲进房屋去了。她可不喜欢张永东把她当成小孩子，因自己只比他小一岁。自下午出去祭酒看过张永东一眼后，就莫名地对他产生了好感，也好像在什么地方见过他，就只是一时想不起来而已。特别是在团年桌上顺口作的诗，更让她心潮起伏，并且也听出了张永东醉翁之意的话外之音。因她曾跟着爷爷学过诗文，虽谈不上满腹经纶，但起码的韵律还是通晓的。从内心里，她已把张永东接纳了。她暗自在祈祷，希望这天赐良缘不是昙花一现的梦境，今年的团年只是一个开始，并向此后的岁月不断伸延。

初一天的大早，大人都去出天行了，只有郑云菊在灶屋做汤圆。张永东因有伤没出去，只是坐在火笼里烤火。郑云菊把煮好的汤圆给他端了四个来，意为四季发财，四季平安，四通八达。张永东在接过汤圆的时候，双手就发抖了，这一紧张让郑云菊的脸也一下红齐颈项。可是她再没有转身跑回灶屋去。她壮起胆子对张永东说："你吃了我再去给你添。"

"我够了！吃饱了！"

"你吃就没吃，哪个就饱了呢？"

"你弄的不吃一下就饱了。"张永东知道是慌神说错了，他忙又纠正说，"是一下不吃就饱了。"他又说错了。

为克制窘态，他放下汤圆努力平静了一下才说："云菊！我看到你就不会说话了，心怦怦直乱跳。"他吞了口气接着说，"这回在你们家过年，我想是老天爷让我来见你的。我一见到你就像认识你，但又想不起是在什么地方认识的。可能是在上辈子。无论怎么说，反正一句话，我真心喜欢你，我一定叫媒来提亲娶你，你千万不要拒绝我哈！"

"昨天看你给饭食钱的出手，就晓得你是个富家子弟，我不欢花花公子。再说我和你也不门当户对，你就另找千金小姐吧！"

张永东一膝跪在地上就对老天发起誓来："老天在上，我张永东……"他说失口了，于是忙纠正说，"我林大宝对天发誓，感谢你赐予我的缘分，此生我只爱郑云菊一人，如有二心，天打五雷轰的不得善终。"

郑云菊含着泪花说："你还扯慌，你才说叫张永东，哪个又叫林大宝呢？你让我哪个敢把心交给你？"

张永东趁势站起来捉住郑云菊的手说："云菊！不是想瞒你，我向你说真话，只是你要为我保密，并对我的家世不要产生顾虑。"

郑云菊一边点头一边说："你说来让我想想。"

急不可待地张永东就把这次出来的前前后后说了一遍，直听得郑云菊目瞪口呆。她没想到老天赐的这个缘分，居然是从生死线上送过来的呀！

她泪流满面地为张永东心疼起来。擦过一把泪水后，才对张永东说："大宝哥！你快吃汤圆吧！都快冷了。"

张永东忙取出蓝田玉做的观音护身符递给郑云菊说："云菊！我把这个贴身的护身符送给你，算是我们的订情物，你就收下吧！"

郑云菊接过护身符，热血潮涌得汗水直从额头冒出来。她怕再和张永东说下去让回来的大人看见，于是忙端着汤圆到灶屋去给张永东换热的了。

当郑云菊把换过的汤圆端出来时，突然看到爷爷坐在火坑边。她忙紧张地问："爷爷！你出天行回来了哇？"

"早回来了，在外边等了好一阵子哩！"

听这么一说，郑云菊吓得颤抖起来，差点把一碗汤圆掉在地上。刚才私订终身的事要是爷爷追究起来，这个伤风败俗的名声可不是她背得起的。

看到她惊魂不定的样子，郑爷爷极显慈爱地说："云菊呀！你和大宝说的话我都听到了。这个天作之合的缘分非常珍贵，再说大宝这个人不错，你们的事爷爷同意。在大宝没回去请人来提亲之前，爷爷为你们保密。在这个大年初一天，爷爷祝福你们幸福！"

听爷爷这么通情达理地一说，郑云菊放下汤圆，忙过去跪在爷爷面前感动地哭了起来。张永东也跟着过去跪下，在向爷爷叩头中动情地说："谢谢爷爷成全！我保证一生一世就对云菊好！"

爷爷拉住他俩的手说："你们都是我的好孩子，我为你们高兴，我相信你们的真诚和缘分！"

一线姻缘就这么天作之合的牵上了。

17

牵挂归来喜圆满

自程大奎和张永东送银子出门那天起，张永蓉就为他们的安危担心。盐马古道上，见钱眼开之人必定不少，更何况是去与土匪做交涉，弄不好就会出事端。从内心讲，她是不乐意哥哥和大奎去冒险的。但想到去救人，更何况还是自己的师兄袁仁贵，尽管与他有过那么一段不畅意的插曲，可事情总归一码是一码。要是自己有能耐，也是会肩负重任挺身去相救的。在该出手时就出手的这个时刻，自己只好在心头祈祷他们一路平安，且办好事后能快快顺利的归来。

袁仁贵同他爸爸回到大宁场的时候，大家都跑去问袁仁贵的平安，并祝贺他化险为夷脱身回来。当袁世忠从金管家嘴里得知程大奎和张永东送银子去救人的事，就把金管家大骂了一通。说有他在，什么事可以摆不平？还送什么银子去救人，这不是要把他的脸丢尽吗？要是土匪收去这五百两银子，那不是亏大了吗？要不是他老婆说上几句公道话，袁世忠的怒火硬还不得熄。同时他又在心头臭骂，两个小狗日的，送银子去不知走的哪条鬼门关，或者是在那个鬼地方错过了，竟然连个球影子就没看到，分明是故意不安好心让自己去蚀财。要是被狼吃了狗吞了，心头不知道有多解恨。这个时候，他认为银子比什么就宝贵。在张克贤前去问候的时候，他只是礼节性的说了几名感谢话，这桩让整个大宁场挂心的事，也就此才平静了下来。

　　时间一天又一天地过去了，张家和程家两家人的心也不断地悬了起来。从日子上算，程大奎和张永东怎么就该回来了，可是总是不见他们的踪影。只有周先生沉得住气，断定程大奎他们一定是被封山的大雪困在了神农架，只要雪一化就会回来。至于两家人怕有意外的担心，周先生却劝他们别想那么多。

　　劝总归是劝，年近三十的，不见人影谁还把心宽得下来？特别是张永蓉，更是急得夜夜不得成眠。对大奎和哥哥的安危，总是在胡思乱想，硬是无法控制得住。她恨不得立马生出翅膀飞过去看个究竟，并顺便地把他们接回来。她眼圈变黑了，人也消瘦了。自大年三十那天开始，每天上午她就要去猫儿滩的山上注目盐马古道的尽头，希望能从山那边闪动两个牵挂的人影。可是每次的望眼欲穿，都是那么的愁楚与失望，她几乎是在肝胆欲裂中转身回去的。她每天站在那里的身影，就像是大宁河妙峡中那位瑶姬的妹妹云台仙子，亘古不变的在那里守望揪心的爱情和亲情。

　　时间艰难的熬到了正月初九，失望的张永蓉正待转身，蛇头岭背后闪出两个熟悉的身影突然让她眼睛一亮。她以为是花了眼，忙用手来回擦过两下，在确定无异后，完全是在惊叫中向蛇头岭跑过去的。

　　"哥哥！大奎……"

　　看到哭喊过来的张永蓉，劫后余生的程大奎情不自禁大呼着永蓉向她跑过去，不顾一切地深情拥抱在一起。张永蓉把头偎依在程大奎的肩上说："你们这么久就没得个消息，我天天巴起眼睛望你们，要是有个三长两短，我不知道还活不活得下去？真是把我担心死了哇！"说完这段话，张永蓉就哭出了声音来。

　　"我也天天在想你，恨不得长个翅膀飞回来。要是封山的大雪不化，现在就还回不来。"程大奎在泪眼中，心疼地捧起张永蓉的头接着说，"十几天不见你，就瘦成这个样子，你这个牵肠挂肚的急性子，二天叫我的心啷个放得下来哟！"

　　"我只要你好好的，别的我都不管。"

　　"别哭了。我一定为你好好的！"说完话，程大奎就替她抹去挂在脸上的泪珠儿。

张永东站在几丈远的地方没过来，他也泪流满面了。不知是为妹妹他们感动，还是为兄妹重逢而欣喜。程大奎让她过去看哥哥，张永蓉近前叫声"哥哥"后，张永东就把双手搭在张永蓉的肩上说："妹妹呀！哥哥差点就见不到你了哇！要不是大奎相救，我早就没命了哩！"

兄妹俩因此哭过一场后，程大奎才把经历概括地向张永蓉作了介绍。同时他还叮嘱大家不要把遭遇土匪的事说出去，要是把消息传到那帮土匪同伙的耳朵里，就会惹来杀身之祸。回去都统一口径说是大雪封山堵在了神农架。

回家的路上，张永蓉回神了过来，脸色突显好转，久违的笑容又鲜花般开放在脸上。看到妹妹喜悦的神情和同程大奎的那份亲近，他就在想，噫！保不准也是什么时候像自己与郑云菊一样私订了终身哦！现在他没认为妹妹有什么不对，他懂得了男女之间那分说不清道不明的相恋情感。他认为程大奎是个顶天立地的汉子，真心为妹妹找的这分真爱而祝福，就像郑爷爷对自己和郑云菊的祝福一样。

回到大宁场，程大奎和张永东直接去袁世忠家交还了五百两银票，并简单介绍了土匪没收银子和大雪封山的情形。袁世忠假惺惺地要留他俩吃饭，都推说要回家看望父母而告辞。

程大奎和张永东各自回到家中，父母久别重逢的泪水是流上了一通的。问寒问暖问平安，各诉出一番牵挂。天下的父母爱，全在此时深切地表达了出来，直让两个娃感动得热泪盈眶。

由于两个娃大雪封山没回来，不知生死的两家人在惴惴不安中让一个年就没过好。这时两个娃回来了，团聚的两家人比过年还高兴，都重新拿出大年三十没放的鞭炮，噼里啪啦地放上了一回。午饭程大奎的妈妈还没做好，张克贤就和张永蓉过来要他们一家人过去一起补吃团年饭。张克贤听过张永东悄悄讲述的历险和程大奎救过他的情形，从内心深处感动的他，完全接受了程大奎做自己的女婿，喊他们来团年，就有一家人团圆的意味。

看到程大奎的爸爸妈妈讲客气，张永蓉急不可耐地过去一把拉住黄秀碧就向外走，程传绪再就不好推辞了。忙躬身伸出右手指路说："张老爷先请！"

这顿团年饭是少不得周先生的。八仙桌上，主座是张克贤和周先生，左边是程大奎父子，右边是张永蓉陪着大奎的妈妈黄秀碧，下方是张永东挨着他的妈妈向育梅。

张永蓉为大家斟满酒后，张克贤老爷才举杯说："这次永东和大奎平安回来了，我们悬着的心也终于有个搁落。这时的团年饭比三十那天的更香更甜，我们一起干杯，感谢祖宗的保佑和菩萨赐来的洪福！"

酒干后，大家都喜庆盈怀地高兴了起来，吃菜远没有把盏的兴致浓。特别是周先生，更成为受敬的目标，再同每人喝上一杯后，周先生就说："这回永东和大奎出去把事办得妥当，并且在路上还能顺应天时避险消灾，真是长大出彩了。先生为你们高兴，我敬你们两个一杯。"

两个弟子忙过去恭敬地接受了先生的敬酒。正在大奎和永东准备回敬的时候，张克贤就忙说："周先生，我感谢你对我两个娃的费心教导。这次他们能细心理事，证明一代更比一代强，我感到非常高兴，这杯我得同他们一起敬。"

听这么一说，程大奎脸一下就红了，这未来岳父的痛快接纳，让他感到受宠若惊，心怦怦地跳了个不停。

周先生端上杯子说："张老爷把话说到这里，那我就来做个月老。"他伸手拉住大奎接着说，"大奎和永蓉两个娃是我看到长大的，都受过我的拙教，他俩是天生的一对，我就来做这个媒，你们两家人不会不同意吧？"

大奎的爸爸妈妈脸上生出了难色，富家千金怎么配得上呢？他们不知说什么是好。

看到他俩的窘样，张克贤老爷就对他俩说："你们心里的想法我清楚，不就是担心门当户对的事吗？我不需要门当户对，我只要一个好娃子！这个事就这么定了，请周先生帮忙操持。"

话一说完，程传绪和黄秀碧眼里就滚落出感动的泪珠，半句话都说不出来。

张永蓉拉住黄秀碧的手说："黄伯娘！你别担心那么多，我和大奎一定对你和程伯伯好！"

"永蓉！我不是担心别的，就是怕你嫁到我们家吃苦啊！"黄秀碧更显激动地对张永蓉说。

"苦算什么呢？只要和大奎在一起，再苦再难我都不怕，我们长着双手，不信就挣不来好日子。我和大奎一定会让你们享福的。"

听过这么暖人贴心的话，泪眼未干的黄秀碧就把张永蓉的头抱在怀里说："真是个好女儿啊！我们一家人是从哪里修来的福分呢？"

正在周先生想趁势表示祝贺时，张永东忙跪在他爸爸面前说："爸爸！妹妹的喜事已定了下来，我的喜事也想请爸爸同意。"

张克贤忙问："你是看起哪家的姑娘了呢？"

张永东就把与郑云菊私订终身的事从头到尾说了一遍，同时还强调他已当着郑爷爷的面向天发过誓，非郑云菊不娶，恳请他爸爸成全。

张克贤喜极而泣地说："我们张家硬是祖上有德呀！今天保佑我们满门添喜！娃儿们都过来，我带你们向祖宗敬酒叩头。"

张克贤转身对着天地君亲师位，端起酒祷告一会后，就同三个娃一齐跪在地上叩了三个头。回归座位后，张克贤就恭请周先生为媒，待前河湾的盐灶点火后，再选定黄道吉日，亲自带张永东去大九湖向郑家提亲下聘。

这个充满喜庆的日子，愉快的话题一个接一个，把盏一杯接一杯。称心畅意中，直到大下午的时候才把团圆饭吃完。

醉意朦胧的张克贤老爷留住周先生，因为高兴，两位挚友在火笼里，直把惬意的龙门阵吹到了齐天幕黑。

18

点燃灶火得赏识

　　元宵节这天，是张克贤和袁世忠二老爷确定的前河湾盐灶点火的日子。在此之前，张克贤就去同袁世忠商议过几次。本来按当初的协议是没什么商议的，张克贤直向袁世忠要一半的花费就行了。可是，张克贤起了副好心肠，在盐帮里，许多都是跟随他操心劳累多年的兄弟，现在增加这么多盐灶，随着产量增加和销岸扩大，丰厚的利润不言而喻。于是就想让那些有实力和意愿的人来搭伙。张克贤老爷的这一想法，却遭到袁世忠的坚决反对。他说张袁两家几辈人努力才把盐场经营得有条不紊，现在让那些人不费吹灰之力掺和进来分利润得好处，天底下岂有这等好事？俗话说"十扯火九扯皮"，一旦不听招架内讧起来，那不是无事找事吗？长期传袭下来的规矩是不可破坏的。张克贤认为，盐帮兄弟为大宁场的盐营事业出了不少的力，流过不少的汗。在眼下的利好面前，让给他们一点利益又有什么不可呢？更何况"众人拾柴火焰高"。大家共同来呵护这项盐营事业，有福同享，有难同当，难道不是个大大的好事情吗？在袁世忠绝意不让步的情况下，张克贤就把自己的那半盐灶拿出来，让大家根据自身实力承担费用，一年一度的时候，就按承担费用的多少进行分红。无意间，在大宁场的盐营史上，第一个股份制运作模式的企业就这样诞生了。几百个大小股东，就把前河增加的盐灶兴隆的搞了起来。这无不是盐营运作模式上的一个重大创举，直得历史去大大的书写上一笔。这些新入伙的伙计中，周先生和程传绪也都册中有名地成了小股东。

大家沉浸在这份快乐中的时候，没有忘记增灶的事是县大老爷布置下来的，真还得感谢他的恩德，要不哪里会有这意外的发财机会呢？开业盛典的时刻，还得恭请他的尊贵之躯来开启这个吉祥。在代表大家去县衙恭请周大老爷的时候，张克贤就把增灶的情况做了报告。周大老爷得知让大家入伙的这个做法后，好好称赞了张克贤一番，同时还责怪了一通袁世忠。

元宵节那天的辰时，玩狮子和划彩龙船的庆贺方式是不可或缺的。锣鼓喧天、鞭炮齐鸣烘热了这个前河湾长久以来的沉寂。端公大师开坛做法的时候，那分闹腾才暂缓平静。

端公大师今天的声音特别大，音质也特别清晰，与过去叽叽咕咕的念念有词形成鲜明对比，可能是想在周大老爷面前表现他这个端公大师不是混饭吃的。他一边烧纸一边念："天灵灵，地灵灵，鲁班仙师下天庭，铺路搭桥展能事，大施恩德惠万民。觅引盐泉生白玉，火煎万灶出金银。船出津渡载星月，脚踏秦关荡风云。咸荟四海不胜尝，味开八方弥无疆。可比瑞雪三分白，能胜梅花一段香。天灵灵，地灵灵，盐神下凡来开光，跪叩众神降福临……"

做过这堂法事和念完祭词后，端公大师就叫大家跪在地上叩拜盐神。每叩拜一次，虔诚的身影就像起伏的波浪，一浪接一浪地翻涌。

在端公大师大喊剪彩点火的时候，张克贤和袁世忠二老爷背对祭坛，面向众人拉开一条丈余长的红绸布，布的中间扎着两朵大红花，只待周大老爷拿上剪刀荣光剪彩。周大老爷接过端公大师递上的剪刀，在大喝"天地玄黄，万古洪荒。天工开物，世代吉祥。"后，就剪开彩绸，燃上火炬，移步向前点燃引火的那口蟠龙灶。再经张克贤接过火炬交盐工逐灶点火完毕，前河湾里就浓烟翻滚，云雾蒸腾，增筑的盐灶就开始大展宏图了。

趁大家欢腾之际，周大老爷对张袁二老爷欣喜地赞美说："流汗水就有收获，付心血就有回报。你们上承天命，下解民难，定能盐营四海，财进三江。我祝贺你们！"

张袁二老爷客套回话后，就把准备的大红包送给了周大老爷。前河湾里的兴隆，便从此拉开了初始的帷幕。

　　这个过程，直叫到十八罗汉坡上躲着观看的程大奎和张永蓉高兴极了。特别是程大奎更有一种成就感，没想到自己设计砌筑的这些盐灶，竟然燃起熊熊火焰，并且还要带来滚滚财源。张永蓉望着程大奎呆呆的样子，似乎读懂了他此时的心情，她为他祝福。同时让她更提神的是程大奎家也向这些旺气正盛的盐灶入了伙，今后赚的钱也有他们家的一份儿，大奎的爸爸妈妈也就用不着再那么辛苦了。她的大奎过些年也许就会成为有头有脸的大掌柜。这不是她的奢想，凭大奎眼下崭露出的头角，能不有那么大的作为吗？她心头的答案是值得期待的。

　　张永蓉没有去打扰程大奎，程大奎此时的思绪一定是快乐的，更是充满蓬勃憧憬的。这时诞生出的任何遐想和期盼，或许都会成为他一生去追逐的梦。就好好让他去遐想吧！

　　好一阵子后，程大奎才把目光从前河湾收回来。看到张永蓉静望着自己，他感到有些纳闷，急性子的她为什么就一言不发呢？他忙问："永蓉！你看着我不说话做啥子呢？"

　　"我怕说话打乱你的思绪，影响你的心情！"

　　"那才没有哩！我是想如何在大宁场干出些名堂，让父母享福！让你跟着我不受劳苦！"

　　"让父母享福是应尽的孝道。要我不受劳苦是不是想把我当猪来喂起呢？俗话说'幸福不可自来，苦中才有结果'我不喜欢让你一个人操劳，我就去享轻闲。我要和你一起努力，把我们的家搞得红红火火的。"

　　感动的程大奎拉住张永蓉的手说："我程大奎不知是哪辈子修来的福气，让我得到这么通情达理和善解人意的媳妇，今生真是无怨无悔了啊！"

　　"你光说好听的哄我开心，我不是听甜言蜜语的人。"

　　"这些好听的都是从内心说出来的呀！我保证一辈子对你说的都是真话！"

　　"看嘛！你又说好听的了。"

　　语塞的大奎望着张永蓉，心爱得直想把她放到心尖尖上去，他情不自禁平生第一次把嘴向张永蓉贴了上去。张永蓉没有回避，而是极乐意地让嘴唇与之交融在一起，是那么的热烈与甜蜜。

　　天旋了，地转了。张永蓉毫无意识的就瘫软下去，奇异的热浪涌遍全身。她紧紧抓住程大奎的后背，直让烈火般燃烧的程大奎在感到背心的肉皮被捏卡得疼痛起来时，才清醒地把几乎同张永蓉长在一起的嘴取下来。

坐起来的程大奎把还在晕乎中的张永蓉的头抱在怀里轻柔地抚摸。这个他一生一世的依偎，给了他春天般的沐浴和温暖，他得到的这分真爱，让他感到无比的幸福和满足。同时也给了他巨大的动力和压力，他得为至爱的人儿努力去奋斗与拼搏，这是他应该担当的责任和使命，他不能辜负她的真情和真爱。在这个时刻更不能去失去理智偷食禁果。这是他应该坚守的爱情底线。否则，就对不起所有成全过他、爱他及寄托着希望的人。虽然把心爱的人儿香吻了，那可是不可阻挡的爱情升华，是两小无猜心灵的相通和相融。从此，他与张永蓉的爱情生活，就进入到一个如胶似漆的更高境界，这是他俩将永生铭记的神圣时刻，天可作证，地可为凭。

待程大奎和张永蓉平静下来的时候，前河湾里的浓烟，犹如翻滚的云团，涌满充满春意的明丽天空。羞涩的张永蓉把目光避开程大奎说："大奎！你还是先回去吧！前河湾里的今天，你有一份功劳，要是有人找你，你该说哪去了呢？"

"这个我才不管，我只想和你在一起，一会儿就不想分开！"话一说完，他又把张永蓉抱在了怀里。

"你能一天到黑这么抱着我吗？"张永蓉盯着他说，"爱放到心里就行了，不能因此绵情把正事搁下呀！"

"你就让我把你多抱会儿吧！我直想把你放到我的心里去！"

张永蓉再没说话，只是静静地把头依偎在程大奎的怀里，听他春雷般滚动的心音在轰鸣，是那么的铿锵与激昂，是那么的辽阔与空旷，她无不充满安全感。好一阵子后，心头感到似乎有人要找程大奎的张永蓉，才不舍地让他先回去。

这个时候，的确是有人要找他，这人不是别人，是县令周大老爷。就是在典礼结束去大宁场的路上，周大老爷就问陪同的张袁二老爷，前河湾里的盐灶为何与大宁场里筑的不同？张克贤就把程大奎提出并亲历实施的改灶经过，向周大老爷做了禀报。周大老爷想，一个没见过多少世面的娃子有这样的才能，真是不可多见，他极想见识一下这个机灵的能干人。

把周大老爷引到陕西会馆坐下来后，张克贤就叫张永东去喊程大奎来见周大老爷。张永东见程大奎不在家，把情况告诉黄伯娘后，就上街去找了。差点把南北两条十里长街转了个通，才在观音阁的进街口看到程大奎。张永东急切地告诉说周大老爷在陕西会馆要见他，他才随张永东向陕西会馆跑过去。

在张克贤的引荐下，去到周大老爷身前的程大奎躬身行了个大礼，并恭称"周大老爷好！"

看到这个魁梧英俊的小伙子，周大老爷甚是喜爱。在问过程大奎一些问题后，认为这个小伙子对答不俗，于是，就鼓励他加紧四书五经的学习，等到秋天参加县上的童试。得知这个消息的周先生真是喜出望外，他相信程大奎童试定可榜上有名。

看到大有出息的程大奎，许多人家的姑娘就相中了他，热心的媒婆一茬又一茬的跑上门，又一个又一个地扫兴冲出去。不知情的人都在纳闷，程大奎难道就没有看上一户人家的姑娘？他究竟想高攀一个什么金枝玉叶呢？吃过闭门羹的媒婆都生气的再也不去上门了。

已生醋意的张永蓉直想周先生快来为程大奎提亲，以便早早把这门亲事公布于众，免得那些踏破程大奎家门槛的媒婆惹起自己不开心。但周先生认为两家暗中已有妁定，这还急什么呢？再说眼下也不是时候，最好是等程大奎童试见榜去提这门亲事，那样不仅风光荣耀，而且也不会让袁家对过去拒婚的事产生怀疑。就是张永蓉再急迫，至少也要等到张永东把亲事订好后再说。于是，张永蓉天天就催他哥哥快去大九湖提亲。正在家里有所准备的时候，一场大雪又下了过来，要去提亲，还得等封山的大雪融化后才可成行。张永蓉简直就为这场大雪叫苦不迭，老天爷真是会选择时间跟人开玩笑啊！

19

陆行三峡遭厄运

张永东不能成行，程大奎可成行了。他是首次替父放舟三峡的。鉴于程大奎出峡的几次表现，他爸爸已完全放心了。更何况有风雨同舟几十年的易麻子等兄弟随行，那还生什么顾虑呢？于是就脱开身子，在前河湾去跟准亲家张克贤老爷搭帮手了。

清晨，不知大宁场的闹腾是由谁的吆喝吵醒的，反正叫卖声，喝喊声以及因大雪封山向秦巴古道住脚的盐背子睡懒觉的呵欠声，就像一支重复过千万遍的曲子，百奏不厌地响彻在这个弥漫着浓雾的早晨。只有大宁河里的船夫子还没开腔，他们是在等浓雾散开后，才摆渡去浪逐颠簸的急流险滩。

准备把干粮提上船去的程大奎刚打开门，突然见到张永蓉站在门前，从冻青的脸色看，可能是站好阵子了。程大奎极心疼地说："你咋恁个傻呢？这么早就来冻起，冷病了哪个办？快进屋里来！"

进到屋里的张永蓉叮嘱说："大奎！这冰天雪地的，你在水里注意点儿，千万莫把身子泡坏了哈！"

程大奎感动地说："没得事，你就放十个心吧！"

张永蓉深情地望过他一眼后，就羞涩地低头递过小包东西说："这里面的布鞋是我偷学做的，丑得拿不出手，你就带上船去把它当草鞋打粗穿！"

程大奎觉得除母亲外，这个世界上，张永蓉就是第二个这样巴心巴肠爱自己的女人。母亲爱，恋人爱，真是让奔波操劳的峡江汉子充满依托，同时还能支撑起坚强的筋骨去拼搏为之的拼搏，担当勇毅的担当。

程大奎双手颤抖地接过布鞋，眼里绽满泪花。这哪里是布鞋呢？分明是至爱的心血和身行千里的牵挂与担忧。他突然就想起唐代诗人孟郊"慈母手中线，游子身上衣。临行密密缝，意恐迟迟归。谁言寸草心，报得三春晖！"的游子吟来。虽然这首诗是母爱的颂歌，但在此情此景中，完全可以借用来对张永蓉的情感作个真切的表达。

正在程大奎想对张永蓉说什么的时候，妈妈黄永碧就端着煮好的鸡蛋面出来放在桌上要程大奎吃。没等到妈妈给永蓉打招呼，程大奎为母爱和恋人爱，鼻子一酸地就泪涌了起来。

他妈妈奇怪地伸手过来拉住程大奎，以为程大奎难舍张永蓉，于是就开导说："大奎！出远门要图吉利，莫哭！大不了半把个月就回来和永蓉见面了。"

程大奎抹过一把泪水说："妈妈！不是这样的。是你和永蓉对我的关怀感动的！"

望着孝顺的儿子，黄永碧闪动起激动的泪光说："你是我的儿子，也是永蓉的亲人，我们不疼你谁疼你呢？"

"妈妈别说了！你越说我越想哭呃！"

"好！不说了，我进里头给永蓉煮面去。"

在妈妈进灶屋后，张永蓉贴身过来亲了一口程大奎说："快吃面！再等就冷了。"

程大奎捧起张永蓉的脸蛋轻声说："等妈妈把面煮来我们一起吃！"

是外面的吆喝，打扰了程大奎回敬给张永蓉甜滋滋的糯吻。为避人瞧见，他俩才极不情愿地移步到桌前坐下来。

这顿早餐，第一次让张永蓉感到无比的温馨与特别，在这个未来的家庭里，她似乎把恩爱小夫妻的日子，做了个最为甜蜜的演绎。

浓雾散开了，张永蓉站在吊桥上，目送着程大奎摆渡放舟。操作娴熟的程大奎显得极为老练，他把船头对准河道后，就回头向张永蓉深情地做了只有他俩才明白的示意。他要张永蓉放心，再过十天半月就会回来。

转眼船就飞向了象鼻滩，再不敢分心的程大奎专注地盯住航道，不时把篙竿撑向河心调正航向。在用力中，只听得鹅卵石同篙竿上的铁钻头碰得"哗哗"作响，这便是大宁河相伴船夫子一辈子的清脆铿锵。除此之外，那大宁河里诞育的五句子山歌也不会旁落，易麻子大伯又开始吼唱起来：

　　　　大河涨水小河浑，
　　　　拿起篙竿用力撑，
　　　　急险滩头要注意，
　　　　莫想情妹来分心，
　　　　谨防阴阳两界分。

　　　　船出宁河向三峡，
　　　　浪急滩多水喧哗，
　　　　越行越远越想妹，
　　　　心里乱成一团麻，
　　　　但愿回来就抱娃。

　　　　情妹天天想情郎，
　　　　假装下河洗衣裳，
　　　　拿起棰棒使劲棰，
　　　　回回棰在石头上，
　　　　冤家快回好圆房。

　　　　……

　　撑竿的程大奎听出了易麻子大伯的弦外之音，但他还得假装没弄明白。其实，精明的易麻子大伯是看出程大奎与张永蓉之间的秘密的，这些五句子山歌是他专门为程大奎选唱的。他的醉翁之意：一方面是在打趣，另一方面是在祝福。

　　一路上的码头关口，程大奎像他爸爸一样，该去拜的地方，就得躬身作揖；该是交银子的场所，就得按规矩去交。一句话，"有钱能使鬼推磨"，银子可是个最权威的"通关文牒"。

船驶出南津关后，坐在船舱里喘气的程大奎想：随着盐运量的增加，大宁场里现有的皂角船肯定忙不过来，关键的问题是把船拉回去耗费的时间长，并且也十分辛苦和危险。如能把运盐周期缩短上几天，就会大大提升运力。可是，这时间怎么去缩短呢？在站起身来的时候，他就大叫了一声："卖船"。

船上的几个叔伯呆望着他，以为他是发疯了。这船就像他们的老朋友，朝夕相处了好些年，从感情上是接受不了的。更何况还得靠它挣饭吃，卖船不就是在砸饭碗么？即便是去打条新船，也不是一两天的事，谁也不会同意让他去卖船。在弄清他冒出的是个想法时，几个叔伯才把心踏实下来。

船靠宜昌码头交盐后，程大奎就去和拜把子兄弟程老大小酌了。两人把过几盏后，程大奎就问："大哥！像我们这条皂角船好卖不？"

程老大诧异道："大奎弟！遇上啥事了？还要卖船？"

"没什么事，我只是想了解一下这个行情。"

"好卖。"程老大把心放下来回答说，"你们上河打的船质量好，很多人还专门到奉节去订打哩。"

"那你看我这条船卖得了多少钱？"

"才半成旧，卖五两银子应该没问题。"

"如是新的呢？"

"那可就要卖十二三两了。"眯着眼睛的程老大接着反问，"大奎弟！你要做船买卖生意吗？"

"说不上是做船买卖生意，我只是想把每趟运盐的船卖了，然后启旱回去，这样就可节约好几天在峡江里折腾的时间。"

"你这个想法倒还不错，只是启旱回去又到哪里去弄船呢？"

"我自己找人来造。"

程老大哈哈大笑说："你真是个活宝贝，你以为造船是件轻松的事吗？少则一二十天，多则要个多月，要是卖的钱抵不上打船的钱，那不是除了锅巴没得饭吗？"

程大奎思索了一下说："这个账我还要算一下，不说赚钱，起码要保本。如果算得过来账，我就想这么干。"

"算得过来当然可以。"

"到时如能这么干，哥你就在这边帮我联系买家，我按卖出的价钱给你提成。"

"你在开玩笑哦！办这么个事还来提成，我们还叫兄弟吗？我准管按你说的去联系买家就是。"

"哥是个性情中人，既然是兄弟，就应该有福同享，有难同当啊！"

程老大干了一杯说："你先把事谋划好后再说。现在八字没得一撇，怎么说就是个画饼充饥的事，等你把事干起来后，我再跟你沾光不迟，弟你说呢？"

"好吧！就听哥的，先把事干起来再说。"

"这就对了。不过现在我还是要预祝你一举成功！"

程大奎高兴地接受程老大的预祝干杯后，才分手独自上码头去走访了一趟，在认定自己的这个想法可以实施后，他就对易麻子大伯说，他准备走陆路同走水路的易麻子大伯他们做个测试，看谁先回大宁场，这样他就能弄清水陆两路所耗的时间。易麻子大伯没有反对，只是叮嘱他路上多加小心。程大奎说过没事后，就独自向北岸的峡江古道启程了。

如果不是心头另有盘算，他真愿意道道停停去接受峡江灿烂文化的熏陶。让黄牛庙的暮鼓晨钟，敲鸣他的禅悟；让三游洞的诗文墨香，启迪萌芽的智慧；让屈原祠的放声天问，鼓胀担当报国的精忠；让昭君香泪的诉说，开阔男儿大义凛然的胸怀……可是在今天，他只得记住自己是个启旱的纤夫，他的每一步丈量，都至关一个重要的决策。毕竟谋划生计才是他迈步人生的第一要务。

走到西陵峡时，他只是把纤夫像壁虎趴在地上一样的那份悲苦和辛酸，以及为养家糊口的拼命与担当铭刻在心头，至于那直叫人想哭的纤夫号子，他可不愿去做半句回顾。因为那交织的命运呐喊，任何人都难于去改变。那峡江里由纤夫磨出的深深脚窝可以作证，由长长纤绳错锯开的道道纤槽可以作证。

听到峡江里回旋的惊心动魄浪涛声，真叫行在陆岸上的程大奎心惊肉跳了。面对万马奔涌的阵式，要是不慎坠落下去，那磅礴的力量定要把人吞入十八层地狱。他在心"怦怦"跳过阵子后，才迈步走向巫山峡。

　　"长江三峡巫峡长，猿鸣三声泪沾裳。"身单影孤的程大奎走在大峡里，确实有些毛骨悚然，要不是偶有纤夫于江边唱几句纤夫号子，险山急水定可叫人畏步不前。从陆上走与在水中行可不是一种感受，在水里，眼睛全盯在江中半点不敢怠慢。在陆上，山川像是放映的幻灯，一幕一幕接踵而来。这巫山峡里的峡谷，时而闭合，依稀只留下一线天让人喘不过气来。时而又显开阔，水天一色中，又让流云去描绘优美的山水画卷。在这张驰有度中，程大奎没有听到什么猿鸣，倒是高高盘旋的苍鹰，给他生出来放眼四望意无穷的意境。他在猜想，那苍鹰莫不是把江中颠簸的柳叶舟当成浮游的鱼了哦？要是它饥不择食地俯冲下来，嘿！那真还是有好戏看了。在自寻开心中，悬崖绝壁再不会叫人感到恐怖，那红的白的黑的褐的各种颜色，构成幅幅巨型岩画，直从天关垂了下来。这不就是大自然送给三峡的不朽画卷么？要是能取得下，程大奎真的就想带回大宁场去挂起来。古人说得太好了："读万卷书，行万里路。"这其中的奥妙不就在这里得到了些许诠释么？

　　行万里路的感受真的不错。正在程大奎高兴的时候，突然就看见前面不远处有个人倒在路边，他赶忙跑了过去。

　　这人约四十来岁，从穿着来看，并不像是衣衫褴褛的乞丐，但也不像是锦衣玉食的富人，跟自己的打扮差不了分毫。他心想，一定是生病倒下的。于是，他忙躬身下去卡住那人的人中，口里还不住呼喊大哥你醒醒。一会后，那人才哼了一声醒过来。

　　"大哥，你怎么了？"程大奎扶住那个人的头问。

　　"我饿晕了。"那人有气无力地低声回答。

　　程大奎赶忙打开包袱，拿出一个苞谷粑递了过去。那人三下五除二就把粑粑吞了下去。由于吞得太急，突然就打起饱嗝来。程大奎见状，便走过去十几步摘下一张野荷叶，折成个锥形于沟里舀上溪水就给那个人递过去。那个人道谢后，程大奎又问他是做什么的，从哪里来到哪里去。那人说自己是纤夫，前些天从云安送高粱到巴东的一个酒坊。快到巴东的时候，稍没注意，船就触礁打破了，其他两个伙计没从水里爬起来，只剩自己菩萨保佑才捡回来一条性命。

　　程大奎对那个人的遭遇感同身受，同为水上漂的纤夫，他认为应全力去帮助他。并决定与那个人结伴同行。

可那个人推卸说自己身体很虚，跟不上程大奎的脚力，不想成程大奎的拖累，只想讨点盘缠自行慢慢回去。

程大奎认为这人说的是这么个理，于是就打开包袱准备取几十文钱拿给那个人。

哇！没想到程大奎的包袱里还有点油水，顿时就让那个人眼睛一亮。在程大奎把钱拿在手里准备伸腰起来的时候，那人抡起杵路的棍子，照准程大奎的后脑门就打了下去，没有防备的程大奎立身准备还击时，只觉两眼一黑，什么都不知道了。

20
奇遇寄情难承载

程大奎醒来的时候，模糊映入眼帘的就是罩住自己的青色蚊帐，他明白一定是躺在了一位好心人的家里头。

在他想动身的时候，一位老大爷趋身过来惊喜问："恩公！你醒了哇？"

程大奎看了好一会，才在人影越来越清晰中想起，这位老大爷就是去年在巴东遇上的那个没钱交码头费被马挨炮欺负过的老者。程大奎像见到亲人似的，不由自主就流出劫后余生的泪珠来。他完全没想到，自己的一番好心，居然就惹来杀身之祸。"农夫和蛇"的洋故事为什么要在自己身上去上演呢？真是"好心讨不到好报"啊！要不是看到眼前的这位老大爷，他真不知道今后还有没有勇气去做善事。那个比蛇蝎还狠毒的家伙对正道和善良的玷污，差点就改变了程大奎对待世事的态度。善与恶，真是难于让人去辨析清楚啊！

听到老大爷说话，他的两个儿子忙进来看望程大奎，并安慰他别急，只顾静心养伤。

程大奎抹去感激的泪水说："谢谢你们救了我！"

老大爷握住程大奎的手说："谢什么呢？莫说你还对我们有恩，就是萍水相逢的人，遇上这样的灾祸，也是应该这么做的。你和你爸爸在巴东不就是这么救过我们吗？"老大爷把话说完又像是想起了什么，他接着又说，

"由于去年别得匆忙，我们的姓名就没给你们留一个，真像是不知好歹的人。"

程大奎说："当时的情况都慌慌了，谁还去计较这个事呢？"

"唉！"老大爷叹了口气说："现在我就告诉你吧！我们家姓冉，我叫冉光富，大儿子叫冉明东，二儿子叫冉明南。本来还想生两个儿子，把东南西北都取上，可是我老太生第三个娃时，就难产死了。"

程大奎见冉大爷伤情的样子，就没再与他去说客套话，只是岔开话题问自己是怎么躺到冉大爷家里来的。冉大爷向他讲述了那个经过。昨天下午，冉大爷和两个儿子从檀木坪背做棺材杉木经过小溪沟的时候，就发现倒在路边的程大奎。他们放下杉木把程大奎翻过来的时候，可让他们大吃一惊，这个人居然就是铭记在心头的大恩人。看到摊在地上的包袱和后脑门上的青包，老大爷断定恩人是遭棒老二抢了。于是老大爷忙叫冉明东把程大奎背回去，自己去找草药先生弄跌打损伤药给程大奎包扎和煎服，冉明南分趟负责把杉木转运回去。经冉大爷一晚的照顾，这时候程大奎才苏醒过来。

经过一讲完，冉大爷就叫孙女露伢子把炖好的山鸡汤端进来让程大奎喝。这露伢子有个富有诗意的名字叫冉晓露，与程大奎同龄，十八的姑娘一朵花，怀春岁月的那分羞涩，直从她似三峡红叶的圆圆脸上荡漾出来，粗布衫里的高挑身材，就像是神女峰的化身，梳的"二把头"虽然有点滑稽，但完全反映出露伢子那份爱美之心的迫切。她没用那双长着双眼皮的银铃大眼直视程大奎，只是在低头的一瞥中，把个爷爷和爸爸过去念过百十遍的恩人活脱脱地印在了心头。她的心怦怦直跳，颤抖的手在把鸡汤递给爷爷后，就不知道自己是怎么走出房门的。从没动过的情爱，烈火般的烧遍她的全身，露伢子完全没想到，她的这份爱来得这么快而又这么直接。她恨不得立马就进去向程大奎做个表达。她缓缓去地坝坎边坐了下来，要不是峡谷里的纤夫流里流气的号子把她吼醒，她真的就幻想与程大奎正在拜堂成亲。

一晃五六天的时间过去了。在这几天里，主动照顾程大奎的露伢子不仅与程大奎熟悉起来，而且还向程大奎讨到了一些共同话题。先前的那分羞涩，却变成了一分完全的自私，她直想程大奎永远就躺在自己家里起不来，她愿一辈子这么去照顾他。当看到程大奎精神起来的样子，她在高兴之余的纠结中，还躲在一边流过伤情的泪珠子。因为程大奎就快启程回大宁场了，她一时一刻也不愿和他去分开。

在程大奎决定启程的头天下午，露伢子把程大奎约到屋后面的望江台坐下来。默然中，只想程大奎快对她表达那分如饥似渴的情爱。可是好一会儿程大奎就没开腔，一双眼睛似望非望地向远处呆滞着。露伢子顺着程大奎望着的方向看过去，只见太阳已躲在群山的背后，逆光中，灰褐色的群山像排开的一幅巨大帷幕，只把她和程大奎围在里面，她有些想入非非了。可是，那几束极为有力的强光，像横天的虹，直从神女峰顶上的山垭口射过去，把个东南方向的群山照得异常明亮。青天白日的，还不得不与程大奎保持一点距离。脚下，长江蔚蓝得像一面镜子，蓝天汇融其中，她真不知道是天空凝固了长江，还是长江凝固了天空。反正她只想这面镜子永远就定格照见他们俩，其他的什么也就不要映进去，哪怕是成双成对的鸳鸯和快乐追逐爱情的水鸟。

心急如焚的露伢子终于忍不住开腔了，她低垂着头说："大奎哥！明天你就要走了，好久才能来呢？"

程大奎望过她一眼说："这个说不准，如事情办得好，可能个把月就要从这里路过一趟。若事情办不好，那就难说了，水上漂的人好不容易才走一趟陆路哩。"

露伢子焦急地问："那你是办什么事呢？"

程大奎说："是打算请人造船的事。"

露伢子高兴了，她赶忙说："那你就请我爸爸。在我们家没做棺材前，爸爸就去奉节做了几年的打船工，我们靠在下面长江里的那条船就是爸爸打的。另外，我爷爷和幺爸都是木匠，造船都不在话下，要是那样……"露伢子把话题打住下来。

程大奎没弄明白地问："要是那样又怎样呢？"

露伢子把头低得更下地细声说："我们一家人都可搬到你们那里去。"

程大奎没加考虑就答应说："那是自然的。"

露伢子眼睛一亮地欣喜说："那天天我就可以和你在一起了，我时时刻刻就可以照顾你！"

明白意思的程大奎心头猛地一惊，他怎能去接受露伢子的这份情感呢？他和张永蓉经历了生死挣扎才把两颗心相印在一起，他心里早就嵌不进去别人了。虽然露伢子也是一位可爱的姑娘，毕竟那种感觉与张永蓉不是一样的。在程大奎的心里，把她当成亲妹妹可以，但要接受她的爱情，那可是没得个好办法。此情此景中，自己可不能优柔寡断，必须把话与露伢子挑明白，否则，将会给她造成重大创伤。他在找到切入的话题后，就问露伢子："露妹！你放婆家没有？"

露伢子羞涩地说："明知故问，我哪里放婆家呢？"

程大奎故意卖官子说："你们这里娃儿的婚姻动得真迟，十七八岁还不找亲开。"

露伢子笑了一会说："你说我们这里动得迟，未必你们那里一出生就把亲开了哇？"

程大奎借住话题说："有的比这个还早哩！妈肚子里就指腹为婚了。"

听这么一说，露娃子闷闷不乐了。她没敢把想问的话及时从喉咙里冒出来，因为她怕听到一个她极不想听到的结果。程大奎坚决缄口不开，他不得因自己多言而把话题转开去。良久的沉默，露伢子感到胸腔就要炸开了，忍不住的话还是像决开的东海之波，"哗"的就喷涌了出来。她在脸色阴沉中转头向程大奎问："你订亲了吗？"

程大奎不敢直视她，只是望着长江低声说："早订了！"

程大奎说出这句话后，整个天地都凝固了。他蓦然感到一切是那么的静，静得让人气都不敢喘出来。

他没去关注露伢子的表情，仍然把眼睛直直地盯着长江。正在他心里有些发怵的时候，突然感到露伢子与自己挨身坐了下来，并且一把抱住自己的腰，不顾一切把头埋进自己怀里就伤心地痛哭起来。他虽然与张永蓉有过亲密的肌肤接触，但这突如其来的异性热拥，却让他一下就懵了。他不知道如何去收得了场，只是在手脚无措中，任由露伢子抱着自己去哭个够。

此时此刻，露伢子的心比刀割还要疼。她感到她的命非常苦，在她来到这个世上的时候，就是她妈妈走出这个世界的时候。难产中，妈妈还没来得及把乳头喂进她嘴里享受做母亲快乐的时候，就在大出血中握住自己的小手依依不舍地做了个永诀。最后是善良的二婶用米糊糊和一只山羊的奶把自己喂大的。在成长过程中，当看到二婶用乳汁喂养出生的弟弟妹妹时，她就嘴痒痒地直想去吮一口。为此，他好多回就在泪光中想象母亲那装满甘甜乳汁的乳房，是那么的饱满与圆润，她多么想去成全妈妈哺育孩子的幸福与伟大呀！生母的爱是个啥味道呢？多少次她就抓住二婶的乳头把二婶呆望着，尽管二婶充满母爱地抚摸着她的头，但在自己的心里，怎么就驱不散做无娘儿的阴影。当到情窦初开的时候，以为是上天赐来了一桩好姻缘，让程大奎来对她母爱缺失的情感做一份弥补。可是谁会想得到，这非但如此，反而又在她情感的伤口上撒上了一把盐，再坚强的心也是承受不起的。她只得哭泣在程大奎怀里，像依偎在母亲怀里温暖的哭泣；像依偎在恋人怀里幸福的哭泣。这哭泣，依稀让她把十几个青春岁月的无端压抑全都释放了出来，但她同时又感到：思念是那么的让人心疼！爱人又是那么的令人心碎！

哭泣的露伢子在渐趋平静后，才松开程大奎抬起泪面无可奈何地说："大奎哥！我爱你！我想做你媳妇。"

程大奎诚心诚意地说："露妹！要是我没定亲，娶你做媳妇的确是蛮好的一桩姻缘。可是，今生我真的是不能答应你，这有缘无分看来是我们前世的修造还不够。"

露伢子揪心地说："既然修造不够，为什么还让我们认识呢？难道还嫌我命不够苦吗？这老天爷也是在赶命苦的人欺负啊！"

联想到露伢子前两天给他讲的身世，程大奎可就对她的命运怜悯起来。于是他下定决心，尽管不能在情感上给露伢子安慰，但一定得想法子让他们一家人日子过好起来，这样才能弥补一家人对自己的救命之恩。但眼前该如何去解这个疙瘩呢？楼梯还只得一步一步地下。

他满目伤怀地对露伢子说："露妹！我们虽然不能结为夫妻，但完全可以结拜兄妹。让我们今生好好补上百世的缘分，向下辈子约定三生，你看好不好？"

露伢子流下一串泪珠后，就像一只受伤的小羊羔，无力对命运做出任何抗争，她自怜地说："我的苦命让我对任何事情就不敢有额外的奢求。你不要在意我的冒失，不管结不结拜，你在我心里就是大哥，更是我一生一世爱着的人！哪怕不成夫妻，我也要在心里暗暗爱你！海枯石烂，至死不渝！"

程大奎动情了。他极显揪心地说："露妹！这是何苦呢？你这样会让我心非常痛的。"

露伢子呆呆望着他说："大奎哥！你知道爱一个人的感受吗？"

程大奎连连点头说："我知道！"

露伢子趁势把身子靠过去祈求说："大奎哥！既然你知道，就抱我一会儿吧！我保证再不找你纠缠惹烦恼。"

程大奎抱住露伢子的时候，露伢子的抽泣直让程大奎的心有如针扎般的疼。并也流下一阵情感抉择的挣扎泪珠来。

抽泣的露伢子非常感动，她感谢程大奎给予的这个长长地拥抱，尽管老天不怜人，但程大奎疼惜了她。她拥抱过程大奎，程大奎正拥抱着她。虽然她同程大奎不能成名正言顺的夫妻，有过饥肤触碰和毫无阻隔的两情相拥，还要去求个什么呢？哪怕没有生儿育女的交融，对自己这个从来不敢奢求什么的苦命人来说，已经完全足够了。这夫妻之实天作证，地为凭！她决定为心目中自认的夫君程大奎守候一辈子。

长江里又响起纤夫的恋歌，不，又像是悲歌。

峡江翻涌波不平，
一根纤绳缠牵人，
哥想妹时放声吼，
妹恋哥时泪不停，
老天何故捉弄人。

纤绳是根相思藤，
想拴哥哥不出门，
何苦只来歇一晚，
一走好久得回程，
莫要等成白发人。

情哥情妹岩对岩，

一条长江两分开，

神女峰下无船渡，

想扎竹排浪头来，

空变石头站高台。

……

这歌声对纤夫来说，只是抒发的一腔胸意，甚或是解烦除闷的调子。但对露伢子来说，确是对她恋情难寄的奚落和嘲笑。不幸的人总是摊得上不幸，屋漏偏逢连阴雨，她完全地被命运征服了，只得听由命运对她的主宰和摆布。她轻轻松开程大奎的手，慢慢地撑住他的腿站起来。在把泪面擦干后，就背着背篓向山上爬上去，缓缓消失到蓝天白云下的阴山后，融入神女峰接天齐地的屏风里。

二天清晨，没有推迟的黎明还是如约到来了。夜里哭过数次的露伢子，怎么就没让肿胀的眼睛消退下去。她本来是不想去送程大奎的，但是那分情爱的催促可不是由她去控制得了的。屋山头，程大奎正与送行的一家人亲切告别的时候，露伢子就从屋里冲过去说："大奎哥！你等等。"

程大奎把目光投过去时，露伢子就来到了身前。

"大奎哥！你要走了，不知哪年哪月又才来。我把这双袜底送给你，只想你一生平安！"

哽咽的露伢子说不下去了，她转身又跑回到屋里头。

程大奎鼻子一酸，不知对露伢子一家人说些什么好。平静一会后，才对冉爷爷说，等他到奉节去弄清楚造船成本及相关事情后，如决定造船，就请他及两个叔叔一齐到大宁场去帮他。话一说完，程大奎就迈开寄情难载的步子，向奉节县赶了上去。

21

造船梦圆创基业

奉节，又名诗城。一进夔门，那股悠远的诗文墨香就扑面而来。"夔门通一线，怪石插流横。峰与天关接，舟从地窟行。"的诗句，不仅让程大奎感受到夔门天下雄的气势和奇绝的险峻，更感受到了诗文的磅礴与大气。虽然峡长只有七公里，但行在其间，那个"高江急峡雷霆斗，古木苍滕日月昏"的惊恐，好像随时就要被峡江吞食掉。冷汗飞落，虚步打战，哪怕是一声鸟叫，没见过这天堑的也会吓掉个三魂七魄。更何况在看到白帝城时，行在远古开造于瞿塘峡口悬崖间的栈道上，真的就会感受到什么叫"一夫当关，万夫莫开"了。特别是那个滟滪堆，如巨大的定海神针，与一夫当关的关隘形成固若金汤的呼应阵式，乃百万难兵也攻破不下来。程大奎以为"西控巴渝收万壑，东连荆楚压群山"不是诗句，是成就霸业的壮志豪情。且不说三国"遗恨失吞吴"的刘备在此托孤的悲壮，就看两汉之间公孙述由此起事自号白帝建都之举，也就无须去杜撰什么历史来牵强佐证了，定格的历史就在眼前。

程大奎没到白帝城上的白帝庙去进一步感悟沉淀在这里的厚重历史，而是从白帝庙前的山根下，直去目已触碰的奉节县。在县城东边梅溪河出口的碛坝上，十几座灶台在浓烟翻滚中，忙把地下流出的一小股盐水充分利用了起来。虽是在枯水期季节性熬制，但这个季节性的忙活，仍可获利颇丰。由此可见，普天之下民众对食盐的倚重程度了。这个百姓一日三餐的必需品，定是个永远不得萧条的买卖，程大奎想造船的信心也因此更大了。

乘渡船过梅溪河不远，就是县城的小南门。垂下两百多级的台阶，搭在长江边的一片沙坝上，所有的大小船只都在这里打造。

程大奎在造船的地方穿梭过几趟，终于找到了露伢子爸爸说的那个吴幺爸。听说是巫峡里冉明东介绍来的，吴幺爸表示出热情并问过冉明东一家的好后，才同程大奎聊起来。

"你来找我有什么事呢？"

"我想来看看造船的工序麻不麻烦。"

"不仅麻烦，而且还很精细。不要小看是把几大块木板连起来做个斗斗，那可是要载人装货下河的，出不得半点岔子哩！"说完，吴幺爸就在一块木方上叩出了土烟杆里的烟锅巴。

"造条皂角船一般要用多少天？还需费多少工时呢？"

"一二十天吧。"吴幺爸挠了一下脑袋，接着伸出四个指拇说，"至于用工，可能要四十几个吧。"

"你们的工钱怎么算呢？"

"把船打起后，由老板包干一次付给银子，再由领头把钱分给伙计。"

"造条皂角船一次性包干工钱要多少呢？"

"四五百文吧。"

"卖出去一条船值多少钱呢？"

"上十两银子不等。主要是看老板跟买家讲价情况定。"

"老板一条船赚得到多少呢？"

"二到三两银子吧。"

程大奎思索了一下说："现在川盐济楚盐运量大增，我准备自己造船营运，想请你帮我斟酌一下。"

吴幺爸想都没想地回答说："斟酌什么呢？如有本钱当得起老板，钱还不会赚傻。"

"如我决定搞这个事，请你去帮我主脉行不行呢？"

"唉！我都七十多了，山远地远的跑到你们大宁场去真还不方便，冉明东跟我搞了好几年，他能主脉。"

谢过吴幺爸后，程大奎就从小南门去到县城里，只见月牙街前涌着很多人。程大奎近前一看，是鲍超在出告招募兵勇镇压太平天国。报名当兵的人真还不少，能识字的签上名就行，不识字的押个手印也作数。

正在他看清究竟想走开的时候，一只大手猛地向他肩膀搭上来。由于在巫峡里受的伤害尚心有余悸，程大奎敏捷地把身一闪，下意识地就做出防守架势。

"哈哈！没想到程大夫子的这个火卵子还是个练家子哩！来和老子过几招。"话一说完，那个身材魁梧的家伙就粗鲁地向他挥拳过来。

程大奎一眼就认出这人是巫山县刘府袍哥大爷刘道衡的二弟刘道远。就是第一次见到他说自己是火卵子的那个刘二爷。虽不是相见仇人那么的眼红，程大奎还是很想去揍他一顿。但转念想到刘总爷对自己的好，他就把气消了下去。于是就只出招架之功，没露出半点还手之力。

顿时，大家围成个大圈，只看这两个人比试的高下。

看到刘道远总是拿不下程大奎，有的人就在大叫"刘教把加油"。程大奎此时才明白这个刘二爷一定是请来训练兵勇的，所以更加不得出手伤刘教把的面子。

在程大奎想使脱身之计的时候，一个声音宏大的人就喊住手。只见那人走过来看了看程大奎的身板，接着就把他叫进了鲍公馆。这人不是别人，就是鲍超。

大家无不奇怪，怎么鲍老爷对此人会如此高抬？居然还把他请进公馆里去。

是的。鲍老爷是看中此人了。求贤若渴的鲍老爷见有这样身手的人投奔自己，他能不高兴？

鲍老爷叫程大奎在客厅坐了下来，接着就问："你叫什么名字，是哪里人氏？贵庚多少？"

"回鲍老爷，我叫程大奎，巫溪大宁场人，现已十八。"

"你是来报名当兵的吗？"

"不是的。因川盐增加了运岸，我是来看造船的。"

鲍老爷眼里闪过一丝失望，但立即就消失在对一口盖碗茶的品尝中。

他又把目光投过来问："你跟谁学的功夫？"

"我们大宁场里的周先生。"程大奎没有回避。

鲍老爷听说过巫溪大宁场有位周先生是个文武双全的贤者，教出了百十个弟子，在奉巫一带颇负盛名。于是鲍老爷接着问："他教你念过书吗？"

"念过。"

"念过些什么书呢？"

"四书五经都念过。"

"好哇！文武双全。你就跟随我当兵好不好？"

"我家是独苗，父母年岁越来越长，我要出来营生计让他们享福。百事孝为先，现在实在不敢脱身父母。感谢鲍老爷对我的抬爱。我可以动员我的师兄弟来当兵。"

鲍老爷没有强人所难，在和他聊过其他一些事后，就送给他一把小刀，说今后如有从军之念，可凭此刀无阻自荐。

接过小刀，只见长不过六寸，寒光闪过，异常逼人。特别是刀的左面题刻的"夔门雄风"四个字，显尽虎狼之气，左下角落款"鲍超"二字，就可断定眼前这个已为清将的将军是何等的勇武。程大奎一膝跪下说："感谢鲍老爷抬举我，此伯乐之恩永世不忘，如有图报的那一天，定当肝脑涂地。"

鲍老爷起身扶起程大奎说："人才难得，希望我们有后会有期的那一天。"

起身向鲍老爷告辞后，程大奎就回大宁场了。把心提到嗓门口的张永蓉得知程大奎回来的消息，就忙跑过去看望他。

那份牵肠挂肚是何等折腾人啊！张永蓉猛地拉住程大奎的手就开问："易麻子大伯早就回来了。你一去就没个音信，这些天去哪里了？害得我天天做噩梦。"说完话，张永蓉就哽咽了。

程大奎没把遭人暗算的事说出来，他微笑地跟张永蓉解释说："本来从宜昌起旱，是想和易麻子大伯比较一下水旱两路的时间耗费。可是到巫山后，就想起要去奉节看一下造船的事。因表面看不出个名堂，就跟班了解造船的工艺流程，所以挨到今天才回来。"

张永蓉忧心忡忡地说："你每次出门就是'赵小儿送灯台，一去永不来。’真是要把我急死哩!"

"唉!"程大奎叹了口气说:"人一出门,有时遇上的事可不是自己能把握得了的,你就别那么担心好不好?不然我也会在外面为你急死的!"

张永蓉没再说什么,只是把头倚在程大奎肩上,并让他把自己暖融融地拥抱着。

程大奎把自个造船的想法先告诉了周先生,并请周先生拿主意。周先生建议把他父亲和张克贤老爷叫到一起做个商量,这是个大事,得听大家的意见。同时要程大奎把这个事再梳理思考透彻,如大家提问,要说得出个道理。

次天晚上,周先生请客了。入席前,周先生就叫程大奎把想造船的事说出来让大家拿脉。他望了张克贤和自己爸爸一眼后,就开腔说:"这个造船的事,是两个原因让我去这么想起的。"看到大家都在等他说下文,于是就接着说,"一个原因是我在三峡里跑过几趟,在把盐运到峡外后,再把船拖回来,一路不仅辛苦危险,而且用的时间最低也要七八天。特别是隆冬时节穿行在冰凉的水里,弄不好就要得病,为减轻大家的回程劳苦和少生病,就想回程改水路走陆路。第二个原因是因川盐济楚盐产量增加,运力老靠那些皂角船是不行的,必须得增加船只。因买不经济,并且也供用不上,所以才想到自己造。"

话一说完,程传绪就说:"你说的我听懂了。但驾出去的船怎么弄回来呢?"

程大奎说:"把船卖掉,再启旱回来驾新船。"

张克贤接话说:"造船与卖船定有亏损差价,除了锅巴没有饭的事就那么有搞头?"

程大奎盘算说:"我到奉节去了解过,造一只船的成本在七八两银子之间,现在买一只船就要上十两,我们把船在峡外卖掉,不说赚卖船的银子,就是与成本扯平,也要赚一趟运力。这是个有搞头的事。"

张克贤又说:"造船可是要好大一块场子,深山峡谷我们哪里去弄场子呢?"

周先生接过话题说:"猫儿滩那里有一个大缓坡,可搭架子呈阶梯形的去造。"

程大奎接着说:"是的。那地方可同时开工造好几十条船,并且放下河也方便。"

这师徒俩早就划好了圈圈,一唱一和中,张克贤和程传绪还只得在心里的不踏实中去同意这个造船的事。无论结果怎样,也算是程大奎自己新创的一个事业。

造船开工了,张克贤没有去主办或是入股,而是借给程大奎一百两银子做本钱,他愿意用这一百两银子做试金石,即使让未来女婿亏了也不怕,就当是给女儿张永蓉的陪嫁。

22

提新遂向大九湖

似乎把一切事情忙活妥当后，张克贤才在张永东的催促下，决定亲自去大九湖为张永东提亲。除程大奎同行外，还有请上的媒人周先生及三个担聘礼的挑哥。

张永蓉只想一同前往，但山远路险匪患多，带上她既不安全又不方便，所以只得失望在家做她的大家闺秀。虽然心头有些生怨，但想到哥哥订亲后，自己和程大奎的婚事才可落板，于是又暗自兴奋了起来。

阳春三月的一个中午，太阳从蓝天洒下暖意融和的光芒，不仅温暖了张克贤一行的身子，也温暖了大九湖这个如盆的高山湿地。从湖水中冒生起的雾岚，在一个平面上漫展开去，一动不动，静如琉璃，朦胧如纱。自小垭口望过去，雾的上端青山起伏，黛色分明，把个春天的生机脆生生的表现了出来。雾的下面田园山水和稀疏的农家茅舍若隐若现，恰似出现的海市蜃楼。这不就是人间仙境么？为之赞叹的周先生随口就吟出"雾托青龙，九天高高任飞腾；岚生妙笔，万里遥遥开画屏"的对联，直让这道美景，永远定格在大家的心里头。

在离郑云菊家不到一里路的时候，嗅到气息的大花狗就迎了过来。它没有大声汪叫，直向张永东和程大奎亲热过没停。张永东摸着大花狗的头说："花儿，我们走这么久你就还记得，真是个大乖子。"听这一夸赞，大花狗就在摇头摆尾中向家里跑回去报信了。它一进围栏就汪汪起来，但声音极其温和，只是大家听不懂它的语言罢了。

郑爷爷断定是来人了，忙走出大门一看，一队人渐渐清晰地在向自家屋里走过来。张永东眼明，在叫声"爷爷"后，就快步地跑了过去。屋里人听到是张永东的声音，都充满期盼地迎了出来。只有郑云菊躲进了房屋。骤然间，她的心潮在狂涌翻腾，脸像开水一样在滚烫。

"永东！你终于来了。"郑爷爷拉住张永东的说话间，一直把目光注视到后面跟过来的一行人。张永东知道郑爷爷在望什么，便把郑爷爷向前引了几步。

首先走进围栏的是张克贤，接着是周先生，接周先生身后跟着的是程大奎和三个挑聘礼的人。

张永东扶着郑爷爷的手向他爸爸介绍："爸爸，这是郑爷爷！"

没等张永东往下介绍，张克贤就拉住郑爷爷的手说："郑伯伯好！感谢你们一家人对张永东的抬爱。由于杂事耽误，所以今天才来提亲，还请见谅！"

郑爷爷笑呵呵地说："张老爷别说客气话，你们能来提亲，是我们郑家高攀了哇！"

在融洽的笑声中，郑爷爷就同一家人把大家引进了屋头。

按订亲礼节，聘礼是要放在桌上按清单由媒人主持接收仪式的。郑爷爷却说是山野农家，用不起这些礼节，他们家早不把张永东当外人，自在随和才对得起亲家。

作为媒人的周先生没有说话，见到郑爷爷后，周先生若有所思地似乎在想些什么。

程大奎亲热地和郑爷爷一家人打招呼，整个屋子里的氛围十分和谐，每个人的脸上都荡漾起节日般的兴奋与快乐。

打发三个挑哥走后，张永东就悄悄问小妹郑云桃："桃妹！姐姐呢？"

郑云桃做了个鬼脸就神秘地用手向房屋里指了指。张永东正准备走进去，郑爷爷就喊道："云菊！张老爷他们来了，快出来敬茶。"

郑云菊还是过去的那身打扮，从屋里羞涩地走出来时，只是脸像彩霞般的彤红。她低垂着眼帘，接过妈妈递过来的茶杯，就给张克贤这未来的公公敬茶了。张克贤把按规矩准备的红包递给郑云菊，那可是一只价值名贵的和田玉手镯。郑云菊没敢接这么名贵的红包，正在迟疑之际，有些急了的张永东走过去就把手镯接过来戴到了她的手上。突如其来的这个举动，让郑云菊羞怯难当，转身就跑进灶屋了。

除张永东外，大家都哈哈大笑了起来。

周先生忙拿出聘约给郑云菊的爸爸郑和平递了过去，这两家和亲的凭据是不可少的。要不是他爸爸私下对他讲过张永东为何改名叫林大宝的事，以及张永东回大宁场就去请人来提亲，他真感到意外了。现在结上这门好亲事，真是郑云菊几世修来的洪福。

在两亲家亲切交谈的时候，郑爷爷就说到大九湖里去弄条鱼来招待大家，他拿过一把水竹做成的鱼叉就去到湖边。

这大九湖是远古形成的高山湿地，在地壳运动中，随着地层的抬升，湿地就形成了九个大小不等的天然湖。这湖里大个头的有洋鱼和鲤鱼，叉上一条都在四斤左右，是待客宴宾的上等佳肴。这叉鱼的技术只有郑爷爷能掌握，其本领可不是在这个大山里练就的，多像是下江客的身手。

郑爷爷静立在湖边，仔细观察着鱼情，只待瞄准时机叉下去。

跟过去的周先生在他身后叫了声"大表哥"。郑爷爷转身过来的时候，一脸意外望着周先生，他真的就没把周先生认出来。

周先生忙提示说"大表哥！我是周伯印，是荆州海坝的周伯印。"

"哎呀！你真是伯印啊！"话一说完，郑爷爷就流下亲情相认的泪珠来。并还牵出一段埋在心头的陈年往事。

三十多年前，在卧龙县当县令的他因得罪上司和权贵，屡遭诬陷和迫害。为避灭顶之灾，他就挂印悄悄带着家眷躲进了这个大山里，并还隐姓埋名把邓咏鸿的名字改成了郑怀山。他来到这里育有四女，都已出嫁结上亲戚。加之他知书达礼，为人厚道，在当地颇受尊重。现在已是孙辈满堂，天伦之乐享用膝前，真比为五斗米折腰更让人舒坦和痛快。今天看到舅舅的儿子周伯印，三十多年的亲情牵挂与故乡情怀，一下就涌上心来，避难至此历经坎坷的郑怀山能不潸然泪下么？

兄弟俩坐在湖边互通了几十年的奔波情况，同时还讲了些大家关注的家常话题。

在郑怀山猛地站起身来叉上一条四斤多的洋鱼后，兄弟俩才向家里走回去。

得到这个喜上加喜的消息，大家乐不自胜，新鲜的话题源远不穷。特别是周先生的这一相认，不仅和大家成了亲戚，而且还高上了个辈分，张克贤玩笑说周先生这趟最划得来。

云菊订婚，四个姑姑、姑夫还有亲戚都来了。喜酒一直喝到深夜。这样的闹热和开心，是自郑怀山夫妇带着儿子郑和平来这里几十年的第一次。他认为老天待人不薄，更没欺负遭受委曲的人，依稀之间，他所有的人生不幸和委曲全都烟消云散了。在这个人间仙境般的地方隐居，比陶渊明"采菊东篱下，悠然见南山"的生活更惬意、更舒坦，这份天伦之乐有何不满足的呢？大家在一醉方休中，才把长夜送向黎明。

清晨，太阳在山的那边还没出来，天空醉蓝得像凝固的海洋，要不是晨曦渐生红晕，真还会担心倾天的巨浪会翻涌起来。大九湖的整个盆地没起浓雾，只有轻纱静浮在地表上，让大地显得格外的诗化与萌动。随着太阳在山那边慢慢爬升，东天由蔚蓝不断变成朱红，而且让四围的青山也跟着燃烧起来，那是映山红澎湃的激情，直让人精血潮涌。大九湖面，水蒸气还在袅袅蒸发，就像是熊熊的地下烈火把大九湖烧热了一般，怎么都冷却不下来。提着篮子去湖里洗菜的郑云菊，就像下凡的仙子刚从南天门驾雾而来，为这副精美的自然山水画添上了点睛的一笔。痴迷中的张永东，情不自禁跟过去，在离郑云菊几步远的地方驻足下来。看见这位下凡仙子每一个动作是那么的优美，就像荡漾旋律的音符，铿锵地敲响在他的心中，并且成为他最为幻美的爱情定格。

郑云菊在洗完菜的回首间，猛然看见身后冒出个人影，直把她吓得"啊！"地大叫了一声。在反应过来的时候，郑云菊心悸未平地说："你跟过来咋不作声呢？差点把我吓死了。"接着就拖着哭腔说，"你真坏！"

张永东自责了，他心疼地走过去拉住郑云菊的手说："把你吓成这个样子，向你道歉好不好？"

"这样的道歉我承受得起几回呢？你真的把我吓遭了。"话一说完，眼里就滚出几滴泪珠来。

张永东轻轻把郑云菊搂在怀里说："云菊别怕！从今往后一辈子，我绝不让你再受半点惊吓!"

云菊没有说话,只是用双手把张永东紧抱着。她突然感到张永东的胸膛是那么的宽厚与安全,所有的惊吓就在他怀抱里坚强了起来,她想今后无论遇上什么事,只要有张永东的怀抱依偎,一切都会化险为夷。

太阳从东山之巅投来了第一束阳光,让两个相拥的爱人也灿烂了起来。郑云菊知道,阳光一出,雾就要散,再这样难舍难分就会让人看见。她轻轻松开手说:"别抱着了,别人会看见的。"

张永东没有说话,捧起郑云菊的头就亲吻起来,郑云菊差点就晕厥过去。

郑云菊缓慢推开张永东后,就提上篮子准备向回走。

张永东伸手拉住郑云菊的手问:"云菊!我们好久结婚呢?"

郑云菊愣过后,就温柔地低头说:"这事跟我说什么呢?我可做不了主。"话一说完,就多情地扭头朝屋里快步走了回去。

心急的张永东只想马上结婚,经两家大人协商,决定在明年八月十五过门。这是个多么遥远的日子啊!直让张永东叫苦不迭起来。

依依不舍回到大宁场的张永东,便跟着他爸爸张罗起盐营生意,在跟程大奎到宜昌跑过两趟后,尝到纤夫酸甜苦辣和经营生意的不易后,也就不断成熟了起来。

23

事顺业兴添喜庆

随着盐产量的增加，"万灶盐烟"的大宁场出现了从没有的繁荣，"一泉流白玉，万里走黄金"成了当时最为生动的写照，水陆两条计岸真的就成了两条黄金走廊。这时盐工工钱增加，相关行业拉动兴隆，盐营老板日进斗金，官府税银持续翻番。简直就是太平盛世的景象，哪里还会想到朝廷正在遭受太平天国的心腹大乱呢？

水陆两条运岸上，陆路显得更闹热。因为每个盐背子只有百多斤的运力，要把大量的盐巴运出去，就得增加背哥。为此，通往安康、房县、兴山的盐马古道上，要把盐巴运出去，成群结队的盐背子来来往往翻山越岭，那情景就像搬家的蚂蚁，颇让人叹为观止。因为这个缘由，一路歇脚的店子不断增加，就是在路边搭上个茅草棚子，也能收到盐背子歇脚的几纹钱。这个时候，好像匪患也少了些，即使偶尔冒出个单干的棒老二，在人多势众下，也都不敢有大的造次。

陆路的闹热虽然带给了袁世忠丰厚的利润，但他认为还是没有水岸油水大。除一路通关节和纳贡的钱不说，单从盐背子的运力成本上就比水岸付出得多，他不知道县大老爷这个亲家为什么就把胳膊肘儿往外拐，他想找个时机建议把水陆两岸上的经营一年做一个交换。

的确，水岸是要比陆岸油水大一些，就运费成本一项，就要比陆岸少一筹。特别是程大奎善想好办法，那谋划出的火爆，直让人看了就眼红。

他首先是帮张克贤老爷在宜昌办起了大宁场盐营分号，所有的盐巴收存、储运和交送，全由分号负责。船夫子只要把船靠在码头，就由分号管事连船带盐全部接管，船夫子就直接启旱回大宁场。在这种运作模式下，盐运周期缩短，待运盐损降低，获利空间增大，计收银子及时，几乎把几千年的盐营模式做了个极大优化。特别是他借助东风办起的造船厂，更是创出了他所预想的成果。他把水路盐运进行了全承包。所有船夫子无须自己掏钱买船，而是由他的船厂把船造出后，就装上盐巴，让他们把船驶到宜昌去交给大宁场盐营分号管事就成。所有工钱和启旱返程的应承花销，全由他向船夫子领班结付。这样的承包制，似乎在这里诞生出了资本主义经营方式的雏形。

这个方式是船夫子们津津乐道的。他们完全不需要自己去置办船只，只要有开船技术，就可找到养家活口的活干，并且收入还不低。特别是从峡里返回时，不仅免去了那分逆水拉纤的极端悲苦，而且也不去担心面对鬼门关的瑟瑟胆寒。同时也避免了常泡在水里而积上病根。这无疑是大宁场里几千年船运史上的一场革命。程大奎因这场革命让自己的名气更大了，经船帮帮会提议，一举推举他做了船帮的内务大总管。

为把船运事业做大盘强，他让设在宜昌的大宁场盐营分号管事程老大负责，筹办起来船只经营庄号，一改过去只让船只微利脱手的做法。在程老大的运作把持下，每条船获利就在二三两银子左右。不经意间，程大奎又当上了大宁场的造船大掌柜。同时，为了解决船夫子启旱歇脚的事，他又叫冉光富老爷爷在巫山峡的自家里开上了店子，每个月的收入可是过去做棺材买卖的好多倍，日子完全就过得红火起来。

真的是有梦想就了不起，有奋斗就会有奇迹。在程大奎谋划的事业顺风顺水的时候，张永蓉就同他去找周先生，想请他去为程大奎提亲，他俩真是急不可待了。可是周先生没有同意，一是袁仁贵尚未娶亲过门，弄不好就要生是非。二是程大奎还没参加乡试，至于能否取得功名，那可是另外一回事。在这两件事有个名目后，才可以去提这个事。程大奎认为是这么个道理，只是张永蓉在嘀咕，要是袁仁贵这辈子不娶亲，自己还要跟着等上一辈子吗？

周先生没去理会那么多，他只要程大奎静下心来研习经文，一定得为大宁场考回个秀才来。此后过不了几天，周先生就叫程大奎喊来张永东和袁仁贵，让他们一起来听他讲评经文，希望张永东和袁仁贵也能一道去获取功名。若能心想事成，他的心血才算没白费，对几十年的辛劳也算是有个交代。

七月半的那天下午，周先生拿着一个写上"天地君亲师"的冥钱封包，就带上程大奎、张永东和袁仁贵三个弟子去到灶台湾举行烧包祭典仪式。他先把封包放在架好的柴禾上，然后就面对秀才看榜和和尚拜塔的仙掌山祷告起来，在上完三炷香之后，就带着弟子三叩首，然后才点火燃送封包。

站起身来指着仙掌山的周先生问："你们知道仙掌山那里的几块巨石叫什么吗？"

袁仁贵快嘴回答说："是和尚拜塔。"

有人说七月半向仙掌山祷告后，抬头首先看到什么，其命运往往就会与之产生联系，周先生在心头打了个冷惊，未必你袁仁贵今后还与和尚有什么牵连吗？他暗对自己"呸"了几下，自怨极不该有此念头。他忙把目光转向张永东和程大奎，想听他们怎么回答。张永东没有说话，半晌周先生才叫程大奎回答。程大奎认为袁仁贵没说完全，于是就补充道："那块高大的巨石叫令牌石，令牌石上边立的那根石柱像读书人，面对令牌石就叫秀才看榜。在令牌石的下边，那个像和尚光头躬身的石头朝向令牌石，就叫和尚拜塔。"

对程大奎的回答，周先生感到非常中意。如程大奎所说，就让大家对仙掌山再次观赏起来。

那和尚拜塔和秀才看榜可谓栩栩如生，惟妙惟肖。曾有阴阳先生说，这个景致聚合了风水之大成，秀才看榜主生文官，和尚拜塔主出武将。远的就不说，就说眼下不远处的山脚边那个叫黑龙池的地方，就出了个两湘总督向荣，在镇压太平天国中屡立战功。奉节县那位赏识程大奎的鲍超，就是由他带出去栽培出来的湘军将领，你说这风水灵不灵？

过了一会，周先生就寄予厚望说："七月半是纪念先辈亲人的日子，今天把你们带到这里来烧包，就是想让天地君亲师保佑你们，让生就在这里的秀才看榜灵气显映在你们身上，希望你们抓住最后个多月时间，博闻强记，力争乡试榜上有名。"

面对周先生的叮嘱，三个弟子都表示加紧学习准备，不管中榜与否，都要对得起周先生这番良苦用心。

临近乡试的前几天，心头憋得慌的袁世忠去到县衙，在客厅坐定后，就直截了当地对周大老爷说："周大老爷，我想请你做主，把水陆两岸的盐营一年进行一次交换，如定着让我经营陆岸，这太不公平了。"他把身子前倾了一下又接上说，"那水岸就成本花销一项，每年就要节支好几千两银子。"

周大老爷皱了一下眉头说："怎么节这么多呢？夸这么大个口口想哄我啊？"

袁世忠着急地说："我怎么敢哄你呢？季师爷知道，那一路的打点，每年固定的就要几千两啊！"

周大老爷歪着头问："谁的打点还要这么多银子呢？"

吃过哑巴亏的袁世忠说："是那些关隘绿林和衙门差官。"

周大老爷说："张克贤的水岸未必就不打点？谁叫你自己不把银子当数要去那么大方呢？"

有些哭笑不得的袁世忠说："你没往铺盖里钻，就不知道铺盖有多宽。哪那是我要去大方，分明是他们在抢啊！"

县周大老爷没再去对他做理会，而是叫他再不要提这个事，如每年一换，接手的人又要打点新关系，那花费会更大，一定是个得不偿失的买卖。

鼻子大了压住嘴，没办法的袁世忠只得失落地向周大老爷告辞。周大老爷要他回去叮嘱袁仁贵，一定努力在乡试中考个秀才，榜上题名后，就择日迎娶周小花。

袁世忠出门就在想，这个亲家大老爷比神仙还要清廉，神仙都还纳贡受拜，他真是风吹不进，水泼不进，怪不得一些人都捧叫他周青天哩！

正在他埋头走出东门的时候，季师爷从后面叫住了他，然后神秘兮兮地递过来一个信封，说要袁仁贵按上面说的温习，保准能考上秀才。同时还叮嘱这事不可向任何人说，就是县大老爷也不例外。若是捅出娄子追究起来，那是季师爷吃不了要兜着走的。

叹过一声气的袁世忠更加感慨了，这个亲家大老爷简直就不讲情份，连一个外人都不如。原指望跟着沾点光，可是光没沾上不说，还让自己"稀泥巴揩屁股——倒巴一索。"这往后如何交往得下去哟！

中秋刚过，考试如期举行。参试的童生中，没想到还有年逾花甲的老者。那份对功名追求的执着，程大奎无不为之唏嘘，同时也被他们"烈士暮年，壮心不已"的精神所鼓舞。热血沸腾中，他的应试充满豪情，淋漓地发挥，让他感到定可志在必得。

揭榜的那天辰时时分，有的人在县衙贴榜前眉飞色舞，开怀大笑；有的人又在那里长吁短嗟，泪流满面。大宁场里，没多少人那么早去关注那个结果，只有周先生天不亮去了。当他看到前三甲分别是程大奎、张永东和袁仁贵时，他喜极而泣了。

大宁场一下出三个秀才，可是喜庆大当头。拿过大红包的县衙督学，忙组织狮子锣鼓，让三个秀才戴上大红花在大宁场十里长街上游了一趟，然后三个秀才才回各自家中接受三亲六故和街坊邻里的朝贺。

当然最为热闹的是张永东和袁仁贵的家里，虽两家算不上名门望族，但在大宁场里也是有财有势的大户。唢呐声声，鞭炮爆鸣，送礼贺喜的自不必说，其场面真是比过节还要闹热。

可是程大奎家，就显得没那么风光。因为他们家一直处于贫民阶层，并且房屋也只有临河的三间，根本无法去搞上一个办出几十席的大场面。虽然自己做了船帮内务大总管，那份名气远不可以去与物质基础雄厚的张袁两家竞奢华。他只是在周先生的张罗下，订包了四川会馆，宴请前来祝贺的船帮兄弟和亲戚朋友。

开席的时候，程大奎平生第一次像个当家人敬酒了。他满斟上三杯后，就放开嗓门说："各位亲友，船帮前辈兄弟，在我程大奎小登科第的时刻，感谢大家来为我祝贺！我给大家行礼了！"话一说完，就深深地向堂子里的人鞠了一躬。他接着转身指着放在木盘里的三杯酒又说，"这里倒上了三杯酒，我想表达三份情感。"他把目光转过去深情地望着父母说，"第一杯我要敬父母，是两位老人不辞辛劳把我养大，并开明让我求学，这是我今日之成的本源！"

接受敬酒的程传绪和黄秀碧泪流满面，这一生的期盼和荣耀，全在这一刻闪动出光芒，他们感到无比的快乐和幸福，直把儿子敬上的酒，痛快地来了个一饮而尽。

程大奎端上第二杯酒对着周先生说："一日为师，终身为父。感谢周先生对我的谆谆教诲，让我识读经书，通晓事理，今日的喜庆，全仗先生所赐，弟子将永世不忘你的恩重如山！"

泪光闪动的周先生非常欣慰的畅饮了这一杯做梦都在期盼的敬酒。

程大奎端上第三杯的时候，更高声对着大家说："感谢亲朋好友、船帮前辈和兄弟对我们家的关照，特别是船帮现在对我的信任，我以敬酒为誓，无论何时何地，我都与大家风雨同舟，患难与共，绝不负人！"

在大家叫过"好"之后，就盛情开宴了。喜庆的日子，自是人人风光满面，以酒助兴，相互把盏，道情敬酒，接踵不绝。氛围显得极为亲切与和谐，完全没有假情奉承的虚伪，平民之间的友谊，怀揣得是那么的真切与无隙。

席散人归，程大奎的生活又恢复了平静，虽然头上有了个秀才光环，但就实质上讲，他不可能一步就端坐在庙堂之上。他程大奎还是那个在勤苦中奋斗的程大奎，还得面对大宁河颠簸的浪涛，还得聆听大小三峡纤夫号子悲苦的吟唱。然而，袁仁贵就不同了，他将在乡试中榜庆贺的第三个日子成为大宁场第一个秀才新郎。"金榜"题名又洞房花烛，那可是真正的双喜临门，袁家的喜庆从贺喜秀才那天开始，一直热闹非凡，不到袁仁贵新婚大喜，那份风光真就还冷却不下来。

袁仁贵成亲的那天早晨，天空格外高远，东边天幕上，翎羽状的云花就像是轻纱，比那天就趁早地布罗了出来，似乎要为大宁场里的天作之合送上一份绚丽的厚礼。太阳刚奏出晨曦的时候，不知是谁的画笔，就把东边完全涂成了一片银白色。那分没让人来得及的惊叹，于不经意的眨眼间，倏地就变成了晶莹剔透的翡翠，温润而又灿然。凝聚的眸子尚未调整，那灿然突然就像泼上了一桶鲜红的彩墨，哗地就把东天染了个通红。最后干脆就漫天燃烧起来，如同凤凰涅槃，直把太阳做了个光辉的诞生。迎亲队伍沐着太阳的这分辉光，把一道亮丽的风景，直从县城向大宁场做了个最为轰轰烈烈的连接。

周小花在媒人和丫鬟的携扶下，移动娇步上轿了。衙门前的两边街上，站满看热闹的人群，大家只想看到县大老爷嫁侄女的气派。在新娘轿子前，是鸣锣开道的一队差役，接着就是四个吹鼓手"呜里啦打伊啦打"地吹起怪声怪气的唢呐。在新娘的轿子后，是跟着的媒人和一队送亲的亲人。在送亲的队伍后，是抬夫抬着的十多台陪嫁，家具用具，铺笼罩被一应俱全。名门大户的女子出嫁就不一般，是这个县城里有的人平生都没见到的场面，直让人"啧啧"羡慕得目瞪口呆。

"咿打呐，咿打咿打呐"的唢呐声，一直在蜿蜒起伏的山道上重复的谱着那个曲子，要不是偶有开道的锣声回荡在山谷里，真还以为是哭嫁的新姑娘在假装难舍娘家的"咿咿"。抬上嫁妆的抬夫，自有他们的调儿，引道的开起口，跟上的接尾腔，把一路吼得闹热不止。

——看到起哟；盯到起哟！

——前头一坡梯哟；几步拿上去哟！

——前转左手；后转右手。盯到新娘，全身发烫。

——下坡下得凶哦；后面把腰躬哦！

——大路朝天；一个半边。今晚新郎；水水吸光。

......

这些骚情的抬儿调，直把周小花听得心旌荡漾，她想这个新婚之夜，一定另有一番情致。她不知道那份记忆是个什么样的格外感觉，她无不在心头充满期盼。

迎亲队刚到大宁场十里长街口的时候，鞭炮就鸣响了起来。一些玩孩跟在轿子后面欢快地叫喊："新姑娘，你莫哭，把你嫁到婆家屋，白米饭，瘦腊肉，把你胀个大肚肚！"新婚三天无大小，无论大家怎么说笑取乐，都是没人去介意的。

新娘下轿了，新郎袁仁贵牵上红绸练，缓缓地把新娘引进了堂屋，在司仪按常礼主持拜过天地后，就玉成把新娘送入了洞房。

喜宴从新娘入洞房开始，上百桌的流水席一直开到灯火通明，那个场面，颇为张扬与奢华，是一般人家的家资财力支撑不起的。

双喜临门的袁仁贵自是今天的主角，前来朝贺的亲戚朋友和三教九流，都想献一份热情和做个巴结，争先恐后地敬酒，硬是把袁仁贵灌了个醉眼蒙眬。

客人一散去，袁仁贵赶紧进到洞房，就把盖头揭了下来。小花已砌上一壶清茶等在新房里，看到袁仁贵进来，在多情的望过一眼后，就用纤细的玉手捧着茶杯递过去，然后就细声细气地说："仁贵！你喝醉了，快喝杯茶解解酒。"

看到这么温柔的娇妻，袁仁贵激动得全身像火一样在燃烧，他伸出双手握住周小花的手说："小花你真好！"话一完，就低头把周小花捧着的茶喝了个一干二净。

他用醉眼盯着周小花的时候，只见她在牡丹花般鲜艳的新娘红装衬托下，经烛光一辉映，如水莲花娇羞的脸蛋,就显得更加香甜可人了。他再也按捺不住沸腾的冲动，一把抱起周小花就把她放到床上。袁仁贵还没来得及亲吻，三下两下就把周小花剥了个精光，在像要掉气的心跳中脱下自己的衣服后，借得酒兴，不顾一切地就向周小花扑了上去。周小花完全没想到，再斯文的男人，一旦碰上可餐的秀色，原始的本性也就裸露无遗。就在周小花还没感到骨麻筋酥的时候，挨着身子的袁仁贵就决东海之波了。整个晚上，袁仁贵的表现就没让周小花醋畅淋漓、意味无穷。但她还是忍着没表现出来，她想袁仁贵过两天就会好些的。可是一连好几天，袁仁贵只要一挨她的身子就没戏了，那早泄的无能，连处女之身都不可破，周小花心生怨气了。作为新娘子，她是不可能把这个秘密向外人道的。袁仁贵自己也很焦急，他心头感到，这个无能一定是那次从兴山回来的半路上，在仙鼻店子风流被土匪吓出来的。他想让周小花与自己过上和谐的夫妻生活，可是越这么想，就越是没戏唱，他完全对自己失去信心了。多少次他就在周小花的泪面中，惭愧地表示对不起，并说等一些时间后，他就到外地去求医治疾。这对小夫妻的夫妻生活阴影，也就只好藏在心里头，并期盼能突然有那么一天得到彻底地好转。

24

心生暗云罩迷空

在把双喜临门的喜庆从心头搁放下来的时候，袁世忠的心情也像这没和谐上天地交融的小两口一样，成天地闷闷不乐起来。他认为同张克贤这个水陆两岸经营划分让自己吃亏不小，如是一点点成本就算了，说起出来还有损自家形象。那可是每年要拿出去上千两银子啊！这不是一个小数目，更何况瞎子见到就会眼睛开，他根本就不想把这个哑巴亏吃到底。一天，他把张克贤约到四川会馆喝酒，三巡过后就说："克贤兄啊！大宁场盐业自我们两家经营以来，都是有福同享，有难同当的处得非常好。这次周大老爷硬是把水陆两条计岸做了个人为划分，我认为不妥。"

张克贤望了袁世忠一眼问："有什么不妥呢？"

袁世忠显得极为愤懑地说："先说这陆岸上的风险，三条道上的关隘土匪和官家执办的疏通花费，都得让我一家去承担和面对，那分提心吊胆的操持，你是知道的呀！"

"唉！"张克贤叹了口气说："天下乌鸦一般黑，水路也一样啊！"

"不一样。"做了个否定的袁世忠把头像钟摆一样的摇了起来。

"有什么不一样呢？"张克贤不解地问。

"你们水路只要交过关隘码头费，就不再担心从水里头蹦出个土匪来。行在江上，有哪个敢来拦抢你们的船呢？除非他不怕见阎王爷。可我们走的盐马古道就不同了，不管那个沟沟坎坎和弯弯拐拐里就可跳出土匪棒老二来行抢杀人，我不得不想办法去对付他们啦！"

"从古到今就是这么过来的，就是在我们俩理事后，也还是扛过来了。"

"过去我们是按老规矩在办，习惯也就成了个自然。可是这回川盐济楚，别人知道我们产量增大了，得到的利益就想'沿山打猎见人有份'，所以老规矩就行不通了。"

"我们费照交，税照纳，还有什么行不通的呢？"

"你水岸没遇上土匪哈，就占山为王的土匪一项，每年就要增花几千两。"

"哎呀！要增这么多啊？"张克贤睁大眼睛说："真还不是个小数目哇！"

见话头已接上，袁世忠就说："正因为如此，所以今天来找你商量，我想把水陆两岸运营每年做个交换，不可能让我光啃骨头。如不交换，水岸就应把每年陆岸的超额花费合理分摊一部分。"

张克贤完全没想到袁世忠会摆个"鸿门宴"，他认为袁世忠提得完全没有道理，水陆两条计岸运营的划分，是县周大老爷从长计议的高瞻远瞩。分开运营不仅有利于各方关系的铺垫理顺，并且也少许多暗箱竞争的内耗损失。如依袁世忠的一年做一个交换，重新打点关系一定更劳神费财，分明是个得不偿失的买卖，这是千万答应不得的。另外要分摊花费的事，如是没有其他持股的人，自己也许会考虑蚀点财算了。可是这牵涉到几百号人的利益，别人会认这个账么？这名不正言不顺的，凭什么就要大家去粑一坨？鼓眼也不是这么吃的呀！张克贤因此断然拒绝了。

不欢而散是没啥奇怪的，作为盐帮帮主，张克贤在该做主的时候，真的就没有妥协。讨到闭门羹的袁世忠简直就怒火中烧了。这说话算不到数的窝囊，让他直想把盐帮帮主之位立即就夺过来。

张袁二老爷的分歧不经意在大宁场里传开了。有的说周大老爷那个划分不合情理，为什么叫张老爷去吃肉，而让袁老爷去啃骨头呢？如要公平，必须分滩陆岸无端多花销的银子。有人又说张老爷仗着盐帮帮主的权威，霸着好处自己独享，根本不把其他人放在眼里，周大老爷之所以放弃亲家不关照，完全是因为看到张老爷把持的帮主权力。各种各样的说法，直听得张克贤哭笑不得。

在大宁场的盐营事业蒸蒸日上的时候，若出现相互扯皮的事，可不是一个好兆头。程大奎可不愿看到四分五裂的事情发生。他找到周先生，想请他出面去给二位老爷做个和解。他首先否认把水陆两条计岸一年做个调整，这种做法是极为不妥的。再就是分摊陆路花销的想法，更没有道理。为了大宁场未来发展大计，他建议由盐帮成立盐营总会，把水陆两条计岸纳入统一管理，统一核算，做到利益共享，成本花销共担。这样就拧成一股绳，以免相互打小算盘而生异端。在周先生把这个想法向张袁二老爷抛出后，都觉得是个解决问题的办法。但因这件事非同小可，张克贤提议都回去思考一下，并还要和家人及合伙人做个商量，待大家把心思统一起来后，再请周先生具体策划。

回到家的袁世忠把一家人叫来商量了。袁仁贵和他妈妈都说这个方式好，不仅能做到风险共担，而且也显得公平，并且还避免大家扯皮伤和气。正在袁世忠准备拍板回话时，周小花说话了。

"爸爸！我认为这个办法不好。"周小花首先就把这个事做了否定。接下来她又说，"虽然现在我们经营陆岸的花费看起来是大一点，但总起来还是我们袁家自己说了算，那份底气就不一样。如拿到一起统管，张帮主能放权让你做主吗？若要看别人脸色行事，就不如做好我们的陆岸经营算了。古话不是说'宁为鸡头不为凤尾'吗？眼下在生意好的时候可能大家还齐心协力，一旦事故变化，'十扯火九扯皮'的事发生得多的是。这个自己做主的主动权千万不能放弃，当然，如果让你当家做主除外。"

听周小花这么一说，大家在对她刮目相看中就拿不定主意了。过了一阵子，袁世忠就问："小花，你看我们该咋办呢？"

周小花说："这个事别忙着答复，先等张老爷他们商量出的结果，等他掏出底牌后，你再去做决定。如让你当家，当然就同意。如不是，就免谈。"

张克贤那边，说上这个事基本上都是持的反对意见，在不能及时定板的情况下，他只好要求大家先考虑一段时间，想通后再做答复。当然背地里他还得去向许多人做开导，最终还是想把这个事促成。可是，这还得费上一些时间，在袁世忠没有催促的情况下，他心里才没有显得那么的焦急。

在这个事有所延缓的时候，袁仁贵可为他自己的事着急了。经打听，说武汉有洋医可治他的阳痿病。一个天气晴好的日子，他就悄悄启程了。除了家里的人，大宁场里是没人知晓的。可时间一长，有人就感到奇怪，这袁仁贵怎么就不见了呢？在多事的人假惺惺装作关心问候的时候，袁世忠说他到房县、兴山和安康去联系盐营事情了。因此，大家也就没把这个事再往心头挂。

25
频出事端乱心智

在大宁场一切像过去生活得平静无奇的时候，巫山峡里就出事了。一天下午，一个叫刘骚包的船夫子跑回来跪到程大奎面前声泪俱下说："内总管啊！我们的船和盐被人抢了哇！"

程大奎扶起刘骚包问："是在什么地方被人抢的呢？"

刘骚包快嘴接过说："是在巴东遭抢的。"

程大奎平静地说："你别急，先把遭抢的经过说出来。"

刘骚包抹去脸上的泪水说："我们那天把船靠在巴东的时候，天就快麻眼了。我突然心血来潮，就想上岸去风流一盘。"说到这里，他就狠狠扇了自己几个耳光，并在大骂不是人后，又才向下讲细节。

他说要上岸去的时候，另两个船夫子王小发和向和贤就劝他别去，说天快黑了，怕他在上面出事。若他出事，没船大夫子掌舵，谁敢把船向西陵峡里放呢？他鼓胀起来的骚情哪能控制得下来，硬是情不自禁地冲上岸去了。

翠云阁里，那个老在河边叫喊的老太婆给他找了个丰乳肥臀的女娃子，硬是把他安逸了个魂不附体。再又喝过两杯花酒后，才乘兴向码头走回去。刚到岸边，朦胧的月光下，就看见船划离岸边三四丈了。并且撑篙竿的人极为陌生。他忙叫："哪个敢把我们的船划起走？"话音刚落，就听到"嗖"

的一声，一支飞镖就向他飞了过来，直从他手膀子上划过去。他正准备大喊抢船时，就看到船上那人又把船向他撑回来，并且从船棚子里钻出来的一个人，手里拿着马刀直向他挥舞。见势不妙的他拔腿就跑，于是才侥幸逃过这一劫。

程大奎抬起他膀子察看伤口的时候，只见伤口已经化脓。程大奎没有责怪他，而是拿来创伤药给他疗伤。

出上这个事，程大奎就得亲自出马了。他关心的并不是被抢的盐和船，而是王小发和向和贤两个船夫子叔叔的下落。要是出了人命，怎么去面对他们的亲人呢？他叫刘骚包暂不要说船被劫的事，如有人问他为什么先跑回来，就说在半路被篙竿弄破膀子回来治伤。

程大奎去到巴东，除看到马挨炮还在那么穷凶极恶地收取马头费外，可就再没调查出个名堂来。他凭直觉，这事可能与马挨炮摊不上关系，而且也不像是土匪所为。他向巴东县令报案后，就启程向宜昌去了。

去到宜昌，程老大脸色凝重地拉住他的手说："大奎弟！我知道你要来，出的这个事真的很蹊跷。"

程大奎感到非常吃惊，怎么程老大没人放信就知道出事了呢？正在他愣住的时候，程老大又说："快进屋说话，刘小发和向和贤都在里面。"

看到程大奎走进来，从鬼门关逃出来的王小发和向和贤就哭喊起来，并对自己把船弄丢的事愧疚不已。程大奎安慰他们几句后，就让他们把当时的情况详述一遍。

王小发用手掌抹去脸上的泪水后，就讲起了当时的情况。那天船是在天麻眼的时候靠巴东的。刘骚包上岸去好阵子后，船上煮饭的他在月色中就看到三个人跳上船来，他以为是收码头费的，正想问话，一股烟子飘过来，他当即就昏了过去。第二天醒来的时候，就见自己和向和贤被捆在船上，他忙大叫放开他们。一个人过来就给他几耳光，接着又是一顿拳脚。打过瘾后，还威胁说再吼就把他们丢到长江去。过了好一阵，从船行的平稳情况感到，他们已是出了南津关。这时，船头上的三个人就嘀咕起来，依稀听到是说要把张克贤弄整下去，不出恶气誓不罢休。同时还说把船上的盐弄到武汉去给太平天国的兄弟们。再其他的嘀咕因声音小就没听出名堂来。大约船快到宜昌的时候，一个人又向他们吹烟子了，醒过来的时候，就被丢在岸边。于是两个人挣扎站起来，在遇人松绑后，才来到码头找到程老大，所以就在这里调养受伤的身子。

这事的确蹊跷，是谁要去和张克贤老爷过不去呢？不敢断然下结论的程大奎和程大管事细密谋划后，才带着王小发和向和贤回大宁场，同时叮嘱他们不要回去说这个事，以便以静制动把这个事弄个水落石出。

好一段时间过去了，这个劫船的事好像是沙坝头写上的字，完全被抹得一干二净了。就在程大奎感到纳闷的时候，突然就有人把巴东劫船抢盐的事传播出来，并且说是专门盯着张克贤老爷干的，劫船的人还通太平天国。大宁场好些人都去问张克贤，张克贤完全就不知道这码事。他忙叫人去喊来刘骚包、王小发和向和贤。由于程大奎给他们封了口，所以就若无其事的没把实情讲出来。心里不踏实的张克贤又找来程大奎问情况，思考一会的程大奎悄悄对张克贤说："张伯伯！在巴东船盐遭劫确有其事。不过这个事很蹊跷，我怀疑是有人别有用心，所以我才把这个事封起来。这么久都无人知道这个事，突然现在就传开了，究竟是哪个知情人说出来的呢？这里面的文章并没有那么简单，恰巧进一步证明了我判断的无误。"

张克贤说："外面说抢犯说是要把我弄整下去，不出恶气不罢休，我又没得罪人，是哪个想整我呢？"

程大奎说："这还有谁呢？前段时间，大宁场里都把你和袁老爷不和的事传得沸沸扬扬，并且很多言论还偏向他那边，这次劫盐的事不是袁老爷又是谁呢？任何人就不得怀疑另有其人。"

张克贤睁大眼睛说："是啊！不是他是谁呢？"

程大奎提示说："这就是我把这个事封住没说的原因。"

张克贤惊诧地问："为什么呢？"

程大奎认真回答说："如果是袁老爷干的，为什么那些人还要说把船和盐送给太平天国呢？一旦通匪，可是要遭灭门之灾的呀！他能这么蠢给我们把柄让你去一口吞掉他的盐营产业吗？就算他不通匪，我们怀疑上他，就得和他结上积怨，弄不好就要斗个鱼死网破，'杀敌三千，自损八百。'这样斗下去的好处究竟在哪呢？这招棋走得真是太阴险了。"

有些懵了的张克贤对程大奎的话似信非信，同时还在心里自问，这娃儿的心眼是不是太多了点哦？但不管怎样，他还是愿意按程大奎说的现在不要去计较这回事，只当什么也没发生过，看后头再有什么稀奇事情弄出来。

没过几天，大宁场里又有人传开了，说抢船劫盐的事是袁世忠父子暗中买通太平天国的人干的，张克贤为怕伤和气才没去追究。

这个传言让袁世忠没有坐住，他忙去向张克贤做解释。张克贤叫他别把这个事放到心上，他的盐和程大奎的船根本就没遭人抢劫，完全是天干谣言广的乱说。

袁世忠回到家里想，张克贤真是睁起眼睛说瞎话，这无风不起浪，还装起说是天干谣言广，狗日的心里不知道卖的什么药，看来自己还得做好提防。

就在袁世忠忐忑不安的心没放下来的时候，突然就接到安康盐马古道上的快报，说有十个人在填坪被人下迷药，不仅把盐抢了，还迷死了两个人。

得到这个快报，袁世忠气不打一处来，赶忙叫上两个随从，就到仙鼻山去找宋寨主了。他认为这件事一定是宋寨主不讲信义干的，他要向他讨说法。可是宋寨主对天发毒誓，否认是他叫人干的。申称若是他叫人干，那都是真刀真枪，不得有损绿林英雄体面的去下迷药。

宋寨主没叫人干，那又是谁干的呢？宋寨主提醒他是不是过去有仇家或是近来得罪了什么人。经这一提醒，袁世忠就大骂开了："没想到这事是那个狗日的干的，老子根本就没想到他这么有心计，你既然要和我结搭子，老子就和你告一盘，是老虎老子也要喂上你一口。"

宋寨主吃惊地问："是谁敢和你结搭子，把你亲家县大老爷搬出来不就吓他一跳吗？"

袁世忠极愤怒地说："别说我那个亲家了，他老把胳膊肘往外拐，不是他硬把水陆岸分开，我能有这么倒霉吗？"

宋寨主说："是谁这么有面子让你亲家的胳膊肘往外拐呢？"

袁世忠红着眼睛把桌子一拍说："就是那个牛日的和我结搭子的张克贤。"

宋寨主羡慕地接着说："就是那个盐帮帮主啊？真是个有油水的主哩！"

袁世忠随口奚落说："那你就去舀一瓢油水哈。"

一阵"哈哈"过后，宋寨主才说："县大老爷就给他面子，我哪敢去舀油水呢？"

袁世忠再也没说话，他站起身带着两个随从就去镇坪处理后事了。

事毕回到大宁场，袁世忠没有冲动地去质问张克贤，他也学张克贤来个不露声色，只是在心里盘算找个机会，得狠给张克贤重重地一击。

没两天，大宁场里又传开了，说下迷药抢盐是张克贤以牙还牙请人去干的。张克贤的心比袁世忠更狠毒，并且还迷死了两个人。

没忍住的袁世忠借势就跑去同张克贤大闹了一番，并说要到县衙里去告一状。完全翻脸的张克贤针锋相对地说，如果要去告，张克贤也要把抢船劫盐的事扯出来，就凭暗通太平天国一项罪名，袁世忠就得满门抄斩。袁世忠完全没想到张克贤留下这么阴霾的一手，于是才把告状的事打住下来。从此，盐帮正副帮主就针尖对上麦芒了。

"相互凑台，好戏连台；相互拆台，共同垮台。"急上心的程大奎正理着头绪，欲让周先生出面去做张袁二老爷的和解时，突发的事端可就追身到了大宁场。

一天深夜，突然窜来一股土匪把袁世忠家围了起来。在撞开大门冲进去后，就把袁世忠一家抓到客厅，要他们把家里的金银财宝全交出来。否则，就把袁家杀个鸡犬不留。早吓得屁滚尿流的袁世忠在哆嗦中进屋去取来千两银票，还有不少金银珠宝。这些并没有满足土匪的胃口，于是又威胁要把他的几个小女儿掳去卖给妓院。袁世忠夫妇忙跪在地上求饶，说家里就这么些现银现货，如还不够，可出个欠条，到时一定补上，千万不要把几个小女儿带走。正在他们向地上叩响头的瞬间，暗处的一个家丁悄悄去到厢房外的吊脚楼上，猛地就敲起锣来，并还大喊土匪抢袁老爷家了。在锣声和叫喊声惊荡大宁场的时候，只听"怦"的一声，一个土匪端起火铳就把家丁打死了。这还了得，在这昼夜不眠的大宁场里，自古土匪就不敢来正眼相犯。要是没有足够多的匪徒，一旦大家发现，定成瓮中之鳖。且不说成千上万人喊打的声浪会把他们淹没，就沿河两岸熬盐的盐工每人舀一臼卤水泼出去，也就要把土匪像落汤鸡烫个死去活来。今天这股土匪竟大胆到敢杀人放火的地步，要么就是人多，要么就是武器精良。在大宁场锣声接连响起和怒吼声震荡峡谷的时候，急着脱身的土匪就向后溪河窜了进去，眨眼工夫就消失得无影无踪了。

不约而同聚来的数百人有提着刀的，有拿着棒的，还有扛着铲的，在追过阵子后，才一无所获的返回来。这时，袁家门前家丁的一家老小，正扑在家丁身上呼天叫地的哭喊起来。惊魂未定的袁世忠不得不在遭抢后，继续破财料理丧事。毕竟死了人，大家可不好来对袁世忠做个什么安慰，只是想弄清这股土匪是从那里冒出来的以便好报官去做清剿，或是尽快采取联防措施防止再发生这样的事。

脑子一团稀泥的袁世忠哪里知道土匪是从何处来的，他觉得是瞬间从天上来的。除十多号人用刀和两把火铳逼着他把金银财宝倾囊出去外，其他啥子线索都没留下来。

见他六神无主的样子，张克贤就挺身安排金管家拟办家丁的丧事，并请周先生采集人证物证向县衙报官。见有张克贤打理上下事务，袁世忠像吓出了大病似的，好几天才从床上爬起来。

由于没有什么重要线索，忙活几天的张克贤就请周先生写了道文书向县衙作了呈送。

得到这个呈报，县周大老爷就带人到袁世忠家来看了一趟，并没有高人一筹的侦破出名堂来，只是让袁世忠把自己的看法说了个痛快。袁世忠认定大宁场这次遭抢不是偶然的，而是事先有预谋，并且是专门针对他家的。在大宁场，有钱的人家多的是，为什就不抢别人就抢自家。要不是家丁舍命呼救，恐怕一家人早就成刀下鬼了，这个仇恨的怒火怎么就浇不灭，一定得寻机报仇雪耻。

县周大老爷问他怀疑的是谁？是否握有证据？袁世忠干脆就挑明怀疑的是张克贤。虽然没有证据，但从一系列事件发生的迹象看，不是他是谁呢？

周大老爷劝他要冷静，这次遭抢后，全是张克贤在帮他张罗所有事，千万不要"狗咬吕洞宾——不识好人心。"最后周大老爷的表态是，没有证据就不能乱说，如有证据，官府将严厉查办。

证据？狗屁证据，别人整自己就要证据，你这个亲家老爷是咋当的呢？原以为攀上高枝好得到关照，那不晓得处处对自己就落井下石，绝望的袁世忠感到结上这门亲戚吃亏不小，看来一切只有靠自己了。

一天夜里，从前河湾回家的张克贤乘着月色走到一边岩的时候，突然从路里边的草丛中伸出一个羊角权，猛地就把张克贤掀了下去。心头像是有什么事发生的张永蓉见爸爸深夜没回来，就忙叫上张永东到前河湾去接。可盐工说看到张老爷回大宁场了。这可让两兄妹吃惊不小，于是又跑回大宁场到几个要好的人家问，都说没看见。经这一问，张家门前就聚了不少人。特别是程大奎，他认为事情并不简单，于是拿上火把，带着张永蓉一行沿前河湾的古栈道步步搜寻。终于在张克贤被推下岩几步远的地方，就发现了丢在路外边树枝上的羊角权，再看到落身砸折的树枝痕迹，程大奎确定张老爷坠岩了。经放虹绳下去，终是在岩中间发现张克贤卡在了一棵树的枝丫上。可是他已经人事不省了，好在胸腔没重大内伤，只是让双手脱臼了，所以才保留下性命。

醒过来的张克贤说是有人从后用羊角权把自己掀下岩去的。这用羊角权掀他的人是谁呢？大家就对程大奎怀疑起来，因这羊角权是他常用作扛柴的。并且在岩上也是他首先看到羊角权的。这简直了得，有人就私下说应立即把程大奎送到官府去。

听有人这么说，张克贤就有点失去理智了。他反驳不是程大奎干的，而是袁世忠干的。

这事终于报官了，周大老爷经升堂问张克贤："张老爷，你状告袁老爷把你推下岩去可有证据？是否亲眼见他所为？"

张克贤理直气壮地把前七后八发生的事说了一遍，最后才正面回答周大老爷的提问："发生的这个事没有更多的证据，仅有一把羊角权。也没亲眼见袁世忠掀，只是自己的推测。"

"那羊角权是袁老爷家的吗？"

"不是，有人说是程大奎家的。"

周大老爷叫出程大奎问："程大奎？那羊角权是你们家的吗？"

"回大老爷话，是的。"

"这羊角权是袁老爷来借的还是你送的？"

"都不是。我每次权柴扛回后，就放到门前的过梁上。"

"那这羊角权是任何人都拿得走了。"

"是的，大老爷。"

"前些天听人说是你把张老爷掀下去的，是不是这样？"

"那不可能，我与张老爷前无冤今无仇，更何况对我家照顾有加，我能干这畜生不如的事吗？再说当晚我在家编纤绳，在我家同爸爸谈事的周先生他们可做人证。"

"我知道你不会干，你认为袁老爷会干吗？"

面对出过来的难题，真让程大奎作难了。他不可能去偏袒张老爷，必须是对事不对人。他只好说："这事我不敢妄加论断。凡事都要讲道理拿凭据，无凭无据，再是'明镜高悬'也不可定案。"

周大老爷抬头望了望头上"明镜高悬"的牌匾，接着就问张克贤："张老爷？你认为怎样？"

自知礼亏的张克贤语塞了。他虽然心头认定是袁世忠干的，没有证据真还奈人不何。他只得低头认错了："大老爷！这回是我错了，不该没有证据就来告人，我现在就撤回状子，请大老爷原谅。"

周大老爷没让袁世忠说话，他板着脸直对张克贤说："张老爷呀！不是看到你受伤未愈，按律定要打你板子。你与袁老爷都是有头有脸的人物，这样闹起不仅伤合气，也更丢面子。这回出的事，也许就与你这个性格有关，不知是在什么时候与什么人结了生死孽。这回你不光要汲取教训，今后还应多加提防。"

在张克贤下跪连连称是后，周大老爷才宣布退堂，并还留下张袁二老爷在一起喝一台和解酒。

袁世忠表面显得非常宽宏，但心里就在怒骂那棵该死长在半岩上的树，居然让冤家捡回来一条狗命。他恨不得立即就去把那棵树砍了，然后再一次把张克贤掀下去跌个粉身碎骨，或者是栽进大宁河里去变个永不超生的水打棒。

可周大老爷就在调解中想，袁世忠真是个没有脑子的家伙，谁都怀疑是他干的，只是苦于没证据罢了。要是不看在亲家份上给他用刑，他还不把做的坏事说出来？他这样粗鲁成就不起来大事业，侄女周小花才有这个大能耐。

这里我们得说一下，自从袁仁贵到武汉去不几天，周小花就到县衙里去没回来，她一直就在怄袁世忠怕把权力旁落给她的气。眼下去武汉的袁仁贵那个阳刚不举的病不知医不医得好。若是医不好,一旦退婚,那握有权力的周小花就要大割一块肥肉去。尽管发生的这些事让袁世忠焦头烂额,他就不得让周小花去做半点分担。在周大老爷和周小花想来,那个天将降大任的时候,只是个迟早的事。这不,老天爷就给力了吗!

一天,坐在太师椅上的袁世忠正闷气横生想着不开心的事,突然兴山县就来人通报,说世忠盐号的吴账房卷着收到的一千两银票逃跑了。有如五雷轰顶的袁世忠一下就晕倒过去,好几天就在床上起不来。

躺在床上的袁世忠在心力交瘁的时候,就拉住他老婆的手说:"毕珍啊!我不知道是伤了哪方神圣哦?先是仁贵的那桩事让我们眉头不展;接着就是盐被人抢;再接下来就是土匪来家里杀人劫财,前几天吴账房又揣着银子跑人。照这样下去,我这把老骨头就撑不到几天了哇!"

"老爷别怎个说,年降月降不利会过去的,你千万要振作,等仁贵回来一切就会好的。"

"哎哟喂!我经营了几十年的盐营生意,从来没像现在这么劳神过,这个'川盐济楚'真害死人啦!"

"你就不要想这么多,先把身子养好了再说。"话一说完,毕珍就潸然泪下了。

袁世忠望着天花板,心里就想,是要把这身子骨养好,就是要死也要把心里的仇恨进行一个通畅的报复再说,绝不允许那些和自己作对的人有清静日子过。若是再把自己逼急了,半条命杀人放火都做得出来。可是,他的这个杀人放火念头还没付诸行动,不知是谁就先出手了。当天晚上,他家的一号老盐仓库起火了,熊熊大火照亮了好长一段峡谷,要不是取水方便,火势就会蔓延,十里长街也将跟着遭殃。待大火扑灭后,仓库里待运的几万斤盐也蒙受损失,袁世忠再次又晕厥过去。

26

势逼接权展头角

接二连三的出事，袁世忠再也没能力稳坐钓鱼台了。他急派人去请周小花赶回大宁场，要她帮助打理袁家的内外盐营事务。得到授权的周小花第一件事就是安排金总管带人去兴山县处理吴账房卷银子逃跑的事，并再聘请靠得住的账房把那边的事管起来。第二件事是建全所有世忠盐号财务监督机制，安排财物双人分管，双人归库，主事定期定额兑换不通兑专号银票。第三件事是把失火仓库里的残盐重新上灶卤熬，把损失降到最低程度。四件事是把发生的几起事件分辖区报官，决心弄整个水落石出。五件事是充雇家丁加强安全守卫，特别是大宁场里的三个仓库全用专人值守巡更，以防不测。三条盐马古道上的盐背子必须二十人以上结队而行，指定体格健壮且胆大心细的为领队，并付给五纹钱的劳酬。周小花使出的这几招，是许多大男人都想不出来的，于是有人就在暗地里称她是袁家出的"穆桂英"。经周小花一段时间的打理，袁世忠才把心放了下来，他真希望这些事在"穆桂英"的料理下，别再有不顺心的事件去发生。

在周小花的打理下，袁家扭转了颓势，一切又开始正常起来。更感意外的是，她没像袁世忠那么冲动要去和张克贤作对，而是主动修好，那份以和为贵的大局观，浓浓地彰显出名门大家走出来的人的高瞻远瞩。为此，周小花的名气不断撞击着大家的耳鼓，谁都对这个袁家大少奶奶敬慕三分。

有了周小花的打理，心情放松的袁世忠，病情开始一天天好起来，只是眼下还惦念着袁仁贵。要是袁仁贵也康复归来，一家人齐心协力，就没有什么风浪顶扛不过去。

袁仁贵在洋医的诊治下，情况有了很大好转，虽然没有青春年少应有的雄健持久，但能有阳举地穿透力，也能向如花似玉的周小花做个应对。从武汉回来的时候，天就黑了，大宁场里没多少人看见他，只是从周先生门前经过的时候，才进去把一瓶洋红酒送给周先生，并说是专门从武汉带回来的。

回到家里，他把洋红酒和洋饼干孝敬给父母，把一瓶洋香水送给了周小花，这为一家人的团聚更增添出开心的话题。当然，自他走后出的一些事，袁世忠惊魂未定的也告诉了他。同时对扭转颓势立下汗马功劳的周小花，也向他大大进行了一番美赞。特别是他妈妈说到周小花的孝顺，更是笑得合不拢嘴，还夸赞周小花是孝义双全的"穆桂英"，袁家娶到这么好的媳妇，是祖宗修来的福分。心里听得高兴的袁仁贵，决心好好慰劳一顿自己这个无可挑剔的"穆桂英"。

话尽亥时，小两口才进房休息。面对周小花雪嫩的胴体，袁仁贵没早泄，但也很快就喷了出来。周小花尽管没得到满足，但她感到比过去好多了。最为关键的是，鼓个肚子起来的后顾之忧没有了。于是她就配合地像达到了欲死欲仙的意境。见到周小花这样的神情，袁仁贵为自己恢复的能耐兴奋不已，认为此夜才是真正的新婚之夜。

自周小花打理袁家事务来，袁家好像就步上了平安的运程，没再见有什么大祸酿出来。可是在张克贤这边，似乎做事就蹩脚多了。首先是程大奎暗查抢盐劫船的事，从抢犯对话和袁仁贵无端去武汉那么长的时间看，袁家指使人抢劫应无可置疑。可是在周先生策略的弄清袁仁贵是去治病后，对袁家的怀疑也仅仅是个怀疑。程大奎结合袁家出的事以及张袁两位老爷产生的矛盾，他认为这里面的事情并不那么简单。在各关口码头所布眼线没有新情况报告的情况下，程大奎认为巴东发生的抢盐劫船事件只是放的一个烟幕弹，这究竟是谁在这么干呢？为什么要这么干呢？可就没有想出个明白来。

程大奎在同张克贤的分析中，只看到事物表面的张克贤认为是盐价飞涨，才让一些歹徒去这么干的。虽然现在"川盐济楚"允许盐巴私营，但必须是在官府确定的计岸范围内，如超越范围，或者偷关逃税，都是要按贩运私盐罪论处的。为避免官府缉拿，所以一些人才在盐运过几关后去抢，虽然这也叫铤而走险，但比从源头去贩私盐风险小得多，而且也还无本通商的捡便宜，谁都眼红愿去这么干。

的确，时下是盐价飞涨，两湖两广地区，虽有朝廷配额的运张计岸，但盐荒闹得越来越凶，私盐完全地泛滥成灾了。为防源头上出问题，官府下令，对核定的产盐量必须完成，否则就取消官府减免税厘，并且还要对下差的产盐量按每石收五纹钱的空额税。县周大老爷找来大宁场盐帮计议，对上面官府的这个政令显出满脸无奈的样子，只得去遵照执行。趁此，他就把官府下达的产盐增量计划公布了出来，并委托张克贤去落实，他希望大宁场的盐家一定要完成任务，不要让他为难来收空额税。拿到产盐计划，张克贤傻眼了，这比过去增加的产量在那里去熬呢？这看起来是个馅饼，但实质上却是个陷阱啊！张克贤为此便焦虑起来。

本来，完不成产量计划大不了就交点税算了，可是那许多的入股小户如何去向他们摊派？再说袁世忠说张克贤是帮主，除前河湾二一添作五外，帮主是这大宁场的第一熬盐大户，应摊大头的计量，不管怎样，袁家最多只能承担三成的增量。为息事宁人，张克贤本想就这么办，可是盐场要永远办下去，这不是一锤子的买卖，事事都这样忍让，那还不如把熬盐的经营全部送给他袁世忠。鉴于心里的不痛快和不平衡，他就和袁世忠争执起来。除前河湾外，其增量的分配，必须按近两年的实际计岸销量分担，任何人都不得占便宜，更不准去吃古眼。俗话还说"要得伙计长，天天算伙账。"大宁场里的人不得去坏这个规矩，不管他的天王老子是谁。

正在这当子事没搁平的时候，张永东就发现仓库里不见了一百条装盐的口袋。这事张克贤认为没什么大不了，于是就没有去做任何的搭理。

这件事让程大奎纳闷了，那写有"大宁场张记"的盐口袋别人偷去做什么呢？未必还要去装盐帮到完成计量不成？天下有这样欲做好事不留名的好心人吗？一连串的疑问，都让程大奎装在了心里头。

就在周先生准备出面去做张袁二老爷和解事情的时候，县衙又来了道公文，说朝廷为打击私盐，要求各盐场在一个月内交足下达的临时产盐增量，否则就加重税课，同时还要调减运张计岸，永远不再增加。拿到这道公文，张克贤就去找袁世忠商量。这个事虽让袁世忠有些着慌，鉴于与张克贤的不痛快，他便赌气说拿不出什么主意来。他暗在心头想，不管到时是个啥结果，一切都该帮主去撑台，独角戏他张克贤不唱谁来唱。

没办法的张克贤只好向县衙启程，准备去向周大老爷做报告，以减少产盐的临时增量。

县城里，人来人往好不闹热，南腔北调不时就在耳边冒出来。沿河十字街上百家的小商小贩，生意兴隆；小餐饭馆，食客盈门；这个有如《清明上河图》般的繁荣，全仗盐而兴，千年未竭。张克贤没有为这个场面而惊喜，而是为压下的盐产增量而愁楚。

到县衙门口的张克贤先找到季师爷，说明来意后，就拜托他为自己拿主意，然后再去找周大老爷。季师爷神秘地拉住张克贤的手，要与他找个僻静的地方说话。

去到八方汇酒楼，季师爷选了个临江的小间，叫过一壶酒和两碟小菜，就和张克贤对坐下来。在一杯酒下肚后，季师爷就说："张老爷，你说的这个事，周大老爷也跟你一样着急。你想想，府上下达的公函，那都是朝廷的旨意，谁敢去提起脑壶抗旨？这个当头的利害我们可以不去说，但只说完不成上面的增量产量，如减少计岸张数，县上就会少好多税赋，同时来往的人流就会锐减，相关联的生意经营也将受牵扯，这个叫得叮当响的上古盐都，弄不好就要毁在周大老爷手上，你说他心里的压力会不会比你小？"

张克贤自个喝上一口闷酒后，就问季师爷："一边是县大老爷着急，另一边是我们的焦心，你说怎么办呢？"

季师爷向门口望了望，见没异常后才说："为了几千年的盐都，为了官府和你们自身的利益，决不能坐以待毙，这个应对的办法，聪明的张老爷你一定想得出来。"

张克贤没摸着头脑地望着季师爷问："盐是靠熬出来的，不是像泥巴拿起锄头就可以挖呀？这聪明的法子啷个想呢？"

季师爷生出"教的鸟儿上不了树"的郁闷，只好又向深里说："熬盐的地方又不止大宁场，你不可以去其他地方想办法呀！"

张克贤咕噜说："其他地方还不是有熬盐增量计划，他们能好心肠的支援我？"

季师爷把酒杯向桌上重重一搁说："我只是好心做个提示，怎么搞是你的事。你要知道普天之下莫非王土，你要在这个土地上生活，就得按朝廷的办。否则，后果你是知道的，到时倒了霉，别怪我没点醒你。"

张克贤在愣住的时候，季师爷才不高兴地回到县衙。

拖着沉重步子的张克贤一路思考，季师爷说的不无道理，没能力完成增量产量，不去向别的地方想法又怎么办呢？他决定亲自出马，到云阳云安和奉节鱼腹去碰运气。

回到大宁场，他再没去找袁世忠商量，也没向家人征求意见，拿上银票就出发了。

他第一站去了云阳的云安，在快到云安的时候，就有个同路人和他吹起来。随着吹得越来越投机，张克贤就问他到哪里去？那人说是到云安表哥家去找事做，并说自己的表哥就是云安盐场的项盐主。张克贤没说自己是大宁场的盐帮帮主，只说是到云安谈点盐生意，还请他帮忙做个引荐。

真是"踏破铁鞋无觅处，得来全不费功夫。"经那人一引荐，事情办得极为顺利。原因是官府下给云安盐场的产盐增量任务比大宁场还要重，根本无法完成。为此，项盐主还和县衙闹得不愉快。今天同病相怜的张克贤找到他，项盐主说本来是没办法卖盐给张克贤的，但想到横竖都完不成增量任务，倒不如帮上一家去完成，于是项盐主就慷慨决定，把盐弄一部分卖给张克贤。但要他千万别声张，弄不好追究起来，项盐主就会倒大霉。他今天给张克贤解的这个难，就算是交上个朋友，也为自己留了条后路，一旦有个什么风吹草动，朋友就会来帮助。即使是熄火不干这个买卖，也不会担心没饭吃，更何况世道这么乱，项盐主早就想转行了，于是才有这个敢为张克贤解燃眉之急的义举。感激涕零的张克贤忙和项盐主签了合约，并由项盐主装船报关把盐直运宜昌的大宁场盐营分号。经暗自测算成本和把盐销出去获得的利润，与自己大宁场的盐利比起来，每包就要赚数纹钱。只这一趟，不仅完成了产盐增量任务，而且还净赚几十两。没想到走出门就是天地宽，于是他又满怀希望的向奉节出发了。可是在奉节就让他吃了闭门羹，所有的盐全由县衙统管，加之这个季节性熬盐的产量并不算高，那有向别人卖的呢？真是太可惜了，要是奉节又搞得到盐巴，说不定还会小赚上一把。于是，张克贤在对云安项盐主深深感激的同时，便决定搭上这根线，把他所有愿拿出来的盐全部买下，这能赚银子的事何乐而不为呢？为此他心里感到极其高兴，认为这次好在没带张永东和程大奎出来，要不然，这份功劳自己又摊不上了。他同时还决定按项盐主的叮嘱，回去不把这件事透露给任何人。且不说怕项盐主吃亏，就是不吃亏，要是今后又遇上这样的事，大家都去按这个商业秘密如法炮制，那不是自己玩完么？只有傻瓜才会把这个事唱出去。

27

包穿祸出入监狱

逢凶化吉的张克贤回到大宁场，心情特别高兴。于此，为婚事急懵了头的张永蓉就要他同意让程大奎来提亲。张克贤认为是冲喜的时候了，于是就叫张永东去请周先生来合计提亲的事，并选定良辰吉日过门纳聘。

得到爸爸的同意，张永蓉喜不自胜，忙跑去把喜讯告诉了程大奎。程大奎提示说："你真是天真得无比可爱呀！提亲后你再想这样无居无束地跑来跑去就不行了哩！"

张永蓉不解地问："为什么呢？"

程大奎说："订了婚，你就是我家没过门的人，像你现在这样，别人就会说闲话。"

张永蓉把头一仰说："嘴长在别人脑壶上的，愿说他就说。我就要天天跑来看你，只要你不休我，我就不怕别人说闲话。如果爸爸妈妈他们怕，我们马上就成亲，看长嘴舌嘟个说。"

程大奎好笑好笑地说："你真是个开心果啊！我恨不得今天就要你嫁过来。"

张永蓉故意睁大眼睛说："哦！原来你这么说，是比我就还着急呀？"

程大奎瞥了她一眼反问："你说哪个比哪个着急呢？"

在程大奎"嘿嘿"笑起来的时候，张永蓉迎上去就向他胸膛捶，嘴里还不停地说"你真坏!"

　　程大奎趁势把她搂在怀里,任凭两人"咚咚"的心跳,去达到最为热烈地同频共振。

　　在选定的良辰吉日那一天,程大奎只按礼仪置办了聘礼,没有像人们想象的搞得那么隆重奢华,按眼下的财力,程大奎是有这个能力的。就是在周先生同张克贤商量的时候,是张克贤主动提出这么办的,他说再多的彩礼都不重要,重要的是得到这么好个女婿,这比什么都贵重。周先生同意了他的想法,因为有同袁家的那段退婚插曲,低调办事不失为是上策。所以提亲那天,张家并没弄得那么张扬,收下聘礼让程大奎一家和周先生吃过喜酒后,就回了聘贴,程大奎和张永蓉按"父母之命,媒妁之言"订婚了。才子配上佳人,没人认为这桩婚姻有什么不门当户对,并还让多少怀春的少女羡慕不已,嫉妒十分。

　　张永蓉悬着的心放下来了,程大奎向往的爱成现实了。两个人眼中的世界,充满阳光,漫遍鲜花,比翼的翅膀已张开,苍茫的蓝天将任其翱翔,山在为他们祝贺,水在为他们唱歌。

　　这桩婚事让袁世忠知道后,他就在讥笑,你张永蓉不嫁我儿袁仁贵,以为要嫁给皇帝哩!原来是嫁了个穷秀才哟!怪不得就这么偷偷摸摸把婚订了哦?老子们袁家哪一点比不上他程家,老子们再孬,还是让袁仁贵找的县大老爷的侄女,名门望族的千斤。你张家找的个啥子女婿呢?哪怕是个秀才,敢拿出来比一比吗?在他自感占据上风的满足中,心里像喝凉水一样的在快乐,同时他还在期待有更让张家往脸上贴不上金的事情去发生。

　　袁世忠心里泛起的快乐,到使张克贤把疑虑的心放了下来。已与袁世忠生出不愉快,不想因这个事的牵缠再去火上浇油。

　　经程大奎与张永蓉订婚的这一冲喜,一切的事情好像都平静了下来。张克贤趁势又出门去云阳忠县等产盐的盐场跑了一趟。除云阳云安的项盐主悄悄给他弄了一船盐外,其他地方都因杀不进档未买到盐。他本想趁盐价高涨时机,再去额外挣上一笔,没想到四处都向他把门关得紧紧的,他惋惜起来。收获不大的他回到大宁场,就只得把全部精力用在熬制盐巴上。眼下再增灶是不可能了,不是因为场地问题,而是盐泉水量只能供上这么大的规模。张克贤只希望官府再不要突然袭击地搞出加码增量，那可就是阿弥陀佛烧高香了。无中生有下砝增量计划，就像一块大石头，直压得他喘不过大气来。

　　大宁场里，张袁两家若相安无事，一切就不会有什么波澜。大家认为，都是周小花在中间起了化解作用，凭其袁老爷的性格，他不和张老爷搞个死去活来才怪。虽然周小花已显现出过人的聪慧，但袁世忠还是没把当家的权力授交她。一是怕她没经验，二是怕她拥权不孝，三是对权力的欲望也一下让他难释怀。他现在把当家权握在手上，其他事就让周小花去放手做，自己就不会有权力的后顾之忧。并且还可抽出时间出外去云游逍遥，这不他也不教自会的像张克贤一样出门去了。他没向人宣扬要出门去干什么，但他在心里打定主意，得趁老骨头还有点干劲，每走个地方必须找几个丰乳肥臀玩一玩。人生就这么几十年，要是等到油尽灯枯的时候，想抬头看一下诱人的"嘎嘎"就睁不开眼。于是，得抓住"青春"的尾巴，享受去该享受的，快乐去该快乐的，这才对得起自己的富贵人生。要是前些天一病不起两眼一闭地过去了，那不就万事皆空了么？他在想通透了的神清气爽中，就向一个个目的地心潮澎湃地挺进了。他先是从奉节溯江而上去了万县，然后又顺江而流去了襄阳。优哉乐哉的他回到大宁场的时候，突然看到周小花的肚子比他出门的时候大了，他知道是个啥道理，于是忙跑到袁家祠堂叩拜列祖列宗，他袁家将添丁增口了。快做爷爷的兴奋，好半天就没让他平静得下来。

　　看到袁家有了这个喜庆，张克贤也挂想起当爷爷的念头。天空开始高远起来，秋天的气息已触鼻可闻。大宁场外，稻谷已抽惠灌江，饱满的颗粒就像周小花肚子里的孩子，要不了几个初一十五就会"呱呱"成熟。玉米已背上沉甸甸的坨，就像把周小花背孩子的风景预先做了个演绎。于是，张克贤就带着张永东，启程去大九湖商定中秋节娶郑云菊进门的事情了。由于山高路远，张克贤就叫亲家郑和平不要置办任何嫁妆，所有新房布置全由他们承担。为防出意外，他还建议把郑云菊先几天迎过去住在陕西会馆，待中秋节那天，张家就到会馆迎亲。鉴于张克贤的周道，郑和平也说无须大挑小担的送来彩礼，一切能从简的绝不冗繁。张克贤同意了亲家的意见，在省去排场和形式后，就执意拿出了五百两银票做彩礼。

办妥事情的张克贤和张永东刚回大宁场，就像是有人盯住他们似的，立即进来一队衙役，没问青红皂白就把父子俩枷了，其罪名是走贩私盐。接着就是抄家，然后就查封了张克贤的所有房产。转眼之间，哭成泪人的张永蓉和她妈妈向育梅就从家里被赶了出去。突如其来的这个变故，着实让程大奎大吃一惊，但他感到这事极端地不简单，于是在安抚好张永蓉和她妈妈后，就忙到县衙去打探消息了。

因程大奎是秀才，周大老爷礼节性的接见了他。在客厅的客位坐下后，程大奎就开门见山问："恩师！张克贤老爷父子是何时贩的私盐呢？这个事真让我大吃一惊。"

周大老爷一脸不解地说："夔州府来捕头说这个事，我还打包票说张老爷不会做这等犯法的事，可是官府已拿到证据，所以我也不敢贸然去作保。"

程大奎接着又问："张老爷父子是在哪里贩运的私盐呢？"

周大老爷神秘兮兮地说："是在云阳云安贩的，第一批发到了宜昌，第二批发宜昌经过巫山官渡被盐关督办查获。"

程大奎联想到张老爷两次没做交代的出门，未必就是出去贩私盐了？于是他也不敢断定张老爷没去做这个事。所以只好恭请恩师周大老爷上下费心打点，其大恩大德必将厚报。

周大老爷在表示全力关注案情和向知府融通关系后，又说如有什么进展和要求，就派人去通知程大奎。

回到大宁场，天就黑尽了。张永蓉和她妈妈忙向程大奎询问情况，程大奎说情况还不清楚，县周大老爷在向知府通融，一有消息周大老爷就会告诉他。

张永蓉除了哭就是哭，程大奎把手搭在她肩头劝慰："永蓉！这事莫要急，有县大老爷帮忙，一切会逢凶化吉的。"

张永蓉说："我不相信爸爸和哥哥去犯法，一定是有人在害我们。"

程大奎说："我也相信他们没有去犯法，事情总会有个水落石出的时候。"

无可奈何中，张永蓉就只得听程大奎的，并坚信清者自清，浊者自浊。

细心的程大奎感到事情并不那么妙，他便多长出心眼，在暗中安排下应急退路。眼前，他只得让张永蓉和她妈妈住在自己家里，作为张家的准女婿，也是应该去挺身而出履行职责的。

这个时候，让亲人牵挂的张克贤和张永东在大牢里已初审结束，张克贤对知府捕头列出的罪行没有供认，只说是去买盐完成县衙下达的盐产增量计划，还盼知府捕头大人酌情发落。对于张永东，因他啥事就不知情，根本就审不出结果，哪怕受过非人的皮肉之苦，也是没屈打成招的。虑心的周大老爷借说上面官府要求，决定把张家的盐营产业接管过来代为经营上再说。

过了几天，县周大老爷就通知程大奎去探监。监牢里，张克贤和张永东同关在一间牢房，没几个时日，父子俩都异常憔悴了。特别是张永东身上的伤，好几处就在感染化脓，看上去特别叫人心痛。张克贤双手抓住牢门杆泪如雨下地对程大奎说："大奎！这回这个事是我惹出来的。我根本就没想到是这么个结果。开始那一趟是为完成增盐产量，没想到云安的项盐主没有按约定报关纳税，所以就定了个贩私盐。最后一趟是我想赚钱才去干的，根本没想到一招失误就把自己套起了。"张克贤抹过一把泪水说，"这个事是我自作自受，我对不起你们！现在我只想托你两件事，第一件事是托人通关系把张永东救出去，就是赔上我的全部家业都行；第二件事就是永蓉和她妈妈你要多加照管，你虽然还没娶永蓉过门，但你要以我女婿的担当去承担这个责任。"

程大奎没有开腔，只是满面凝重地点着头。

张永东站在张克贤身边说："大奎！这个事尽管我爸爸去做了，这两天我问过经过，感到事有蹊跷，你在外面可多留个心眼，我真不服这口气。"

张永东的这个疑问与程大奎不谋而合，他赶紧要张克贤把两次去云阳云安弄盐的经过说一遍。在狱卒催促下，张克贤就简略地把经过说了出来。程大奎听完之后，才同张克贤和张永东作别。

程大奎去到县衙找到周大老爷，并把问到的情况作了一遍陈述，同时想请周大老爷通融把张永东放出来。周大老爷显出满腹慈悲心肠，说张永东是他的门生，他正在尽全力想办法。

过了两天，季师爷就把张永东送回来了。由于查封的房子还没解封，张永东只好去到程大奎家。他与母亲和妹妹见面后，就抱成一团哭起来，没想到大宁场里的高门大户，转眼就破落成寄人篱下的样子。待大家平静下来的时候，季师爷就问把头扭到一边的黄秀碧："黄大姐，你家大奎哪去了呢？"

"他去云阳了。"

"去做啥子呢？"

"他没说，可能是去了解张老爷贩盐的事了。"

"哦。他真还是个细心人。"说完这句赞许话，季师爷就拱手与大家作别回县衙了。

28

寻有蛛丝空费力

就是在季师爷把张永东送回大宁场的时候，程大奎还没像他妈妈说的到云阳去。那时他还在红池坝，正请舅舅维修刚买在此处已有些破旧的茅草房子，他认为这里是个安全的避风港。这个红池坝地处大巴山深处，海拔1800多公尺。四面环山中，有一个近十平方公里的大平坝，远古的时候是海洋，随地貌隆起，先是形成了高山湖泊，名万顷池，后水随喀斯特漏斗流失，故形成现今的南方高原草场。这里不仅风景秀美，气候宜人，而且奇峰峻耸，沟壑纵横，悬崖绝壁，似屏风大开。关口要隘，有"一夫当关，万夫不开"之险。相传这里是战国末期楚相春申君黄歇的故乡。在这个自然天成和有名人文化底蕴的地方，不知是不是因为黄歇的缘故，住着的人家百分之八十都姓黄，不姓黄的也是程大奎妈妈后家的亲戚。程大奎虽然也是个外姓人，但他毕竟是黄家的晚孙，嫡传的血统不可能把他拒之门外。加之想到世道的兵荒马乱，在这里置上产业，到时也有个避乱的场所。所以在外公的张罗下，就把一个远房舅舅空闲的房子买了下来，并还请来舅舅和表兄弟把房子进行了维修。在弄得像模像样交给外公管理后，他才启程去云阳。

程大奎也是以买盐的身份去云安盐场的，他向人打听盐场的项盐主，可是得到的回答都说没这样一个人。这里的盐主姓王，还是三乡八里的袍哥大爷。得到这个情况，程大奎找到王盐主，把张克贤来这里向项盐主买盐的事说了一遍。王盐主非常惊诧，居然不知道眼皮下发生了这等事。他推断一定是走私的盐贩子在其他地方弄了劣质的锅巴盐来这里冒充私的。如当时让他发现，不仅要没收盐巴，而且还要将其扭送报官。他还说张克贤老爷不问青红皂白把盐买走，其实就是贩私，哪怕第一趟是为完成增盐量计划。这种损别人盐场利益而谋自己好处的行为，就是对着朝廷施诡计，其罪行一点不比贩私盐轻松。现遭受到官府的处罚，完全是张克贤老爷咎由自取，一点不值得去同情。

听王盐主这番议论，程大奎就没法子再往下挖情况了。但他认为事有蹊跷，为什么张老爷一来就碰上引荐的人呢？为什么两次来就与项盐主接上头了呢？自己也是以买盐身份来的，可就没见到有人引荐，更没碰上项盐主。这张老爷真是中了邪，他总是在关键的时刻能碰上关键的人物，你说遇缘不遇缘？

程大奎作别王盐主就赶向巫山官渡，经打点见到盐关督办，盐关督办说是在履行日常公务督察时查获的，要是那趟盐不倒霉被督查到，张老爷就会像运第一趟盐样，完全躲得过这一劫。他还劝程大奎不要在这件事上去费工夫，总之是祸躲不过，更何况这个事实是铁板钉了钉的，通了天的事谁也不敢去运筹。

从盐关督办说的情况看，这个偶然地查获，似乎应打消对张老爷事怀蹊跷的所有疑虑，一点就不值得再往下深究。但程大奎并没甘心，他想到宜昌去觅得一点蛛丝马迹。

自程大奎出门后，张永东每天早晨就要去被查封的家门前站上一阵子，这有家不能回的感受，让他尝到了人情世故的冷暖。过去一出门，所有人都对他恭敬十分，点头哈腰的身影不绝眼前。可是，现在所有人见到他就像见到瘟神一般，躲避不及的也都把他视而不见，更别盼有人上门来问寒问暖，哪怕是虚伪地说上两句也没有。要不是程大奎家收留自己，真还不知道现在只身何处，容身何方，多少次他就感慨地流下泪珠来。一天清晨，如梦似幻的大宁河雾还没完全散开，吊脚楼呈现出的海市蜃楼正达高潮，虽然还没有出来的太阳布上亮丽的背景，那素描的画卷一定高过大家手笔。在这样一幅绝美如画的地方，谁会想到张永东正摊上有家难归的厄运呢？

照例去到家门前的张永东突然看到官府封条被扯，并且两扇大门还大大地敞开。他不知道是何缘故，想弄个明白的他抬步就走了进去。在把屋子察看个遍之后，没发现有何异常，于是他才放心地走了出来。当他在门前刚露面，就有几个过路的街坊上前祝贺他终于回家了。在听说是看到门大开时才进去的，几个街坊便一溜烟地闪开了。这个私撤官封和擅闯封宅的事很快就报到县衙，于是，还在询案的知府捕头又带来衙役再次把张永东抓走了。人证物证面前，无论张永东如何申辩，都无任何证据为他支撑清白，真是"黄泥巴掉到裤裆里——不是屎也是屎。"他不得不委曲认栽蹲大牢。

古话说"祸不单行，福不双至。"有时真还是这么回事。就在张永东还为这个冤屈愤恨不已的时候，又一桩大事临头了。湖北知府来公文，说张克贤父子偷运一船私盐到襄阳转运恩施的时候被查，督令巫溪县衙对张家父子严厉查办。

拿到这份公函的时候，周大老爷没有说话，只是季师爷在咕噜："这个袁世忠出去搞的这个事真还狠毒，他这一搅和，上下打点又得多花银子，真没想到他会来这一招。"

"真是个愚蠢的狗东西，要是认真查起来，会把罪责加到张克贤父子脑壳上吗？"

"差官说不仅有运盐的人证，并且盐口袋也是张家的，人证物证俱在，还逃得脱罪责？加之张克贤本来就去走私了两趟盐，这船盐说不是他弄的，谁信？"

"事已至此就不说了，这个袁世忠真还不能小看他三分。"

"一个草包没那么可怕，关键是要把出现的这个事运作利用好。"

"这个事我得想个万全之策，下步棋的走法待我告诉你。"说完，县周大老爷就拍着自己的脑门向书房走了进去。

翌日，季师爷揣着两千两银票和周大老爷给知府大人的呈报出发了。经向上打点，知府大人便欣然同意了周大老爷呈报的报请。

大宁场的十里长街上，有四五处围观了好些人。他们都是在看县衙的告示。有识字的就给大家念了起来："兹因张克贤父子走贩私盐谋取暴利被查获，经知府下达公文，责定本县按朝廷法章，没收其全部盐营产业。其犯张克贤父子将待知府量罪施刑，望庶民引以为戒，谨做遵纪守法之楷范。"

听了这道告示，大家就议论起来。有持怀疑态度的人说张克贤和张永东是个明事理的人，怎么会去做这等违法遭灾的事呢？也有人说是知人知面不知心，"瞎子见钱眼睛开"，更何况还能获上暴利，谁能挡得住这个诱惑？三三两两的嘀咕着来，又有三三两两口水滴答地议论着去。

这个时候，坐在家里生闷气的袁世忠在自怨自艾：狗日的完全没想到这次出去搞的这个事是"猫瓣饭甑子，替狗赶一仗。"原只想弄倒张家父子后，就设法吃掉他家的盐营产业，让自己垄断大宁场的盐业专营权。没想到人算不如天算，一瓢就让官府给舀了。他不知道下步该如何去把没收的张家盐营产业拿过来，他盘算得找个合适的时候去求亲家大老爷运作一番，或许能让自己心想事成。

这消息无疑又是一个晴天霹雳，几乎就把张永蓉的妈妈向育梅击垮了。要不是黄永碧细心照顾和安慰，她真的就痛不欲生要去寻短见。非常善良的她在这重大变故面前，完全是那么的六神无主而又无力回天。脸色铁青的张永蓉没有哭，接二连三的打击倒让她冷静下来，她持定自己的认识，这事真的不简单。

经她推算，按程大奎出门时对他说的行走线路，现在肯定到宜昌了。于是，她赶紧找到给程大奎造船的主事冉明东，就同他启早向宜昌去找程大奎，以便及时把发生的这件事告诉他，看他能拿出什么主意来。

张永蓉和冉明东赶到西陵峡的时候，才碰上程大奎，程大奎是在知道这件事时往回赶的。就是在大宁场告示贴出之前，巫溪县衙就派人先于大宁场向宜昌采取了行动。昨天下午，一队差狱查抄了张克贤设在宜昌的盐营分号，程大奎在问明原因后，就和程老大密议了一番，然后就带着程老大的一个手下信使返程了。看到程大奎的张永蓉一头就扑在他的宽怀里，无声地落泪中，惊悸的心终于有了个依托，哪怕此时天塌下来，她也会感到无惧和泰然。程大奎也紧紧把张永蓉抱在怀里，他要用这种方式去疗合张永蓉心痛的伤口。此刻虽然两人都无声，但心有的灵犀，已让彼此明白想要说的事情。

等上一会儿的冉明东见张永蓉还不说正事，就在焦急中拉住程大奎说：

"少东家呀！永蓉家里出大事了哇！你快听我给你说。"

"冉大伯，发生的事我昨天就知道了，所以才急急往回赶。"

"哎呀！没想到这个事传得恁个快，你快回去想办法吧！"

程大奎点头后，就捧起张永蓉的脸，心疼地为她抹去挂在眼角的泪水，然后就牵着她动步了。峡谷里的风光一点没激起张永蓉的缠绵幽情，倒是时断时续的纤夫号子和险象环生的古道让她领悟到了谋生的不易，特别是为养家糊口的程大奎在浪里飞凤里走得辛苦，让她的心就碎了。现在家里出的这个事也要他去想法担当，就是副铁肩也会累得身软力乏，要不是爸爸和哥哥身陷囹圄，她真不愿再有什么事让程大奎去担扛。

一行四人赶到冉明东家的时候，天就黑尽了，露伢子忙煮来四碗面让大家填了肚子。由于赶路疲劳，冉明东就安排大家早早做了休息。同床的张永蓉和露伢子深夜就未成眠，张永蓉的心里始终想的是爸爸和哥哥，不知道他们在牢里是怎样的一个光景。她恨不能有通天的法术把爸爸和哥哥救出来，然后去到一个人烟稀少的地方，过平安无惊的生活。还有程大奎也一起去，男耕女织，生儿育女该是何等的幸福与快乐啊！红尘中你争我夺的朝不保夕，时时就叫人心惊肉跳，那真是个叫人没有滋味的生活。露伢子想的虽没有这么复杂，但特别叫人揪心。她心头认定的夫君就睡在隔房而不和她圆房，并且订婚的未婚妻就与自己同榻相眠，那分醋意，像狂澜在她心海翻涌，默然的泪珠直从眼角滑落枕上。过去只要程大奎路过歇脚，露伢子就会兴奋好几天。可是今个到来，只怕要让自己痛苦好几月。想着想着，突然就没在意抽泣了两下。大睁着眼睛的张永蓉转身轻轻推了一把露伢子，接着就问："露姐？你是在想什么心事呢？"

"没有，是在发梦冲。"

"发梦冲喉咙还这样发哽？"

露伢子又抽泣了一下说："是梦见了我妈妈！"

听她前言不搭后语，张永蓉就明白了她在想什么。因为程大奎曾把那次在她家养伤发生的事对她讲过。虽然她的行为让张永蓉吃过闷醋，但想到是她精心照顾了程大奎，心里又生出莫名的感激之情。在晚上当头抵面的时候，由于心里另压着石头，所以完全就没想到那回事。这个时候，她完全感同到露伢子的心情，当爱与自己渐行渐远的时候，那份失落的痛苦比刀子剜割还要疼。她不知道此时如何去安慰露伢子。于是就让露伢子把梦冲继续发下去，或是把妈妈不停梦下去。若是去安慰把话一挑明，张永蓉就怕生出个什么岔子来。天还未明，露伢子就起床烧水煮饭了。她惦记着爸爸和程大奎他们要赶路。张永蓉也跟着起来去到灶前添柴生火，看到露伢子的麻利聪慧，心想要是没有自己和大奎相好，那露伢子简直和大奎就是天生的一对，地配的一双。真是"既生瑜，何生亮"啊！这个情字，为什么要牵连那么多人不得解脱呢？

露伢子把饭煮到锅里后，就来到灶前同张永蓉坐下。她添上一把柴禾后，就低着声音说："蓉妹，你家里出了这么大的事，千万莫着急哈！有大奎去想办法，事情或许会有转机。若是事情钉了铁板，你就来我这里散心，你把我当亲姐姐就是了。"

张永蓉完全没想到露伢子反来安慰自己，而且把话说得那么巴心巴肠。于是鼻子一酸，就趴在露伢子腿上哭了起来。露伢子用手抚摸着张永蓉的肩头说："蓉妹莫哭！摊上的事只有去硬着头皮面对，好在有一个爱你的人撑着，孤单和害怕就会减少好多。"

张永蓉直起身擦过眼泪后，看到眼前的露伢子不是情敌，而真的就是姐姐。人生中遇上重大不幸的人，能得到别人的理解和关怀，就像一只漂泊的孤帆遇上安宁的港湾，是那么的感怀与激动。她不得不从内心深处掏出来一句话："姐姐，谢谢你！"

露伢子叹口气说："没什么好谢的，我只是磨下嘴巴皮子，其实什么忙也帮不上。"

张永蓉说："现在好多人看到我们像见到瘟神，不落井下石就是好的，更别想来磨嘴巴皮子。露姐我真的谢谢你！"

见饭煮好，露伢子把灶火一背说："天快亮了，我去拿碗筷准备开饭，你们吃了好赶路。"

张永蓉呆呆望着露伢子，心头生出好多好多的感慨来。

天刚放明，程大奎一行就启程了。露伢子直直站在屋旁边，目送着她心爱的人儿程大奎，希望他此去能把张永蓉爸爸和哥哥做个搭救，同时掐着日子盼他早点又到这里来。

29

急施搭救凑银子

张家父子贩私盐被抓的消息，很快就让背二哥传遍盐马古道，大九湖里的郑云菊便为之哭得死去活来。尚有主见的郑爷爷就叫郑和平赶快启程到大宁场去找周表叔探个究竟，这等大事非同小可，弄不好就会身首异处。听爷爷这一安排，郑云菊也闹着要跟着去看张永东，郑爷爷当然没同意，且不说天遥路远不安全，就是去了不仅解决不了问题，或许还要添上不必要的麻烦，甚至还会惹灾祸。由于不能成行，郑云菊天天就到风光如画的那个早晨接受张永东热吻的大九湖边，直望着大宁场的方向祈祷逢凶化吉。要是张永东有个三长两短，她也是没勇气撑下去的。她只想长出翅膀飞到巫溪县的大牢去看张永东，抚摸他的伤口，擦去他的泪花，甚至把他救出一翅就带回大九湖，永远隐姓埋名过平安无惧的日子。可是，这样的日子能不能到来，她真的不敢想下去，只得在一把鼻涕一把泪中，企盼爸爸能带回来个好消息。

谁不想听好消息呢？郑和平去到他表叔周先生家，周先生就知道他的来意。客厅里，叔侄俩的心情都显沉重而焦虑，没来得及喝茶的郑和平就问："表叔？张老爷和张永东真的是为贩私盐被关的吗？我简直就不敢相信这个事。"

周先生叹了口气说："这事说是真的，我们又不相信。你说不是真的，张老爷又去做了那些事。我简直就被他们搞糊涂了。"

郑和平惊诧地张着嘴说:"看来真还是有这回事哦!恁个聪明的人为何要去干糊涂事呢?"

周先生接嘴说:"这事不那么简单,他们父子有可能是被人下套牵了巷子,为什么那些事总是机缘巧合得天衣无缝呢?"于是周先生就把张克贤家近几个月发生的事,从头到尾对郑和平讲了一遍。郑和平认为周先生分析得在理,一定是有一只黑手在操纵。弄清缘由的郑和平没有急到返程,而是住在周先生家等程大奎向衙里打探的消息。

两天前,程大奎从宜昌回到大宁场,就带着张永蓉去向周先生合计了情况。除张克贤在云安盐场的两度巧遇外,单在宜昌就有个大发现。一天下午,易麻子大伯把船靠岸交给程老大后,就上岸去转悠了。在醉仙客栈前,他突然看到袁世忠从里面跟着一个人走出来,鉴于袁世忠与张老爷不和及张家近日发生的一些事,他忙闪身悄悄跟了上去。转过几个街口后,就见他们直接去了盐务所,好半天就没溜出来。易麻子大伯非常纳闷,袁世忠不管水岸,他来宜昌的盐务所做啥子呢?肯定不是来干好事情的。于是就跑到码头把这一发现告诉了程老大,程老大忙派出两个精明的手下同易麻子大伯去盯梢。

夜幕降下来的时候,袁世忠才一个人从盐务所走出来。连街的铺子已燃起灯烛,似乎要把喧闹的夜生活极早的烘托出来,以便把星点般晶亮的银子揣进兜里。招揽生意的声音不时就从这些铺子里发出来。

"猪蹄羊杂牛肝马肺红苕洋芋全都齐全,哥哥姐姐弟弟妹妹快进来整几碗,再喝一壶老白干,辈子不想做神仙。"

"玉石圈圈小打玩意绸布扇扇坛坛罐罐,走过路过不要错过,快来买快来看,便宜又划算。"

……

只听这一招呼,不时就有三三两两的人聚上去,一会儿工夫,满街就嘻嘻哈哈地热腾了,比铺子里蒸上气的蒸笼一点不得逊色。袁世忠东望望西瞧瞧,一点没有把屁股放下来的意思。易麻子大伯他们不知道他要到个什么地方去。走过两个街口,远远就看到一个大红灯笼打出的"销魂楼"招牌,柔风把招牌轻轻晃动,那个骚情的动感,直让人春心荡漾不已。销魂楼的门前几个妖艳妩媚的女子，手里拿着一方手绢，不时扭动着旗袍紧裹的蛇腰，恨不得一下就把过往的男人缠入她们的胸怀。

　　看到这个地头，易麻子大伯就在心里嘀咕："狗日的原来是好这一口喏，害得老子深脚浅脚地跟过来。"他下意识摸了摸自己的口袋，要是里面有货，自己兴许会跟着进去销魂一个晚上。

　　看到袁世忠搂着两个女子走进去，程老大的两个手下就叫易麻子大伯回码头休息。因见眼了袁世忠，接下的事可就不要他参与了。易麻子大伯在心里想，你两个莫不是想支开我去享乐快活哟？就我一个人办个招待又咋样呢？真是两个小气包。易麻子大伯就不知道干盯梢这活可是有讲究和技巧的，弄不好就会功亏一篑。

　　时过半夜，袁世忠才回客栈，那副筋疲力尽而又心满意足的样子，直叫人对富家老爷羡慕不已。钱虽买不到性命，却买得来风流的青春，还有极尽奢华的享乐，怪不得人们对金钱的追逐是那么的不择手段和拼得你死我活哟。

　　月亮向西的弯角就快填满了，要是没有雾，定是一个日月同辉的早晨。结清账的袁世忠扛着包裹就赶到盐务码头下的一个商贸码头上船了。盯梢的两个人以为他是赶船到什么地方去，正生疑惑之际，袁世忠又从船上跳下来，在转身向撑船的船夫子挥过手后，就站在岸边盯着船划向江心，直到消失在没有散开的晨雾里。转身的袁世忠乐不可支地去向南津关，在断定他是起早回巫溪后，盯梢的人才回去向程老大回话。这次说张老爷走贩私盐在襄阳被查，一定是袁世忠搞的鬼，程大奎也是这么得出的肯定结论，只是苦于没有确凿的证据而已。

　　近两天，程大奎一直就在县上活通关节。特别是前天备上厚礼和银子找到周大老爷时，周大老爷先是打官腔，说这事是知府查办下来的，"扁担撬不赢地脚方"，根本就不敢去运作。鉴于此，程大奎就把在云阳的所见所闻以及有人在宜昌发现袁世忠老爷的可疑行踪，巧妙地述说了一遍。他认为这个事一定是有人在加害，还望周大老爷明察秋毫和网开一面。周大老爷听说袁世忠在宜昌露出的蛛丝马迹，态度就没那么强硬了，说待他查明情况后再看想得出办法不。程大奎千恩万谢过一番，才从县衙走回去。

　　藏身在里屋听程大奎说话的季师爷走出来，周大老爷就大怒了："袁世忠这个老东西真是混账，把害人的把柄让别人拿在手上，看他狗日的哪个去下台。"

季师爷胸有成竹地说："老爷莫着急，这个事我看程大奎也没有十足的证据，只不过是怀疑推测而已。明天我就去找袁世忠，把他如何贩运私盐加害张克贤的罪证拿在手上，由此我们就把他架住让其左右动弹不得。再接下来就向程大奎通报调查情况，说袁老爷是去宜昌游玩了一趟，每到一个地头都是拜会老朋友。如硬说他有什么不轨的行为，就必须拿来证据，如程大奎敢指名道姓告发他，也不必躲躲闪闪地害怕，拿不出证据就治他的诬告罪。"

周大老爷说："要是程大奎手里有证据呢？"

季师爷肯定地说："不可能，如有证据，凭程大奎的胆略，他早就去找知府大人申冤了。"

周大老爷眉宇稍开地说："你不这么提醒，我心里真还没有底，这事就按你的主意办。"

季师爷去到袁世忠家，同他把过几盏后，就低着声音说："袁老爷，你这次出去搞的好事可不可以给我透露一下呢？"

"啥好事？"袁世忠故作诧异地问。

"就是你弄盐害张克贤的事。"季师爷眯着眼睛望着他说。

"季师爷，这个玩笑开不得哟！我可没做害人的事。"袁世忠一口就否决了。

"真人面前不说假，你亲家周大老爷叫我来，就是想帮你，你还不明事理吗。"

说完这话，季师爷夹上一块肉放进嘴里，那个装模作样的咀嚼样子，着实把袁世忠吓了一跳。袁世忠想，这事非同小可，如果说出来，可是大罪一桩，如不说，若有证据不求县大老爷帮忙又咋办呢？一番挣扎后，他决定先探一下虚实再说，如是季师爷打冒劫，那岂不是上了个大当。他自饮一杯酒后说："捉盗要拿赃，捉奸要成双。说我弄盐害人，人证物证在哪些里呢？"

"你在宜昌去盐务所干的事，及二早晨到码头与船上的人交涉都是弄清楚了的。还有你逛窑子半夜过才回客栈不假吧？"

听这么一说，袁世忠的心就只差跳出来。这事是谁弄得如此清楚呢？不想屈就的他仍还狡辩说："去盐务所是拜会朋友，到船上是去送朋友。至于风流快活，乱猜就没错，哪个就知道我喜欢那一口，我两个还不是一起到兴山去搞过的嘛！"

听到袁世忠把过去的丑事拿出来理，季师爷忙止住说："那些不光彩的臭肠子就不要弄出来理了，把这回的事了了才是关键。"

袁世忠觉得得势了，你季师爷也有顾及的事啊，那就再乘势往下探一下。他加重了一点语气说："了什么了呢？谁看到我背盐了？谁看到我上的那条船是装的盐？如有证据我甘愿坐牢，栽赃陷害我可不得认账。"

"既然把你行踪就弄清楚了，没证据能来找你吗？"

"那好，就把证据拿来呀。"

"拿出来你就遭了，是周大老爷给你压下的。"

听这么一说，袁世忠在心里断定，很可能就没有证据。若有，那一定是从上面捅下来的，周大老爷敢压下吗，自己在宜昌办的事，应该没什么漏洞。如果盐务所那个兄弟不仗义，他自己也跟到走不脱。那船上用偷来的张家口袋装的盐，完全是稻草遮上了的，黑帮的规矩绝对不可能把这个事说出来。于是，他就拿定了"不见棺材不落泪"的主意。

袁世忠的嘴硬让季师爷完全没想到，虽然没拿到驾驭袁世忠的痛处，但心里起码更有应付程大奎的底气。

回到县城，季师爷找到等消息的程大奎，把袁世忠在宜昌拜见朋友的事告诉了他，并提醒他不要疑神疑鬼，这事非同小可，没有证据不要乱猜。

这个结果是程大奎料到了的，在没有把柄的前提下，谁会把罪责往自己的身上揽呢？就是有证据，袁世忠的亲家大老爷还不出面去帮他吗？着不上力的程大奎只好向季师爷讨教解救张克贤和张永东的办法。

季师爷若有所思地拍着额头说："张老爷犯的是杀头重罪，要把他救出来，可不是一般的功夫。至于张永东，办法就好想一点。"

程大奎赶紧问："有什么办法，请季师爷指点。"

季师爷没转弯抹角，他直截了当地说："办法就是银子。"

程大奎问："要多少？"

季师爷伸出五个手指头说："五千两不见多。"他见程大奎没有作声，接着就掰着手指说，"知府两千两，盐政和知府各一千两，另一千两打点当差的。若能把人救出来，花这些银子值得。"

程大奎望着季师爷说："我不认识他们，要是不收怎么办呢？"

季师爷哈哈笑过两声说："你去送，人家肯定不得收，关键是要找人牵线搭桥。"

程大奎问："找谁牵线搭桥呢？"

季师爷说："如果信得过我，我就全权去代劳算了。"

这个时候，只要银子能解决问题，就是倾家荡产也值得。程大奎忙回大宁场凑来五千两银票，极大期盼地就交给了季师爷。当然，季师爷去运作不是一两天就有结果，郑和平只得回到大九湖去，并期待程大奎到时能送来好消息。

30

昙花一现梦成空

一天中午，平静了一段时间的大宁场突然就开锅了。哪怕枯风像刀一样的割人，也没把大家聚众议论的场面冷却下来。面对大大的利好，谁不会眼红呢？苦于没有银子，所以只得聚在一起空生叹息过嘴瘾。十万两银子买衙门没收的张家盐营产业，有几个人拿得出呢？大伙认为，除袁世忠外，谁有能耐去接得下这个盘？加之三天时间，就是有钱人也不可能在家里放这么多银子。在外面去筹银票，三天还不够一个单程。于是，在这个看似公平的条件下，有人就在说是县大老爷把盒子划好了的，为掩人耳目所以才向大家这么公告。三天时间，就是把大宁场每家每户的银子收起来，未必就有十万两，县大老爷这步棋走得真高！

这个时候，程大奎没去凑这个热闹，他把船帮的几个核心人物请到一起说："各位叔伯，县衙的公告大家看到了。在大宁场里，只有两房人有这个实力，当然明显的一房就是袁老爷家，另一房不知大家想不想知道。"

话一说完，几个核心人物你望望我，我看看你，真还想不出这么一房人。于是船帮杜帮主忙追问："大奎呀，大宁场里，能一下拿得出十万两的真还另有其人？如有，是哪个不显山露水搞得恁个殷实呢？"

程大奎显得底气十足地说："是我们大宁场里的所有街坊邻居。"

杜帮主愣了一下说："那又怎么样呢？"

接着程大奎就开始发表他的意见："各位叔伯，现在的盐营利好大家心里都有数，就凭前河湾占股的大小股户，都是得到厚利的。虽然官府没收了张老爷家的产业，但大家的利益一点就没受损。现在官府要把这块肥肉卖出来，不管街上的人哪个议论，我们都该去一搏，争取把盐营产业拿过来。"他扫视大家一眼，见没有人想打断他的话题，于是又接着说，"我的意思是由船帮承头，派出人手去各家各户动员入股，如能把产业买到手，大家可都发财了。时间不多，今天晚上就得把愿意入股的名册报来，以便合计入股的银子是否够数与袁家一争。如差口大了，这个事就干不成，天上掉下的馅饼别人就可不费吹灰之力捡起去。"

听程大奎这么一说，几位核心人物就对这个事垂涎了，并推举程大奎为这事的总领办。程大奎也就不含糊，忙吩咐大家去安排人手动起来。

得到这个消息的袁世忠着急了，他忙把金管家、袁仁贵和周小花喊来，看大家有何好点子作对付。

金管家说："袁老爷不要为这个事焦虑。这么几天，程大奎能让大家聚来这么多银子吗？就是聚齐了，有县大老爷撑腰，这等好事还能旁落给他人吗？"

袁仁贵束手无策，他望着周小花，意思是看她有啥点子想出来。周小花侧了一下大肚子说："金管家说的完全搭不上指望，若让程大奎把银子凑齐了，我叔叔是会避嫌不得帮我们的。这回的事如是几个人和我们争一点就不怕，大宁场那么多人聚起来的力量，谁敢去犯众怒呢？"

袁世忠连连点头说："小花说的是，真没人敢去犯众怒。"他咳嗽过两声又接着说，"既然小花看准了棋路，你就说说下步棋我们该怎么走。"在儿媳妇面前说话，袁世忠多少还显得有点"文化"哩。

周小花略思索了一下说："这事得先派人送信给县衙，让官府知道这个事。接下来就安排人散播流言蜚语，力争阻止人去参加。另外，为获得这个事的主动，明天我们就把银票去县衙交了，若到时程大奎也凑足银子，在争夺中，县衙也好弄个先来后到的托词。"

真是好点子，愁眉散开的袁世忠当即就采纳照办。

不一阵子，大宁场就有流言传开了，说程大奎是张克贤的订婚女婿，张克贤犯的事如朝廷追查九族，他也会城门失火，殃及池鱼。更何况张家的事官府还在查，保不准程大奎还跟着做了坏事的。若犯事被抓，大家入股的银子就会打水漂。又有人说程大奎担心跟着张老爷受牵连，借县衙这次卖产业的机会，把大家的银子聚起来想逃跑，千万不能上他的当。还有人说朝廷允许盐业私营时间不长了，由于淮盐断供，私盐猖獗，税收流失，不出一年半载，朝廷就会下旨改私营为朝廷专营，到时收归朝廷，大家就会蒙受巨大损失。还有一些不一而足的说法，真让一些人就打了退堂鼓。但也有人不相信这个谣言，就算程大奎个人有什么企图，船帮的名望可是大家信得过的。更何况他不是船帮的帮主，只是受船帮委托办这件事，还怕什么呢？至于改私营为朝廷专营的说法，可没那么容易，就是朝廷要低价收购，全国无数的盐场，朝廷一下拿得出那么多银子吗？再说现在对付太平天国就弄得焦头烂额，哪还有精力来改变盐政。所以晚上汇总名册，却出乎预料的登记入股银两达七万五千两。下差的二万五千两，几个船帮核心大户一报数，就只差一万四千两了。心头暗自高兴的程大奎又拜请大家去做号召。

在这个差口数字公布出来后，陕西和湖北会馆的两家掌柜一口就应承下来，说过两天就把银票送来，同时还交了五百两银子做定金。

虽然有了这个划圆的数字，鉴于外面的流言蜚语，程大奎就请船帮杜帮主来承头。杜帮主谦说自己是个大老粗，这等精明的事还得让他来做，同时还让他别把流言蜚语放在心上，从凑得拢银子的情况看，大家对他是信任的。现在必须承好这个头，并放手把这个事办好，所有流言蜚语才会不攻自破。

得到大家信任的程大奎非常感动，他忙去找到周先生，想请周先生来帮助计收银子。程大奎的想法是，周先生在大宁场德高望重，由周先生来计收银子，才可消除大家对自己想卷银子逃跑的疑虑。可是周先生推辞了，因这个事明里暗里都是跟袁家做对，自己夹在中间很为难。他建议就在船帮找三个信得过的人，一人登记名册账目，两人计收银子，这样做不仅能打消疑虑，而且也有一个相互的监督，确保计收银子的万无一失。

按周先生说的选择好人后，程大奎才请船帮发出通知，要大家在两天之内交足银两。为确保秩序井然不出意外，收银子的地点设在杜帮主的宅子里。头天上午收北街的入股户，下午收南街的入股户，晚上收前河湾的入股户。次日上午收猫儿滩的入股户，下午收十八罗汉的入股户，晚上收船帮及大户的入股户。第三天上午留做补差口时间，下午就把银子全数送县衙。

翌日，来交银子的人排成了长蛇阵，前面交完银子拿着凭据的人个个喜笑颜开，因为他们将成这大宁场里的小盐老板了，那对发财梦的憧憬，就像已经变成伸手可触的现实。从上午到下午，从临晚到半夜，大家都秩序井然，一切听从程大奎的指挥。看过这道光景的周先生在心头暗自以为，程大奎不仅是个逐鹿商场的后起之秀，也是一个能统兵驭马的将才，他为这样有出息的学生高兴自豪了。可是，装作过街的周小花看到这个场面就没有高兴和自豪。她先是感叹，这样的优秀儿郎自己为什么就碰不上呢？要是他是袁仁贵该多好哇！如是那样，夫唱妇随定能干出一番大事业。然而，这个想象真成了她没有那个缘分的深深叹息。在这叹息之外，她认定程大奎一定是他们袁家的劲敌，稍加时日，就会成为大宁场里鹤立鸡群和呼风唤雨的人物。并突然感到程大奎在她面前就像一座巍巍大山，怎么就不可攀登和逾越，弄不好这回袁家就得认输。周小花在着急的时候，早就有探子把情况报告县衙了。

周大老爷坐在客厅里的八仙桌边，专注地盯着外面像是在思索什么，满副忧国忧民的神情可让人感动不已。泡上茶的丫鬟翠儿端着茶盘轻轻从他身后过来准备递上去，周大老不经意间猛一抬手，满杯茶水哗地就泼到颈项里，直烫得让他"唉哟唉哟"地叫了起来。惹了大祸的翠儿忙伸手去牵他的颈领，怒在当头的周大老爷一记耳光就把她扇倒在地，接着连环几脚踢得她在地上直打滚，并在口中连连求饶周大老爷别打了。在季师爷赶进来的时候，才解危叫倾泪纷飞和伤痕累累的翠儿起身去向里屋。进门槛没几步，翠儿就虚软地倒在墙角边，并为做下人悲苦的命运暗自伤怀难当。

自给县大老爷当丫鬟三年来，别人以为有多沾光，说什么"宰相府里丫鬟就是七品官"。这哪有那么好的事，丫鬟就是丫鬟，挨打受骂是常有的事。随着翠儿天天长大，一些差人也对她不怀好意起来。她不知道自己未来的命运是个啥结果。给县大老爷当五年的丫鬟期限满后，自己怀疑是否还能活着走出去。想着想着，周大老爷同季师爷议政的声音就大了起来，无意间就让翠儿听了个清清楚楚。最后在周大老爷说声"就这么办后"，两个人就向县衙大门外走了出去。

是夜，下弦月出来了，就像老天的眼睛，也对大宁场的入股场面关注起来。收完当天最后一个入股户的银子，程大奎就看着管收银子的两人上锁并把箱子抬进一牢实的屋间。同时对三班看守的人交代，这是大家的性命钱，不得离开半步，更出不得出半点闪失。拖刀持棍的看守人都表示打起十二分精神，保证万无一失。安下心来的程大奎这才出门向自家走回去。

出门不几步，就看见一个黑影鬼鬼祟祟地在前方蹿，程大奎断定是个贼娃子，于是忙隐身悄悄跟了过去。在湖北会馆门前，那个贼左右观察了一下就闪身进去。程大奎在街边捡起一根棍子去到大门边，借着月色侧身一望，只见谢掌柜正拿着一根棍子在同人打斗。程大奎吼了一声"贼娃子哪里跑"，庚即冲上去就交起手来。没两回合，就见谢掌柜被一黑衣人打倒在地。分神的程大奎正想去扶谢掌柜，脱身的三个黑衣人一溜烟就冲出大门跑了。听到打斗的家人拿着火把赶来的时候，就看到程大奎夺门而出。于是就有人哭喊起来："狗日的程大奎打人了。"

跟出去的程大奎看到三个人跑进陕西会馆，他没多想就冲了进去，进来的三人已不见踪影，只有袁掌柜躺在地上。当他扶住袁掌柜的时候，就听到有人说"后面的事交给你处理"。寻声望过去，只见四个黑衣人飞身翻墙就逃走了。程大奎放下袁掌柜正欲追，围来的家人便把他扭住，并质问程大奎为什么要深更半夜闯进家里来伤人。正当此时，就听到街上有人大呼抓贼，不少人忙跑来湖北和陕西会馆瞧究竟。因此就有人说，这事想不到是程大奎伙同贼娃子来干的。

天还没亮，急骤的堂鼓惊醒了县周大老爷，他睡意未消地来到大堂，在打了个夹生半熟的哈欠后，才软绵绵地喊"升堂"。

大队人马把程大奎拥了进来，然后就跪下呈诉案情。虽然程大奎是秀才，这时他也不得不跪下。

先是湖北会馆谢掌柜的儿子说："大老爷呀！今晚半夜，我听到屋里突然有打斗声。忙起来一看，我爸爸就被程大奎打倒在地。看到我和家人赶来，程大奎才从大门逃跑出去。"

"你爸爸在哪里呢？"周大老爷问。

"我们走的时候还人事不省，不知道这个时候还活没活在世上。"谢掌柜的儿子回完话就哭泣起来。

周大老爷正要问程大奎的时候，陕西会馆袁掌柜的儿子又在哭天抹泪地报案说："青天大老爷呀！程大奎一伙土匪强盗跑到我家里把爸爸打晕了，还抢走了几千两银票，青天大老爷要为我们做主啊！"

周大老爷用疑惑的目光望着程大奎说："大奎呀！他们说的是实情吗?"

"不是"。程大奎否决说，"半夜时候我从杜帮主家出来，就看到一个黑衣人在前面蹿。我悄悄跟过去，就见他闪身进了湖北会馆。我不动声色去到门口，谢掌柜正与人打斗，我赶紧就冲进去帮忙。交手没几下，一个黑衣人就把谢掌柜打倒在地。我隔挡开黑衣人的木棍，分神去扶谢掌柜时，脱身的三个黑衣人就跑了。我紧跟追出去，没想到他们又钻进陕西会馆。进门一看，袁掌柜已倒在地上。我刚伸手扶住袁掌柜，就见四个黑衣人想翻墙越逃，我急待去追，围过来的人就扭着我不放，说是我伤了人，请大老爷明察。"

"程大奎说的是事实吗?"周大老爷用一副深信不疑的目光扫视着大家。

谢掌柜的儿子说："大老爷！程大奎说的不是事实，我爸爸昏死前，就抓住我的手说八千两银票被他们抢了，要我去把银票追回来。"

接着袁掌柜的儿子又补充说："大老爷！我们本来还相信程大奎是来抓贼的。可是，在我们赶到天井里时，那几个人对程大奎说了句'后面的事交给你处理'后，就翻墙跑了。至于我家的一万两银票遭没遭抢，要等我爸爸醒了才知道，请大老爷千万为我们做主啊！"

跟着来的人也都帮腔要周青天大老爷做主，如不把程大奎绳之以法，恐怕大宁场就永无宁日了。

真是"黄泥巴掉到裤裆里，不是屎也是屎"啊！百口莫辩的程大奎只好求周大老爷把这个事查清楚，以便还他一个清白。

鉴于这个事的人证物证有待提取，周大老爷决定先把程大奎收监，等事情查清楚后再听发落。

告发程大奎的人还没回大宁场，猫儿滩街上又吵闹开了。有五户人家昨晚被强盗吹迷烟，然后把放在家里准备入股的银子偷了。男的暴跳怒骂，女的哭爹叫娘，入股不成倒蚀坨财，于是都把怨气发在船帮组织的入股这件事情上。当听说昨晚还发生过抢劫事件，大家确信一定是程大奎搞的鬼，县衙里因此又多了五份告发程大奎的状子。

鉴于程大奎的入狱，船帮杜帮主再也不敢去收大家的入股银子了。因怕受牵连或落入骗局，交过银子的人都拥到杜帮主家门前要求退还银子，群情鼎沸的场面几乎无法控制，好在周先生出面了。他先是同杜帮主商量了应付对策，然后就出门站在街檐上挥着双手对大家说："各位街坊邻居，这回的事出得突然，最终结果县衙还没调查出来，到时候定然有分公道。现在大家别急，昨天收的银子全在，杜帮主答应现在就凭收据退给大家。为不出意外，还是按昨天的秩序排队兑还，保证不少大家一分。如大家不讲秩序拥到一起，倘若再出岔子或遭抢，那就得不偿失了。"

因周先生在大宁场德高望重，所以他的话是有分量的。在杜帮主派人维护秩序后，大半天就把计收的银子全退完了。程大奎号召大家入股齐购张家盐场的构想，只昙花一现的就烟消云散了。

这个结果是袁世忠没想到的，认为是他的运气好到极点，连老天爷就明目张胆地在帮他。这独占大宁场的美梦要不了多少时辰就成真了。去到袁家祠堂的他，对列祖列宗焚香烧纸地就叩拜起来。

拿到张家盐营产业的袁世忠对外没显那么高调，因他怕背上一个落井下石的骂名。只是请了几桌客，燃放了一串鞭炮以示庆贺。席间，袁世忠端着酒站在过道上大声说："各位帮主和亲朋好友：我袁世忠从今往后将引领大宁场的盐业经营，愿大家多多捧场。我在这里做两个保证，一是不干违法乱纪的勾当，力保大宁场的繁荣与昌隆；二是力所能及地给大家一些好处，能赚钱的让利大家不含糊，也就是说我只要有口饭吃，大家跟着一定就不挨饿。我敬各位一杯算是个拜托，干！"

且不说是周大老爷的亲家，就是这盐帮老大的身份，谁还敢说半个不字。于是，在不绝的恭维感谢声中，大家就喝下了心口不一的这杯场面酒。一番礼数后，各帮会的头就争先恐后去敬酒了，高兴的袁世忠一一接纳，席还没散，人就晕倒了。用现代的话说，就是把糖尿病诱发了，真是乐而生悲。不过也没有什么大惊小怪的，上苍对人是公平的，会在一些方面让你心想事成，斩获丰硕，但在另一些方面又将令你忧心如焚，痛楚万分。

昏迷过一天一夜的袁世忠让金管家把一家人全叫到床前，他吃力抬手拿掉老婆毕珍搭在额头的热帕子说："我这病根子埋得深，弄不好就过去了，今天把大家叫过来就是做个交代。"

"老爷别这么说，我心里真的害怕呀！要是你有个三长两短，我孤孤单单的嘟个活哟！"

他握着老婆毕珍的手，眼角也跟着哭泣的老婆滚出两粒清泪，见状的三个女儿也都哭作一团。歇了会儿的袁世忠又说："仁贵呀！你要多跟金管家学持家呀！袁家这么大的产业要你支撑，没得本事是不行的呀！你如担不起这个担子，当家的钥匙我交给谁呢？"

连连点头的袁仁贵滴着泪珠表态，一定努力打理好袁家的事业。

袁世忠微微扭头对毕珍说："我这三个女娃子你要带好哈！嫁出去时千万不要吝啬，要保证一辈子不受苦啊！"话刚说完，他又晕了过去。

见到这个状况，金管家忙找来巫师跳端公，摆上道场就天灵灵地灵灵的歌舞起来。周小花怀疑这么做起不了什么作用，忙吩咐人到县城请懂得洋医的郎中来诊看。打过两针后，袁世忠才缓和过来，续经药物调理，方才免去性命之忧。

31

投军泪别凝血祭

大宁场发生的张克贤父子案件尘埃落定的时候，对程大奎的涉抢通匪调查也有了结果，尽管程大奎没承认，但一点就不影响县衙的判决。

对通匪抢劫湖北和陕西会馆的定罪，因人证物证俱在，县衙没有采纳程大奎的辩诉，决定将程大奎的造船场子抵赔给两会馆，不计与被偷银票的差价，均一笔勾销。对猫儿滩街上被偷的五户人家共报的百多两银子，因没确凿证据，加之自己保管不善，且防患意识不强，故不予理会。

想吞掉程大奎给的五千两活通关系银子的季师爷，对他及张克贤父子的案子颇动过一番脑筋。如按欲快刀斩乱麻的周大老爷要求把案办了，绝望的程大奎定会把索贿的事捅出来，巨额索贿的罪行也是不小的。如要把银子在衣兜揣得稳当，就得有个万全之策。于是，他就向周大老爷献计说："老爷啊！按抢劫通匪，程大奎可判斩首。按律贩私盐，张家父子也要身首异处。如果这样，对你为官之道很不利。"他察言观色了一下周大老爷又说，"袁世忠现在垄断了大宁场的盐营，你又是他亲家，别人或许会怀疑是你们合谋搞的鬼。一旦传出风言风语，就会坏你名声，这可不是上策。"看到周大老爷只喝茶不作声，他只得接上再说，"判斩刑须上报刑部核准，那可不是十天半月的事。大家都知道，张克贤是大宁场的盐营世家，在这段时间里，要是有盘根错节的关系去朝廷一疏通，斩刑没核准，你就会成他们的死对头，结上这个怨是划不来的。再说要是有人预谋组织来劫狱，凭我们的防卫能力，几个殃死不活的兵卒能抵挡得住吗？不如把他们减判充军，保住性命就不会有人去为他们铤而走险，他们还会对你的仁慈感激涕零，庶民也会敬重你这个青天大老爷有人情味。"

"要是他们充军出去托人通上关系，再弄出个农夫和蛇故事，那不就功亏一篑了。"

季师爷左右观察了一下动静，见无异后，就附耳对周大老爷献上锦囊妙计。周大老爷连连点头称是，并叫季师爷快快拟办呈报公文。

夜幕随着沉闷的空气降了下来，牢房里衣衫单薄的人定是不耐五更寒了。隔间关着的程大奎只想和张克贤说上几句，要是没有卒狱看守，他会大声把话讲给张克贤听。关在一间牢房里的张克贤和张永东不知道程大奎所犯何事被关了进来，猜想可能是为搭救他们而惹上了什么牵连。这样一来，父子俩就完全绝望了。因为不会有人再在外面为其拼命营救了。稻草上面，张克贤不时就跪着祈求救苦救难的观音菩萨保佑逢凶化吉。他的祈求不知是不是显灵了，一天晚上，季师爷提着灯笼走牢房对程大奎悄悄说："大奎，你托我办的事终有了结果，上面官府已同意免去张克贤父子的死罪。但活罪没办法逃，责令周大老爷拟判他们充军云南，永远不得回大宁场。"

只要保住性命，就是无比的功德。程大奎当即就跪下替张克贤和张永东感谢季师爷的再造之恩。季师爷躬身下去扶起程大奎又说："为了你的事，周大老爷费了好大心思，自当承担蛮大风险。抢劫通匪的死罪也判成了活罪，让你与他们一同充军去云南。"

程大奎感激涕零，再要下跪叩头时，季师爷忙拉住他神秘兮兮地附耳说："公文我已派人送出了，待夔州知府批复下来，就安排人押送你们上路。"

得到的这个结果，程大奎已是心满意足了。尽管很多事想不明白，只要保住性命，一切就可慢慢来计较，正所谓"留得青山在，不怕没柴烧。"

翌日中午，用银子疏通狱卒的张永蓉同她妈妈及程大奎的父母去探监了。站在爸爸和哥哥的牢房前，张永蓉和她妈妈一句话没说就哭成一团。程大奎的爸爸妈妈也泪流满面望着蒙冤受屈的儿子，他们没有责怪程大奎的多事，而是说他没有错，爸爸妈妈都相信他。得到精神支持与鼓舞的程大奎为有这样通晓事理的父母深深感动不已。他更坚定他们的好儿子过去没做见不得天的坏事，现在也不得，未来更不会。顶天立地做人是他信守的准则，一刻也不会丢弃。

向父亲和哥哥哭过一会的张永蓉又过去拉住程大奎的手抽泣。程大奎伸手摸住张永蓉的脸说："永蓉，别哭了，听我跟你说要紧话。"

张永蓉忙摸去眼泪顺耳过去就听程大奎说："永蓉！我们两家发生的事一定不简单，我和你爸爸哥哥不几天就要充军云南，永远不准回大宁场。我在红池坝外公处买了房子，你可趁人不备把父母全带上去，那里是我们的避难所，任何人都不知道。你回大宁场后，就快去四川会馆找弄饭的罗大伯，要他联系信使去宜昌找程老大，说我不日将押送充军云南。"他机警地观察过左右后，又附耳把防意外在宜昌吩咐程老大运筹的秘密做了交代，同时还叫她回去把他床脚边墙洞里藏着的鲍超送的小刀取出做防身之用，无论遇到什么事就要她坚强。只要自己能脱身，就去红池坝找他们。一字一句把话记在心头的张永蓉正想说话，狱卒就过来催促了。说怕被人看见跟着脱不了干系。张永蓉只得在泪眼蒙眬中依依不舍离开她的心上人。

回到大宁场，刚要进屋，就见大门洞开。程传绪跑进去一看，家被砸了个稀烂，要是单家独户，定会一把火把他的几间房屋烧了不可。他忙出门向邻居一问，才知道是猫儿滩街上那五家人来砸的。真是"虎落平阳遭犬欺"呀！感叹的程传绪只好打掉牙齿往肚子里吞，一切也就只得忍受着。张永蓉可没管这些，她径直走到程大奎房屋，在床脚边的墙洞眼里取出鲍超送的小刀，揣到身上就向四川会馆赶去了。会馆里，除了打麻将和川牌的，就是来来往往做生意的老板、商人和过客。为避人耳目，她绕过天井走进厨房，见到煮饭的罗大伯，就忍不住哽咽说："罗大伯！今天我去探监，程大奎说要把他充军云南。他说有个信使要你去引荐一下，我有要事对他说。"

出去不一会，罗大伯就带了个人进来。这人虎背熊腰，一看就是个练家子。见到张永蓉就拱手躬身说："张妹子，我叫黄震东，是大奎老大的手下，你有何吩咐，准管照说，我一定照办。"

"本来大奎是让你带信给宜昌的程老大，大奎和我爸爸及哥哥要充军去云南。"突然一下变得坚强老成的张永蓉盯着黄震东说，"我想这个事没这么简单，你快去宜昌调几个人手，我有要用安排。"

"张妹子你放心，自大奎老大出事后，我就让人把信送去了宜昌，昨天来了八个兄弟准备选择时机行动。有了这个消息，我们就知道下步该怎么办了。"

说完话的信使正欲转身，张永蓉就叫住他说："黄大哥！现在我就进城住到龙头嘴的亲戚家观察动静，每天我们在那里合计情况，一旦得到动身的消息，我们就跟上去保护他们，如时机成熟，就及时施救。"

黄震东为难地说："张妹子，这事是男人做的，你一个女孩子，可不能去冒这个险。"

张永蓉不服气地说："女孩子又怕啥子呢？我可是跟着周先生练过拳脚的，虽算不上高手，但对付毛贼还是绰绰有余，这事没时间再议，就这么定了。"

黄震东完全没想到张永蓉会如此有头脑和果决，他预感到这主儿将来定不是等闲之辈。他把几个人的名字告诉张永蓉后，就表态全听她安排调遣。

张永蓉没让须眉，满怀担当地就安排起行动来。她说在县衙狱卒押送程大奎和她爸爸及哥哥的那天，两人一队扮货郎保持距离走在程大奎前后观察异情，特别是在深山老林和悬崖绝壁处。前后两队如发现情况，均可抽出一人通风报信，确保万无一失。为防路长遇险加害，她决定在奉节县的金子关实施营救。

安排妥当的张永蓉回到大奎家，只见程传绪愁苦地呆坐在板凳上，一座无形的大山顷刻就压得他老去了许多，就只差把白发急出来。黄伯娘和自己的妈妈在无计可施地擦着泪，不知道这个残局用什么法子去扭转得过来。

张永蓉进门就说："程伯伯，这里不能再住下去了，弄不好会出大事。你们快收拾一下，按大奎的安排先到红池坝去避一避。"

程传绪哽咽地叹着气说："屋里没什么收的，我们就走吧！"

出去把门锁上后，张永蓉就叫程传绪对邻居说是到县衙去告状，这样就不会引起别人的注意和怀疑。

走出不远的转拐处，程传绪调头望了一眼祖祖辈辈住过的家，那份留恋犹如绿叶对根的深情，简直就不敢相信伤别是真的。他不知道是否能够再回来。从情感上讲，他真不愿此时就这么离开，就像孩子不愿离开母亲一样。可是，不离开行吗，那种朝不保夕的惊恐，好像随时就有祸事要降临。眼下，无论如何都得先把这段劫数度过去再说，寻保平安比什么都重要。

去到县城的亲戚家，张永蓉写了状子，告发猫儿滩街上五家人私闯民宅实施打砸，弄得有家难回，要求县大老爷主持公道。张永蓉知道县衙不会张理这个事，交上这份状子，就是放上一个烟幕弹，让那些潜心加害自家和大奎的人不会想到他们会避祸到红池坝。人往往是这样，有时一逼，就会逼出意想不到的老道和精明来。

状子还只得程传绪亲自去送，县衙门口的两个当差没让程传绪进去，只让另一个当差把状子向里做了传递。好一会后，当差的才出来对程传绪说："我们大老爷说这事是你们自惹的，人家想出气也情有可原。解铃还须系铃人，要你们自己去和解。"那分趾高气扬的派头，极像仗势欺人的狗，颇让程传绪感受到"八字衙门大大开，有理无钱莫进来"的羸弱与无助了。好在这个结果是张永蓉预测到了的，并按张永蓉的叮嘱快速离开了县衙。如不是张永蓉早有安排，自己真还要在县衙门前吵着要评理。

为了关注县牢的动静，张永蓉把自己打扮成男儿装束，虽显得不是很成年，但英武之气无不透过担当的气场淋漓表现出来，简直就是王聪儿和花木兰的转世化身。九个膀大腰圆的手下于内心对她的倾服中，就只盼县衙公告押送程大奎他们的时间去大显身手。约是程传绪他们在红池坝安顿下来的时候，县衙就贴出告示，决定把案犯张克贤、张永东、程大奎充军押送云南，永不准回大宁场。得到这个消息，大家就按张永蓉的安排行动了。翌日辰时时分，三个官差就押着张克贤、张永东和程大奎上路了。

去云南有数千里之遥，一路山高路险不说，凶猛野兽常有出没，山贼土匪不计其数。加之时下国难当头，能不能把犯人送到以及送到后能不能平安回来，是三个官差极端牵挂的事。胆怯的他们只希望快快遇上山贼或土匪，以便按季师爷指点转身就往回跑，然后把犯人报个被山贼或土匪杀死交差了事。

去到李家坝，即是打渡从奉节过了长江。刚在一个客栈坐下叫吃饭，程大奎就看到三个背哥坐在里面，其中一人一眼就认了出来，那是在巫山第一次见到叫自己火卵子以及在奉节交手后，硬要和自己结拜的刘道远。他不是在鲍家当教把吗？他再倒霉也不至于当背哥啊？他一定会弄出什么名堂来，程大奎在心里是这么猜测的。

程大奎猜对了。刘道远自夔州府得到消息后，就做出计划，决定跟随程大奎到恩州把他们救出来，然后就叫他去投奔欣赏他的鲍老爷。在随鲍老爷立功后，谁还敢去计较他的过去呢？当他想到程大奎对自己的那副傲劲，又怕不愿意。最后他把心一横，管他愿意不愿意，先去把他救了再说。

饭后启程，刘道远三人就跟在程大奎他们后面，走过几十里路后，一个狱卒就问刘道远为什么老跟着他们，刘道远借口说路上山贼土匪多，跟他们一起走好讨个保护。狱卒认为是这么个理，并且多几个人一路也好壮胆子，于是也就没再说什么了。

同行的第三天上午，他们去到金子关。这金子关是盐巴官营时期设在此处的四品盐茶司，自改盐茶官营为私营后，这个盐茶司才撤销。现在人去房塌，野草丛生，残垣断壁的沧桑，完全想不到这里曾经有过的闹腾与森严。要不是有几只鸟儿在鸣叫，还有山风送来雄壮的松涛，这大山中的沉寂与阴森，恐怕就要把人吓得魂不附体的死去活来。快接近关口的时候，突然从前方蹿出五个挥舞马刀的人拦住去路。当头的那个把刀往肩上一横，叉开八字步就大喝："此路是我开，此树是我栽，要从此处过，留下买路财，无财就把头提来！"

见此架势，三个狱卒丢下程大奎他们拔腿就跑，好像老虎撵在他们的屁股后，转眼就没了个踪影。

程大奎听出说话的口音不是本地人，地道的陕西话让程大奎似乎明白了什么。在这没有退路的绝地，义愤填膺的他发誓死决一战。他向张永东使了个眼色，飞起一脚就把张永东的枷踢成了两块。脱手的张永东一掌又劈开程大奎的枷，接着就摆开迎战的架势。

那个当头的哈哈大笑说："没想到这两个囚徒还是练家子，比杀殃鸡子过瘾。兄弟们过去好好过几招。"

"谁敢动我的大奎兄弟，我就叫他死无全尸。"只见刘道远冲到程大奎前面指着那几个人说，"你们几个毛贼要钱是吗，十两银子够了吧。"话一说完，他就把银子甩了过去。

那个当头的冷笑说："莫说十两银子，就是百两银子我们也不要，老子们今天只想杀人，你们半个也别想逃得脱。"

刘道远说："你要杀人得告诉我们个明白，我们前世无冤，今世无仇，无缘无故为什么要杀我们呢？"

那个头说："反正你们是要死的人了，不怕告诉你们。得人钱财，替人消灾，你们明白了哈！"话一说完，他就对手下下令："兄弟们！快把他们的脑壳下下来。"

领命的土匪挥刀进攻的瞬间，只听到身后一个女子发出"上"的声音，几个猛士就同土匪短兵相接起来。程大奎愣住之际，突然从身后又冲过去两人加入打斗。从架势上看，五个土匪出手狠毒，招招致命，程大奎明白这伙受人指使的土匪，一定是按预谋来杀永蓉爸爸、哥哥和自己的。在这个险象环生的时刻，既没想到刘道远是来保护他们的，也没想到张永蓉会女扮男装带上宜昌的码头帮兄弟们来救他们。他正想去帮忙，张永蓉一行就利落地结束了打斗，并擒下一个活口让程大奎来问话。

"你们是哪个山头的？是谁派来杀我们的？"程大奎问。

"要杀要剐随你便，我们的头只带我们来杀人，其他的什么就不知道。"按跪在地上的土匪一口干硬地说。

"我相信你不知道。"程大奎说，"你是哪里人，来自哪个山头该知道吧？"

"就不知道。"那人瞪古着眼睛怒吼，"知道也不告诉你。"

"如果我没猜错。"程大奎胸有成竹地说，"你是陕西人，一定是从仙鼻山来的吧。"

听这么一说，那人就不搭腔了。他完全没想到程大奎会这么神，没掐指推算就知道自己的来历。他的语塞可就做了没有回答的回答。

虽然程大奎把他恨得咬牙切齿，鉴于大家获救，所以就在思索如何对这个家伙进行处置。正呆住的时候，刘道远以为程大奎要放他，便急切地过去对他说："大奎兄弟！千万不能心软留活口。一旦他逃回去向指使人说你们没有死，并且还杀了他们的人，告到官府一定会发通告缉拿你们。从今往后，不仅永无立身之地，更不可能重见天日。"话一说完，刘道远对准土匪的脑顶盖，手起掌落就让毛贼一命呜呼了。

程大奎完全没想到这个刘道远在狰狞的外表后面，还有这么缜密的思维。真是"张飞穿针，粗中有细"哩！看来鲍老爷请来的教把不是混饭吃的，他瞬间就对刘道远生出三分的敬意来。

刘道远没管程大奎在心里怎么想，他转身就对程大奎说："大奎兄弟！你们快离开这里，要是有过路人看见，就会惹出不必要的麻烦。"他在兜里掏出一封信递给程大奎又说，"这是鲍老爷写来的信，要我来请你去他的手下。当时我怕你不愿意就没送来。现在看来你别无选择，就去投鲍老爷吧！功成名就后，也才有出头之日的那一天。"

接信过来的程大奎眼圈一红就想行礼答谢，刘道远忙握住他的手说："大奎兄弟！别搞那些礼数，你们得快离开这里，剩下的事由我们处理。"话一说完，他就劈开张克贤的枷，并要程大奎与自己分道带大家去吐祥坝做接下去的相关安排。

行进了大半天，大家才来到吐祥坝。这个吐祥坝由三道岔组成，约十平方公里。自龙泉冒出的小河经铁匠街穿心而过，在禹王宫的正街口同新屋发源的大河交汇后，才向下坝流了出去，再经大溪就汇入了长江。两条河蜿蜒而来，大河水清明如镜，小河水常浑潮不止，阴阳分明在交汇的场镇形成二龙戏珠的格局。这个场镇明朝初年形成，后经发展，已是川鄂商贸往来重镇，盐铁布的交易十分繁荣。故基于此，川鄂两道都看重这块风水宝地，以铁匠街同后街的十字路口为界，向南为湖北、向北为四川。形成的这个一镇两治，一些犯事的人只要越过治界，就心安理得像一步去到了自由世界，万般罪责全得解脱。即是说程大奎他们若是去到铁匠街，跨出四川地界的他们，就可如释重负放下包袱，让憋闷的心情好好舒上一口长气。可是，程大奎在看到场镇的李子坡寻了个僻静的地方驻足下来后，就开始交代深思熟虑的事情了。他说："永东哥！你和张伯伯一路，先行到镇上找个店铺住下，然后弄点好吃的给张伯伯补身子。"张永东点头同意后，他才对黄震东他们说，"黄大哥！兄弟们！这次辛苦你们了，大恩不言谢！我程大奎绝对把你们记到心里头。如有出头之日的那一天，我定将涌泉报答。"

黄震东拱手说:"保老大平安,是我们的荣幸,你待我们不薄,赴汤蹈火也当心甘情愿。"

程大奎极显感动地说:"我也就不客气了,还得麻烦兄弟们。"

黄震东专注地望着他,那份义无反顾的神情,突显出码头帮兄弟的忠诚与仗义。程大奎伸手过去拍着他的肩膀说:"你安排两个兄弟,到时把张伯伯他们绕道送回红池坝。另安排两个兄弟和我去投鲍老爷。其余的兄弟由你带回宜昌听程老大调遣,暗中查访近来发生的系列怪事,以便到时能洗清冤屈。"

黄震东连连点头应承后,程大奎又才说:"今天到镇上两人一组住店,哪怕我们碰巧住在一起,也要装得互不相识。你们先去,我和永蓉说些事后再到场上来。"

在最后一组的两个人离开后,差点生离死别的张永蓉和程大奎才相拥痛哭起来。那泪雨的倾落,把那份巴心巴肠的亲情担虑,淋漓尽致地表达了出来。同时,也把担惊受怕的疼痛做了个贴心至爱的抚摸。良久过后,张永蓉才抬起头说:"大奎!我没想到这段日子这么难熬,好些时候我就有活不下去的感觉。眼下看起来是脱了虎口,但接下来你又要去投军,战场上刀枪不认人,那不是又去到地狱了吗?"说完,她又伤情地流出泪珠来,默然得没有半点的声音。

大奎用手为她摸去泪花,那份心疼和感激,简直不可用语言来表达,他恨不得把张永蓉放进心里头,成为他心尖上的一块肉,与她同呼吸共生死。他轻轻把她放在地上,就像去年看前河湾盐灶点火庆典那天一样,紧紧地把她拥在怀里,然后把渴望得几乎干裂的唇,毫无羞涩的又向张永蓉吻上去。他闻到张永蓉的气息是那么的令人心旷神怡,简直就是世上独一无二的香甜味道。张永蓉也紧紧搂住他的脖子,永远就不想分开黏合在一起的唇。约是在两只小鸟情歌互答的时候,程大奎才把张永蓉扶坐起来。他摸着偎依在怀里的张永蓉的头望着远方,心想不知何时才得像这两只小鸟,心无忧患的自由快乐唱歌。他更担心此去投军征战,尸山血河里不知能否全身而退,要是有个三长两短,怎么对得起心爱的人儿呢?张永蓉也许是听出了他的心音,忙抬头恳求说:"大奎,我们现在结婚吧!我要跟你去投军。"

"投军打仗是男人的事，你跟着去不方便，我时时要担心你，战场上分神后果是可怕的。再说我还是个兵，怎能带家眷呢？"程大奎做出满怀为难的样子说。

"你去了不知道哪天能回来，我的牵挂你懂吗？"张永蓉眼里充满了哀怜。

"我懂！这是没办法的呀！冤屈未伸，前途未卜，这段背运硬是叫我们好梦难圆呐！"程大奎热汪汪的眼窝泛起了不可轻谈的泪泉。

"我们等好久才梦圆呢？几十年还是一辈子？"话音里，张永蓉无不感到些许无奈与失落。

"只要找出害我们的对手，还回我们的清白，梦就随之可圆。"程大奎脸上流露出百折不挠的坚毅。

张永蓉理解程大奎的心情，这个倔强的男人是不会就此罢休任人宰割的。作为他的心上人，自己应按他的安排回去照顾好双方的父母，为他尽一份孝道，让他免去后顾之忧。同时她还想在暗中去做好调查，现在对手肯定放松了戒备，蛛丝马迹也许会露出来，一旦证据在握，就有还回清白的那一天。这当然是天遂人愿的一个好结果。但她转念又紧张起来，要是程大奎在战场上有个意外怎么办呢？她一定会为他守上一辈子。但是没有爱的结晶，那不是一场叫人揪心的空爱么？不行，自己一定要和他结婚，一定要给他和自己留个根，这样也才没有白爱一场。她用没有退路的口气说："大奎！现在我们必须结婚，你必须和我留下我们的娃，你去投军我不想说不吉利的话，但你得为我着想，我只要你给我留个娃！"

程大奎知道永蓉的性格，一旦做出决定，那是没回旋余地的。他不可能去做多想不同意，他只得扶起他的永蓉向吐祥坝上的镇子走过去，然后请求爸爸和哥哥成全。得知这个决定，张永蓉的爸爸和哥哥在欷歔的泪光中，就让程大奎和张永蓉去铁匠街上的仁和客栈圆房了。

翌日清晨，大家相约去到镇子外的熊家榜，在相互见礼后，就按程大奎安排分道而行。张永蓉是最后离开的，她要程大奎先行。程大奎拉住她的手说："永蓉！你要好好照顾自己，不要为我担心！"

张永蓉泣不成声地叮嘱说："大奎！你要为我活着回来，我永远等着你！"

"我一定活着回来！"紧抱住张永蓉的程大奎把万分难别的泪滴，滴在张永蓉的肩头，希望她能扛住这份相思和替他担当起家庭的重责。他不怀疑张永蓉的坚强，只是自责本应让她快乐跟着自己幸福的日子，却要她付出无端的劳神和牺牲。他认为自己这个男子汉做得窝囊，他暗自发誓一定要让张永蓉幸福，直到生命的尽头。

　　望着程大奎渐行渐远的身影，泪如泉涌的张永蓉紧咬下唇，一股热血从嘴角喷然而出。如程大奎一去不回来，我们尚可断定，这就是张永蓉为他守候终身的送行血祭。

32
喜乐至极偏生悲

大宁场里，天遂人愿的袁世忠做了盐帮和船帮的双料老大，独一无二的地位，再也无人去撼动他的权威。那份喜庆，如一片祥云，罩佑着光彩夺目的袁家，博取到人们的敬畏，简直就不可言表。就在这欢天喜地的时候，周小花分娩了，诞下的男婴为袁家添上了人丁。临门的喜上加喜，真像是老天爷偏心的垂爱，直叫人羡慕不已。袁家就以添丁为名，大办了三天喜宴，富商显达和三教九流，无不前来朝贺一番。更让人高兴的是，县周大老爷一直在这里撑场子，那喜上眉梢的神情，比躬身迎客的袁家父子还高涨三分。来过袁家的人感到，袁家走上的鸿运，便可"传至万世以为尊"了。事情真的如想的这般，一年多来，袁家生意异常红火，水陆两条计岸的每个州府县城，都设上了世忠盐号。由于大宁盐的品质好，盐价再高也有人接受。更何况食盐还供不应求，所以日进斗金的袁家便富了个屯满仓溢，红着眼睛的人就只差出手去打家劫舍均平富了。可是有周大老爷做后台，谁都不敢生这个胆，最多也只是在背后嫉妒的嘀咕几句罢了。其实，任何的富与贵都没有什么值得羡慕和嫉妒的，因为家家都有本难念的经，袁仁贵吸上鸦片的事，可就成了袁家挥之不去的一块心病，怎么就没因财富的堆积而冲天高兴起来。

俗话说"饱卵思淫欲"，可近段时间，正处青春岁月的袁仁贵突然就失去了应该伟岸的雄阳。就他个人来讲，没办法失去了就失去了，但对如花似玉的媳妇，她耐得住这份寂寞吗？就是耐得住，自己不仅对不起她怒放的青春，更对不起为袁家添丁增口的神圣职责。整夜整夜里，他就恨起自己在仙鼻山那夜风流的罪过。要是没有那次见不得日的孽行，这时和媳妇该有多快活啊！特别是看到娇妻一点不在意的样子，他心里就更加有愧，并担心那份不在意的样子是装出来的，仅是为减轻自己的思想负担罢了。为了减轻压力，他在无意中就吸上了鸦片，只有那份麻醉，才能让他忘记一切。

一天清晨，袁仁贵对他爸爸说，想再次到武汉去治他那个不是男子汉的病。听到这个不痛快的消息，袁世忠就在长吁短喘中表明了两个方面的担忧：一是太平天国闹得正凶，兵荒马乱的再到武汉去，袁仁贵的安全无不让他肝胆牵挂。二是这个病如没根本性好转，周小花这么年轻就跟着守活寡，真还怕她生异心，袁家的当家担子也就不敢传交给她。同时也还不得不对她长个心眼，因为周小花是一个不简单的女人，金管家在暗中多次对他进行过提醒。听过父亲的肺腑之言，袁仁贵就抽泣起来，他说对不起父母，对不起列祖列宗，同时还自责是个无用之人，没有能耐成为袁家事业的顶梁柱。

袁世忠说自己身体常感不舒服，只想歇口气，等袁仁贵从武汉回来就把当家权交给他。尽管周小花能干，但毕竟是媳妇，加之袁仁贵又有这个不争气的毛病，所以当家大权更不能"旁落"，即使袁仁贵担不起这个担子，把当家权交给某个女儿也比周小花放心。

父子俩的这番谈话，恰被拉肚子的周小花听见了，没想到袁世忠对她有如此的戒心。古话就有"举贤不避亲"的说法，更何况自己是袁家的媳妇，是袁家根苗的母亲，做公公的怎么这样对待自己？更何况所有的问题都不在自己，而在没有男人阳刚的袁仁贵，他害病还要自己来吃"药"，天底下有这样的道理吗？于是，她一生气，就找了个看诊肠胃病的理由进县城去了。

周小花进城一住就是半个月，就连袁仁贵是什么时候到武汉去的就不知道。对他这个不称职的"窝囊废"，知不知道什么时候去和来都不重要，只要自感日子过得舒心畅意就行。更何况他越是"窝囊废"，就越有机会担当袁家的当家大权,她有这个能力,也有这份向往。

在回大宁场的时候,她把儿子留在了县衙,她先要打出这张探路牌,让袁世忠在思孙心切中转变自私排外的想法。这招果然有效,长时间见不到孙子的袁世忠就坐不住了,他想要周小花去把孙子接回来。周小花没答应,她说让儿子从小在县衙耳濡目染官家风范,会为他将来成为达官显贵打下基础。回到大宁场一天就和贫庸之人打交道,对儿子的教养是没好处的。更何况周大老爷也舍不得周小花把儿子带回去。

这儿子走了,孙子又不回家,感到孤零的袁世忠就像失去了所有的天伦之乐,不时就跑到四川会馆去独喝两杯烧酒,只想弄个什么法子来补偿他心头的空虚。无聊之际,袁世忠就有些想入非非了。他认为自己儿子男人不起来,花样年华的儿媳妇难道就不心潮澎湃?加之孙子又不在,这也许就是上帝恩赐来的机缘。于是,他抛弃了所有的牵挂,全把心思花在了这个上面,不时献出的殷勤,精明的周小花是看出来了的,她悉透了男人的眼眨眉毛动。更何况也听说过袁世忠的风流情史,虽然自己是他的儿媳妇,难道他就不会对自己的姿色垂涎三尺。于是,颇有心计的周小花也不时给他送去勾魂的秋波,直弄得袁世忠骨麻筋舒,热血翻腾。

一天下午,袁世忠叫老婆带上几个女儿去给他大舅子贺寿,家里就留下周小花。晚饭后,周小花丢下一句你有事就叫一声后,便不好意思回房了。当最后一位佣人出门回家的时候,漆黑一团的天空突然划出一道闪电,把狭长的峡谷瞬间就照个通明,庚即就是一个炸天的响雷,直把大宁场轰了个地动山摇。跟上节奏的倾盆大雨一点没有含糊,"哗哗"之声像要把大宁场喝吞下去。就这个阵仗无不让人胆战心惊。那闪电一道比一道扎眼,惊雷一个比一个脆响,像是打在人的脑壳上那么不寒而颤。没见过这种极端天气的周小花在害怕中,不顾一切就跑到袁世忠房里说害怕,并且把身子故意紧挨着袁世忠在床上坐下来。袁世忠正欲对她进行安慰的时候,一个霹雳又打了下来,受惊的周小花一把就抱住袁世忠,身子还有些微微发抖。真是天赐艳福,心痒痒的袁世忠趁势就把周小花放倒在床上,没管老天爷接下去的怒吼,像剥橘子一般的剥脱开周小花秀色可餐的"橘皮"。袁世忠刚把身子压在周小花细滑如绸的肌肤上时,一个惊雷像是炸开了屋顶,受惊的周小花猛地把袁世忠一抱,袁世忠美得差点就昏死了过去。雷声停了，雨脚住了，可他和周小花的轰鸣还在继续，特别是周小花勾魂夺魄的惊叫，还有身体的不停抽搐，是见过无数风流浪女的袁世忠从没有感受过的，他在感谢老天爷厚爱的同时，就只想长期霸有这种感觉，并暗自希望袁仁贵的那个病永远就不好，甚或是一年半载就不跑回来。

天快亮的时候，涨满洪水的大宁河蒸腾起浓浓的河雾，把个翻涌沸腾的冲动身子皆做了个隐藏，要不是浪涛从河雾中穿透出喧哗，真还不知道河雾下是一条情潮奔涌的河流。躺在袁世忠怀里的周小花对他说："爸爸，你这样乘人之危把我占有了，今后我咋为人呢？"

袁世忠意犹未尽地说："小花！从现在起你就是我的心肝宝贝，我知道你心里的委屈，我会替袁仁贵好好疼你的！"

周小花故意挤出几滴眼泪说："这事要是让人知道了，我就无脸活在世上。要是因你纵欲把身体弄垮了，这么大行家谁来替你管呢？那我不就是罪孽深重的罪人了吗？"

袁世忠舒心畅意地安慰说："小花呀！这事是不会让人知道的，今后往来我会安排得天衣无缝。我的身体你放心，有你这副补药是垮不了的，即使真的垮了，我也没后顾之忧，顺便就把家交给你当。"

周小花低声细语地说："这么大行家交给我当，你不怕我是外人吗？"

袁世忠散尽所有的戒心笑过两声说："你是啥外人呢？你现在已是我的女人，把家交给你当可谓是顺理成章。"

周小花接过话说："你说的话不准反悔哈！不是我想当这个家，是我看到仁贵身体不好，加之他性格又柔弱，的确不是把这个舵的料，并且几个妹妹又还小，让你一个人劳累我于心不忍。你的身体健壮，我们才有更多的乐子，袁仁贵的情况你是知道的。"

听周小花这么勾人的一说话，袁世忠又兴头上来，翻身上去在周小花身上像打摆子把屁股又抖了起来。自此以后，周小花就走向了袁家"齐家、治国、平天下"的前台，并名正言顺成了袁家真正的"穆桂英"。

正如袁世忠所愿，袁仁贵到武一去还没回来。可是让他万万没想到的是，袁仁贵在洋医兴奋膏（鸦片）的调治下，烟瘾越来越大了。那个兴奋没有使他雄阳高举，反而让他的神经兴奋了。在吞云吐雾神仙般的幻觉中，他完全进入了"宠辱不惊和去留无意"的境界，整个身子可就"超凡脱俗"了。

作为一个男人，没有什么比丧失那个功能更让人意志全消的，有时他甚至还生出一死了之的念头。真是走错一步就把自己的人生输了个精光啊！他感到那一切的一切，也都没有任何神力去让其再次雄勃起来，只好破船任凭破船发了！

自有公公袁世忠常深深"关爱"，周小花一点儿就不在乎袁仁贵的治疗效果如何了。她料定袁仁贵一定一时半会儿回不来。为了梦寐以求的那个担当，她向袁世忠建议，把几个妹妹送到西安的一个亲戚家去学习礼节和琴棋书画，富甲一方的袁家不能光只有银子，每个人必须通晓礼数，雅儒不凡。要是几个妹妹在历朝京城找上达官显贵的人家，袁家就会更加辉映九族，荣光乡邻。

对周小花的建议，袁世忠当然百依百顺。可是他老婆毕珍却坚决反对。其理由还是传统观念在作怪，说女子无才便是德。一辈子伺候好夫君就行，山旮旯里飞不出金凤凰，要攀上达官显贵谈何容易，山里的娃，就要认山里的命。再说女儿是娘的心头肉，她不想让女儿们远行千里之外。

对于老婆的话，他现在根本就听不进心头去，他只要周小花快点把事办好，以便心有灵犀同周小花把几双盯人的眼睛送出去。

周小花把几个妹妹送走后，她婆婆毕珍哭了好几天才平静下来，现在的那份孤单，真没个地方去吐露。袁世忠已是好长时间没把她正眼相看了，出于女人的敏感，她一定是看出了袁世忠的啥破绽，哪怕他与周小花做得再隐蔽。由于这个缘故，所以才反对把女儿送到西安去学习，她认为恪守妇道才是女人一等一的人品。

在平常的婆媳相处中，毕珍冷不丁一两句指桑骂槐的话，直让周小花毛骨悚然。她想，一旦婆婆把这个丑事传出去，那一落千丈的名声，哪还敢担当袁家的当家大业？她决定得想个啥法子封住婆婆的嘴。

九九重阳节这天，周小花进城看儿子了。袁世忠借节日给县衙送银子也不得回来。但袁家照例请佣人吃饭的规矩是不能丢的，袁世忠就委托毕珍在家唱主角，中午的菜办得颇丰盛，佣人们无不喜形于色，只等毕珍敬酒开席。

"今天家里只有我在。"毕珍说："我就代全家向你们表示感谢，我敬大家一杯。"

因她不会喝酒，所以佣人也没闹出个啥热烈，并很快就退席了。一直没离席的就剩下来金管家。这个金管家在袁家干了二十多年，对袁家那份忠心是毋庸置疑的，袁家也没把他当外人。今天这个时候，毕珍也就只想向他吐露心头的不痛快，说的些哑谜话让金管家直"丈二和尚摸不着头脑"，但他还得听下去。他知道袁老爷喜欢在外风流，并对毕珍的心情也颇理解，一把鼻涕一把泪的毕珍说过一通后，就感到浑身燥热，那份不自在可让她颤抖了起来。以为生病了的金管家忙把她送进了房屋。刚去床边，两人就云里雾里抱在一起，并不顾一切地亲吻起来。厨姐看到桌上没了人，就过来清收碗筷，当听到毕珍在房里发出呻吟时，她以为是太太病了，忙进去看个究竟。去到床边挠起帐子一看，可把她吓坏了。她"啊"地大叫一声就冲了出去，和端茶盘的丫鬟撞个满怀，丫鬟手里的茶杯"哗"就在地上跌了个粉碎。做个手脚的丫鬟知道房里会发生什么事，忙进去一看，假装羞死了的也从房里冲出来。

受到惊吓的金管家和毕珍即刻就清醒了过来，真的没明白为什么就稀里糊涂干起这等伤风败俗的苟且之事。目瞪口呆的两个人再不敢相互直视，只顾各自把衣服穿起来。

一溜烟出门的金管家不知去到了什么地方，反正从此就没见他在大宁场出现踪影。

心惊肉跳的毕珍坐在床头，感到死也不是活也不是。若一绳子吊死，这等丑事不仅损了袁家的名声，而且还踏了儿女的头。尽管是富甲一方的大户人家，但有何脸面去面对世人和往来的商家。若是活，这张丢尽面子的老脸往何处搁，那被千人指骂的处境她想都不敢往下想。正在左右为难之际，她突然就大笑起来。听到动静的厨姐和丫鬟跑进去一看，是毕珍疯了。丫鬟忙对厨姐说："太太早就疯了，不是人的金管家还欺负她，真该遭天收。"望着半信半疑的厨姐，丫鬟猛地拉住她的手厉声说，"刚才大家什么就没看见，若是你乱说，老爷定要把你碎尸万段。"

受到恐吓的厨姐忙接嘴说："我真的没看见什么。我只是看到太太发疯吓到了。"

丫鬟露出狰狞的面目说："你必须记住，袁家的名声比什么就重要，同时你还要记住，懂事的人才活得长，全家人也才有平安。"

就这样，周小花公婆的嘴封住了。同时把看家狗似的金管家也赶走了，这一箭双雕的成果，真不是一般智慧所能结出的。这齐家的本领若是用去治国，保不准就会成名相良臣，谁知道呢。

就在周小花把袁家事业操持得井井有条的时刻，突然就传来袁仁贵的消息，说他在武汉天天只顾抽鸦片。气急败坏的袁世忠便破口大骂："这狗日的不争气的东西，好的不学，偏要去当败家子，你就死在那里算了，免得回来丢人现眼。"

哭上会儿的周小花跪在袁世忠面前说："爸爸！你就去把仁贵接回来吧！不管怎么说他都是袁家的人。他这么做一定是有苦衷的，倘若他有个三长两短，那我们……"

周小花虽没把话说完，但袁世忠是听明白了的。如袁仁贵有个三长两短，他与周小花往来就缺少了个挡箭牌。正当他把"这个冤孽"几个字说出来的时候！突然地就晕了过去，两三天才从床上爬起来。看来他已不能亲往武汉了，周小花才另派一个佣人到武汉去接回袁仁贵。

袁世忠这一晕，周小花对他的药物调理更频繁了，巴身的体贴更贴心。每次欢娱之后，袁世忠就有上气不接下气的感觉，并因此生出岁月不饶人和色是刮骨钢刀的感叹。于是，多少次就在告诫自己再不可这样对自己放纵。但当周小花调理的药物冲腾起精血的时候，他又"死在桃花下，做鬼也风流"的及时行乐起来。

一晃两个月的时间过去了，袁仁贵这才气弱力衰的回到家。看到不成人形的袁仁贵，袁世忠怒目圆瞪指着他正欲痛骂，突然眼睛一黑，脑壳一嗡，倒在地上就不省人事了。在把袁世忠抬到床上后，周小花就出来对袁仁贵说："仁贵呀！你何必要这么作践自己呢？看你变成个啥样子了哦？"

蹲在地上咿咿哭着的袁仁贵双手捶打着自己的头说："我不是个男人，我对不起你呀！"

周小花忙过去拉住他的手说："别说那些话，我一点儿都不怪你，你又何必自责呢？我只要你好好活着就行，其他的事就不要想得那么多。"

袁仁贵抬起头用那双失去光泽的目光望着周小花认真地说："小花！我把你休了，另找人家吧！让你跟我守活寡，我比死了还难受啊！"

周小花泪眼蒙眬地说:"你把我当成什么人了呢? 如果是那样的人,我早就不辞而别了。现在你弄成这个样子,我们儿子又小,爸爸身体每况愈下,妈妈又疯了,几个妹妹还要人照顾出阁,更有袁家的事业要人经营,你把我休了谁来管?"话一说完,袁仁贵就依偎在周小花怀里像个小孩子哭起来。那份自愧的痛,只有他自个去剜心般的疼。

33

刀下遇救苟偷生

袁家遭受的突然变故，大宁场里就有人关注起来，同时担心周小花一人能否把袁家的经营打理得下来。加之金管家不辞而别不干了，内外一把抓的周小花能有三头六臂？其实"咸吃萝卜淡操心"是多余的，周小花不知要抵上多少个金管家。难道不是吗？自那回做出见不得人的风流事后，逃避出大宁场的金管家就没见有冲天的建树，要不是宜昌码头的程老大派人救下他，可能早成刀下之鬼了。

这话还得从头说起。那天从袁太太房里溜出来的金管家去到荆竹峡，就想爬上山顶从悬崖上跳下来做个自我了断。这道近十里长的峡谷，是通往陕西安康和湖北兴山房县的必经之道。大宁河水在这里转了一个小弯，亿万年的下砌，让西边的大山自河心形成一道高近千米的弧形悬崖，若从上面跳下来，那一定得粉身碎骨。金管家望着悬崖，突然就把目光盯在半岩上的一道长长缝隙间。那顺缝隙搁放的三十多具悬棺，有人说里面装满金银财宝。袁世忠对他说过，要他想办法去看里面究竟有什么财宝，没想到富人也想发死人的财。过去他没认真来踩点过，可今天仰首一望，我的天！该想个啥办法去看一下呢？若是有办法，从古到今早就有人去窃财了，还能等到现今让你袁世忠去痴心妄想。不过又说回来，谁不对此想入非非呢？只是苦于不知先人用什么方法把悬棺弄上去的，这道千古之谜无不让窃匪毛贼望而生畏，根本就不敢去做那份贪婪的欲梦。不知是从什么时候开始，人们就把这存有千古之谜的悬棺群当图腾在崇拜。

唉！将死之人还看这些做什么呢？他想找条上山的小道爬上去。可是哪里有小道呢？真是像《蜀道难》说的"畏途巉岩不可攀"，要寻死就难于上青天啊！人有时会是这样，当有一个什么极端想法的时候，一旦条件生变和延缓时间，贪生的本能就会占据上风，其求死的念头也就大大消退。这不，金管家在对悬棺跪拜三下后，就在暗自祈祷中，起身寻大官山经兰英大峡谷，且宿夜行去向宜昌。他对宜昌这个地方比较熟悉，希望在那里能谋上一点事情做。

清晨，太阳刚冒山头，薄薄的雾岚就散离开去。高秋的天异常蔚蓝，晨鸟除互竞歌喉外，有的还热衷晨练，以蓝天为背景的矫健，硬是把身姿翻腾了个欢天喜地。长江里的柳叶舟点缀在江面，灵动地把幅山水画鲜活地表达了出来，直让人浮想联翩。山用斑斓的色彩把自己精心打扮了一番，诗意就从层林尽染中喷发出来，无论怎么形容，都显无比贴切。多好的景色呀！为什么这景色偏来照见落泊呢？不是有意来奚落人吗？心里这么想着的金管家不经意就来到了宜昌。他悄悄去到世忠盐号，想以管家的身份去弄点银票做谋生的底子。刚进门，就碰上一个小伙计，忙拉住金管家到一个角落说："金管家，你来做什么呢？昨天有人送信来，说你不在袁家做事了，要大家特别防备你拿过去的身份来骗钱财。"小伙计张望四处见没人，又对他附耳说了几句，接着就做出杀人的手势，直把金管家吓了个脸青面黑，魂飞魄散。

如丧家之犬的金管家走在街上，没想到袁世忠心肠这么狠，居然暗中指使人想做掉他。自己几十年巴心巴肝为袁家，没有功劳有苦劳，怎么就这样把人赶尽杀绝呢？这人与人之间的情感就这么脆弱么？

有很多人就是这样，发生的事总是不从自己身上去找毛病，自己都很在理，都是别人不正确。可是金管家就没想一下，在中国有句老话说"杀父之仇、夺妻之恨"是最恼人心的，赔了夫人的袁世忠想做掉他，也该是情中之理。

正在他伤感想着的时候，突然有个被追的人同他碰个满怀。由于碰撞有力，他捂住自己的胸肋蹲在地上，嘴里直想骂上那人的八辈祖宗，但疼痛让他半个字就没吐出来。

街上，卖早点的店铺蒸煮出来的各种味道，直勾起人的食欲来。缓口气来的金管家走进一家包子店想买两个包子，在掏钱袋子的时候，一下就目瞪口呆了，钱被刚才那个撞自己的人扒了。此时他才明白刚才追人的场面是小偷导演的一出障眼戏，这伎俩虽不高明，可就是让人防不胜防。身无分文的金管家只得走出店外，满目凄惶在街上像掉了魂似的荡游着。时到中午，饿得冷汗直冒的金管家真的就想去抢了，过去多体面的人物竟然也产生出如此罪过的念头，他真的才明白"饥寒起盗心"这句老话的深刻现实。就在他穷途末路之际，一个穿着不俗的人就朝他迎面过来。

"哎呀！这不是金管家吗？"那人亲热地打招呼，"好久不见，我们进去喝两盅。"话一说完，那人就把金管家拉进路边的一间铺子。

"你是？"

落座的金管家疑惑地还没向下问，那人就向小伙计点了肉食和烧酒。然后才拍着金管家的肩膀说："别问那么多，吃了饭再说。"

金管家半天就没想起这个人，由于饥饿，他已顾不了那么多了，哪怕这个人是杀手，也不愿眼瞪着饭食去做饿死鬼。于是，他就没客气的狼吞虎咽起来。两杯白干下肚时，那个人又叫了两斤牛肉打了个包，说是给银号的伙计先送去，然后再回来好好陪金管家喝酒。

可那人是"赵小儿送灯台，一去永不来。"吃饱喝足的金管家等了好大阵子，他心里终于有点发毛了，怎么那人这么不讲诚信，说回来陪自己喝酒可以算了，但这账该来结起走啊，难道客就是这么请的吗？因自己身上没有钱，他寻了个空子出门正想开溜，眼快的小伙计忙跑出来喊他结账了走。他说出来时没带钱，现到钱庄去叫他的那个朋友来付。小伙计可不依，说他想吃霸王餐。正在两人拌嘴时，走出来的店家看金管家的穿着不是穷困之人，于是就说自己跟他去钱庄拿钱。走过一条街，金管家就看到那个人带着两个提着菜刀地朝他走过来，那人把金管家一指说："就是他，给我砍。"穷凶极恶的两个人就向他冲过来，直吓得身后的店主忙躲进街边的一个铺子里。见势不妙的金管家拔腿就跑，后面两个人紧追不放。在一个巷子里，追近身的人举刀就砍，背上挨上一刀的他正在绝望之际，突然跳出个蒙面人拔刀相助，三两下就把两人打得落荒而逃了。蒙面人把金管家带进一座四合院，就叫人为他包扎伤口。上药完毕，一个人就走了进来，大家都恭敬地喊他"老大好！"

"金管家。"那老大先开口对他说，"早上知道你来宜昌后，我就派人在暗中保护你。我不想知道你被追杀的原因，不过请你放心，在这个四合院里是没人敢来惹你的，你安心养伤，等伤好后，何去何从再顺你的意。"

金管家撑起身一膝跪在那老大面前声泪俱下地感谢救命之恩。那老大躬身下去扶起他后，就关切地安慰他好好养伤，同时表示扶危救困是码头帮应讲的义气，更何况他程二浪子不是做袖手旁观的人。

得知这老大是码头帮的程老大时，金管家就说自己没办法再到别处去逃生，而是求程老大把他留下来做一些力所能及的活。为避免再遭追杀，金管家伤好后，程老大就把他安排到黄伯河去看守程大奎托他买在那里的田地产业，他认为金管家这枚棋子将来一定有用处。

这里得顺便说一下黄伯河的田产。就是在张克贤投进牢狱后，感到"山雨欲来风满楼"的程大奎大胆做主，把盐号所有银票全交程老大去黄伯河以码头帮名义购买了多处房产和大面积田地，留下的这个后路，就是以防万一。程大奎的先手棋走对了，否则的话，张程两家在遭遇劫难后，就会让官府把钱财搜刮一空，最后落得个一贫如洗。同时他也就做不成码头帮暗中的真正老大，最后也不会有手下来搭救他。

金管家不知道这个秘密，他只把救命恩人程老大当再生父母敬重，肝脑涂地的忠诚，比他过去对袁家只有过之而无不及。程老大也没向他打听过去袁家的什么事，他认为现在给金管家施以恩惠才是重要的，更何况金管家真的还能做些事，虽成不了座上宾，但也不可能把他当普通佣人去对待。金管家无不对此感激至深，只要码头帮不弃他，苟且偷生的他就诚愿辈子誓死去效力。

34

何故惹来杀身祸

在铺上躺了十大天的袁世忠坐起来的时候，身体就很虚弱了。一切对他来说觉得是多么的无能为力，袁仁贵是不是再抽鸦片他也不管了，他把当家的一切权力干脆利落交给了周小花。他已放心周小花能把袁家的兴隆家业传承下去，这独一无二的选择也是当下他最没有选择的选择。

大权独揽的周小花心里无不暗自高兴，接上这么大行家业，她做梦就没想到。这一切无不感谢叔叔——知县周大老爷，她因此准备上厚礼，就进县城去表达心意了。玩上几天回来的时候，她把周大老爷托人在外地买来的壮肾丸孝敬给了袁世忠。没半个时辰，心潮澎湃的袁世忠不顾一切闯进周小花房间，猛地就向她扑上去，鼓胀的皮球好半天才把气泄下来。当他神清气爽迈出房门的时候，就和袁仁贵照了个对面。他没说什么径直就走开了，那面红耳赤慌慌张张的神情，袁仁贵似乎明白了些啥端倪。他忙进屋一看，周小花就在抹泪，他完全就不需要去问什么了，只是伸手过去用衣袖为周小花把泪擦起来。他认为是自己无那个能耐才让爸爸有那个色胆。否则的话，哪怕自己性格再懦弱，也是会去找他拼命的。现在弄成这个样子，他半句话就不敢去安慰周小花。从此之后，他就和周小花分铺了。当然借烟消愁的他大烟抽得更凶了，就只差最后那口气同烟雾一起烟消云散。

日子过去个多月，周小花就开始妊娠反应了。袁仁贵低声细语地问："小花？这肚子里的娃是谁的呢？"

"还有谁的呢？"周小花含着泪花回答，"那天爸爸欺负我你又不是不知道。"

"我的天！"袁仁贵指着周小花的肚子说，"这不是我的弟弟就是我的妹妹，你不就是我的妈吗？这叫我怎么去做人哦！"话一说完，长泪如注的他冲出大门，径直就上云台观去求出家当和尚。

云台观离大宁场四十多里，峻耸在大宁河庙峡的东岸，垂直高度1200多公尺。从县城望上去，那极顶高峰立于大宁河的庙峡之上，单看就像一个人头在那里鸟瞰大千世界，放开眼眸一观，又像是从东天那边飞腾而来的巨龙。那龙头高高扬起，似乎要把乾坤一览无余。在这云台观顶的下面，便是万丈绝壁，从钟楼伸头一望，直叫人头晕目眩，稍有不慎落下去，就要弄个粉身碎骨。清晨，满谷浓雾似柔棉，把个气象万千的景致烘托到极致，如是有缘之人，还会看到绚丽多彩的佛光，此为云台之大观。于是，这个风水宝地就被道家建作清修之地，取名云台观。公元608年的隋炀帝时期，始改观为寺。因人们把云台观叫顺了口，至今就没把云台观改口过来。这云台观一度成为川东重要的佛教圣地，教化普渡过无数芸芸信众，从那幅"雾漫深谷，劝冒险家止步；钟鸣高阁，希世俗者警心"的对联中，就可洞悟出深意来。

怀孕是个隐匿不住的事情，当周小花把这个喜讯告诉袁世忠时，他在哈哈大笑中庆幸自己又有了贵子。他感谢周小花给他吃的壮肾丸，要不是那药丸的药效，他哪还有能耐播得出这个种呢？现在要与周小花快活，除了壮肾丸怎么就不行，日渐虚软的身体竟有大厦之将倾的感觉。

周小花之所以要给袁世忠吃壮肾丸，一方面在于情欲的澎湃，干涸的土地需要滋淋。虽然心里讨厌这个老骚棍，但有这个鲜活的肉身交乐，总比活守寡的强。另一方面就想让他早早精衰气绝，这是她主动献身的终极目的。一切的一切，都在她的掌控之下顺理成章，她真是内外兼修不比寻常的"女中豪杰"。

时间又过去了两个月，壮肾丸对袁世忠就不起作用了。他已彻底丧失了性功能，而且眼睛也开始模糊起来。我们可以推测，这多半是在壮阳药的作用下，加重了袁世忠糖尿病病情而产生出的并发症。只是当时的医学水平不能为他确诊罢了。请来的巫师把脉说他肾亏精虚，是枇杷鬼缠身惹的祸，必须跳几堂端公、做两场法事驱鬼避邪。于是，袁家就搭上场子，大做法事和跳端公。头两天做法事写文书祷告天地，天灵灵地灵灵的告语诵遍袁家屋头的每个角落。再又两天跳端公收净罐，一群帮手击鼓敲锣，歌声遥遥，直听得人的背凉飕飕的。接下去的三天就是安魂烧胎。七天的闹腾，端公使尽浑身解数，终于把鬼赶跑收尽了，接下来就要看袁老爷的天命气数。如扛得过去打破九九八十一天，就会长命百岁。否则的话，打得过一月，就打不过半年，打得过初一，就打不过十五。在模凌两可说上一通后，似乎下了个定准结论：因肾亏犯阳春白雪煞，多半在冬天有劫难解，不在冬月就在腊月……

真是把人就要笑死，这是个什么定准呢？跟街上摆地摊的算命先生说的几乎如出一辙。

周小花明白这是说的屁话，为了显示孝道，她一定得这么大张旗鼓去做上一场大宁场里最风光的法事。在付上十两银子的厚酬后，乐歪嘴的巫师才在告祝中，像一阵风吹出袁家大门，并希望又能遇上个有钱的主，再去做上两堂连自己就不知道是否有效的端公法事，把钱捞到自己腰包里头再说。

大宁场里，人们对袁仁贵的出家并没在意，认为是他寻求解脱才这么做的。他这一走真是害了周小花，一辈子守活寡不说，还要把袁家的事里里外外一把抓，如没她这根顶梁柱，袁家就将乱成一团。真是难得的懂事媳妇啊！就凭这次做法事所敬的孝道，可不是一般做媳妇的所办得到的。于是，她的口碑一传十，十传百，就只差为她树功德牌坊了。就凭这个，她便顺理成章接过盐帮和船帮的帮主之职，倏地就腾身当上了大当家。

鉴于袁仁贵还有许多红尘纠结，寂缘师爷并未给他剃度，只是把他留在寺里权且当个俗家弟子。伤透心的袁仁贵，每当想起不可外人道的家丑，就会如癫似疯地捶打自己的胸膛，甚至把头在墙上撞得咚咚作响。特别是鸦片瘾发作的时候，折磨得死去活来的他，好几次就想从云台观的悬崖上跳下去一了百了。但肉身对尘世的那丝眷恋，又没有绝对的勇气去做了结。于是就转念把这种折磨看成是涅槃重生的考验，肉身的煎熬总让精神去为之做出最为强力的支撑，只盼在静下心参禅诵佛的时候，使自己从尘俗中最终做个了然超脱。

袁仁贵的了然超脱只是他的一厢情愿，他差一点就被人永远超脱了。

一天夜里，坐禅的寂缘师傅听到外面有异响，就忙隐身到窗边一看，见一个影子突然闪进袁仁贵住的僧房。他感到一定有事，于是就轻脚轻手跟了过去。

尚合不上眼的袁仁贵凭着月光见人影闪动，直觉让他感到了不妙，于是忙将身子向里挪了挪。说时迟，那时快，那个黑影一剑就向他睡的地方刺下去。要不是身子已挪开，这一剑就会让他上西天的极乐世界。他在床上一点儿就不敢动弹，虽然练过几天工夫，现在手无缚鸡之力的他，可就没半点儿力量敢去与之匹敌。在那黑影持刺空的剑准备再向里刺下去时，后面一大力金刚掌就击在黑影的背上。黑影感到击来这一掌的人不是等闲高手，受伤不轻的黑影忙从窗口跳出去就逃之夭夭了。

寂缘师傅没去追赶，而是点上油灯看着惊恐万状的袁仁贵。半晌，袁仁贵才泪流满面下床跪在地上说："感谢师傅救命之恩！"然后就把头叩得咚咚作响。

"阿弥陀佛。"寂缘大师合十对袁仁贵说："你尘缘未了，煞星太重，此处非久留之地，你还是走吧！"

"师傅！"袁仁贵仰面望着寂缘大师哭诉："我向哪里走啊！你不收留我就只有死路一条啊！"

"我给你写封信，明早天不亮就去奉节的香山寺。"寂缘师傅说，"那里山高路遥，歹人稀至，应是你出家容身之所。"

"我袁仁贵时时与人为善。"他不解地说，"从没与人结怨，是何道理就惹来杀身之祸呢？是不是有人搞错了哦？"

"阿弥陀佛。"寂缘大师说，"万丈红尘诸事相缠，因果报应自有揭底之时，现在何须想这么多？红尘虚空，就放下一切吧！"

望着寂缘大师走出去的身影，袁仁贵真的万念俱灰了。

随着袁仁贵匿身而去，云台观才恢复佛家清修之地应有的宁静。

35
寺院巧遇寻蛛迹

　　张永蓉随父亲和哥哥悄然无声回红池坝后，几个月过去就没见肚子挺出来。她恨起自己的肚子不争气，要是大奎在战场上有个什么闪失，精神就彻底失去依托了。眼下，她就放下这个分神，时时就在祈祷菩萨保佑程大奎的平安。因曾听闻奉节香山寺的菩萨非常灵，于是就择了个黄道吉日，去香山寺烧香祈福。

　　香山寺位于奉节草堂的一座大山之上，始建于明末清初。这寺后山来脉秀雅，有五条山梁相随而至，人称五龙捧圣。加之大殿建在高入云霄的千米之上，仰首望去犹如天宫大门，故又称南天门。因接天近神，芸芸信众以为祈祷的心思最能通传神灵。于是，一些达其所想的人就说香山寺有求必应，极为灵验，不少人因为这个传说才去烧香拜佛，张永蓉就是其中的一个。

　　去到山门，一个扫地和尚的身影让张永蓉大吃一惊。在没回神过来的时候，转身过来的袁仁贵看到张永蓉，也一下呆住了。半晌，张永蓉才开腔："师哥！几个月没见，怎么就来当和尚了呢？"

　　"永蓉！一言难尽呐！"哗地滚出泪珠的袁仁贵直揪心地摇着头，那个伤痛的样子，可把张永蓉吓一跳。

　　"你家里也出事了吗？"张永蓉迫不及待地问。

"我家里是出事了！是出大事了哇！"他把拳头向胸膛猛捶数下后，就蹲在地上拍打着脑袋。张永蓉不知道出的是什么事，只好站在原地等袁仁贵说下文。好一阵子后，袁仁贵才站起身来说，"虽然没出你家里那样的事，但出的事不仅没让我想明白，而且还叫人不想再活下去了哇！"

张永蓉感到非常惊愕，是出的什么事让他如此心灰意冷呢？正想再问时，袁仁贵就主动对她讲起来。

"永蓉啊！"袁仁贵把她亲切地叫了声说，"我们是同门师兄妹，今天没想到在这里碰到你，我想把憋在心里的话对你讲出来。在了却这桩心思后，我再就无红尘牵挂了。往后如能修成正果，那是佛祖的恩泽。如是被人追杀，也算死了个明白。"

张永蓉怜悯地望着他，静静地听起他的讲述来。

自袁仁贵来到香山寺，主持就赐给他法号淳空，除跟着学戒持诵佛经外，就安排在寺里做杂活。随着对佛法的逐渐领悟，他这个佛家弟子就开始用超脱的思维去思考因果祸福了。他把近几年发生的事串起来一理，就像是有人挖好的陷阱，牵着鼻子让他一步步栽进去。毛骨悚然地幡然醒悟中，他似乎明白了些什么，似乎什么就还没明白。但今天他要把发生的事和盘托出来，不管如他所想与否，也好让张永蓉记住和帮其鉴别。他已顾不得那么多的面子了，便把仙鼻店子的外遇、在县衙与周小花的一见钟情、与张永蓉的施计退婚、母亲发疯和金管家的出走、到武汉治病猛抽鸦片、张程两家出事让袁家独霸大宁场盐营以及上云台观出家遭人追杀的事全讲了出来。经内心痛苦挣扎，他还是把周小花怀孕的家丑隐匿了。虽然保有这个秘密，但一点就没有影响到他了然放下的心情。最后，他说他不想去把这些事求得一一解答，他相信佛说的因果报应，总有一天会听到一个水落石出的消息。

张永蓉点头认可他说的因果报应，相信有水落石的那一天。她准备说两句安慰话，还没开口，袁仁贵就虔诚地合十说："我把这些话讲给你，希望你要保密。同时不要把我出家在这里的事告诉别人，以免再生杀身之祸。现在我这个了却尘缘的淳空和尚定为你祈福，让佛保佑你心想事成，太平安康。"

话一说完，袁仁贵在念念有词的"阿弥陀佛"中，转身就去禅房了。

望着他沉重而揪心的步子，张永蓉认为他每一步都敲击着深深的伤痛，是那么的不可抚慰与愈合。

到大殿叩头祈祷完毕，张永蓉就急匆匆往回赶了。她想如袁仁贵所说，去为那个水落石出的消息寻找蛛丝马迹。

在一个叫新店子的村子边，张永蓉专程去到一户姓卢的主人家住歇。这卢家主人在给一个大户做长工，两个儿子已成家分出，有个小女儿在县衙当丫鬟，平常就只有老伴在家。这个情况是张永蓉前两天经过这里弄饭吃同女主人吴娘娘拉家常知道的。今晚借宿到这里，是想通过她女儿在县衙当丫鬟的关系，了解一些发生在大宁场里的相关情况，特别是县大老爷侄女周小花的情况。

时至半夜，张永蓉就听到一个女娃轻轻叫喊"妈妈"的敲门声。那女娃进屋关门后，就听她"咿咿"地哭起来。慌神的妈妈忙问何事，女娃就伤心说她遭县衙季师爷强暴怀孕了，加之县衙里没人把她当人看，今晚逃回来见妈妈一面后，就不想再活人世了。听女儿这么一说，妈妈的心头肉像是被割了，母女俩就抱头痛哭起来。当张永蓉出现在他们面前时，吴娘娘可就大吓一跳，她完全忘记家里还借宿着一个人。她忙跪在地上说："小哥啊！我女儿刚才说的话你千万别传出去呀！我女儿遭遇这么惨，你就存好心可怜可怜我们吧！"

张永蓉把头上的帕子揭下来说："吴娘娘！我也是个女娃，姐姐的遭遇我感同身受，我也正经历重大不幸有家难回，要不为什么去女扮男装东奔西跑呢？"

扶起吴嬢嬢的张永蓉忙把自己的遭遇给母女讲了出来，直听得那母女俩目瞪口呆。同是天涯沦落人，张永蓉趁势就安慰起这个卢姐姐不要想不开，更不能去寻短见。身体发之父母，应倍加珍惜。虽然受人之辱，但问题总有解决的办法。

"有何办法呢？"卢姐姐无可奈何地说，"肚子一天天大起来收就收不住，不死还有脸活在世上吗？"

"这不要紧。"张永蓉说，"我有个亲戚是好医生，一服药就能把胎打下来。姐姐现在衙门里要咬紧牙关，等熬到契满回家后，就可跳出火坑免受折磨。"

吴娘娘感到女儿遇上了救星，忙对张永蓉千恩万谢起来。借此情形，张永蓉就说想与卢姐结成姐妹，把吴娘娘认作干妈。得到同意后，张永蓉就真心地对他们帮起来。

这个在县衙做丫鬟的卢姐叫翠儿，她曾把怀孕的事向季师爷说过，季师爷却矢口否认肚子里孩子是他的。还凭空说衙门里那么多人就上过她的身，谁能证明就是他搞的。翠儿哭着说她没那么坏，那次遭季师爷强暴时还是处女之身。季师爷哈哈大笑说她可惜出身丫鬟，如是有点门第，还可纳个小妾。他说要她找个人嫁出去算了，契期的事他可去跟大老爷说。一句话就是让她别惹麻烦，否则再有事他就不会出手相助。

就是他说的那个该死的出手相助，让翠儿付出的竟是如此高昂的代价，遭侮辱的那一幕不时就浮现在她的脑海。

那天晚上，季师爷把翠儿叫到房里关上门说："翠儿，那回大老爷把你打得那么狠，你受伤不轻吧！"

翠儿回答说："没得事，几天就好了。"

季师爷讨好地说："那次不是我解危，他就得把你打个半死。"

翠儿低下头说："谢谢季师爷相救，翠儿一辈子都忘不了。"

"忘不了有啥子用呢？"季师爷色眯眯地望着她说，"不如现在就谢谢我！"

他把手伸过去摸住翠儿的下巴时，翠儿一膝跪在地上就求饶说："季师爷别这样子，下辈子我一定给你当牛做马。"

"唉！"季师爷叹口气道，"下辈子太远了，我等不及，现在就当牛做马让我先骑骑。"

话一说完，无论翠儿如何反抗，凭借男人的暴力，恃强凌弱的就把翠儿压在铺上奸污了。在翠儿无脸见人的哭泣中，他哄骗翠儿说今后一定对她好，还许诺做她的靠山，不准任何人去欺负她。可这个王八蛋抽卵就不认人，凭他的能耐经验，去弄服打胎药并不成问题。可是他的矢口否认，无疑就是在把她往死路上逼。好在张永蓉来出手相助，不然的话，翠儿真的就没有退路，只好跳大宁河了。

翠儿回县衙请过病假就回家打胎了。张永蓉形影不离地陪伴着她，还拿出银子给她买来油盐柴米和滋补的鸡鸭，直叫翠儿感动不已。在她告假期满回县衙的时候，她在心里比过去就多装了个心眼。除把听到的秘密和自己的猜测怀疑告诉干妹妹张永蓉外，还立誓把往后衙门里该记的事全都记下来。

有了卢姐翠儿的帮助，张永蓉乔装打扮成男子后，就放心同哥哥张永东和一个叫胡连江的随从悄悄去仙鼻山下的仙鼻店子查探情况了，她想从那里入手理出些头绪来。

仙鼻店子的生意一直看好，蔡姐娃子依然是那么口快大方，招呼客人的阵仗老远就能听得见。因季节原因，她已不像袁仁贵那次去穿得那么气鼓日胀了，身体发肥的赘肉从腰间鼓露出来，直叫人闷腻作烦。她头上换包了一条青花绸帕子，不协调的几分洋气，似乎在宣告她店子的殷实富足。她男人刘厨子已换上了掌柜穿着，除有重要客人外，他是不再下厨房的，请来的厨子却接替了他的灶房，享上清福的他也就显现出男主人应有的容光焕发来。

张永蓉一行要了两间房就住了下来。一路的奔劳已显疲态，就在张永蓉准备睡觉的时候，外面就有个巫溪口音嚷起来："蔡姐，快安排个房，弄些酒菜叫乐乐来陪我。"

张永蓉轻轻列开窗门一看，这人不就是巫溪县衙的一位衙役吗？他来此做什么呢？警觉的张永蓉忙过张永东房里吩咐胡连江去盯梢这个衙役。酒足饭饱且又风流快活了的衙役临近半夜就出发了，胡连江在暗中把他跟踪到仙鼻山的后山门，就见他没受何阻拦由一个看山门的带上山去了。

衙役离开不久，张永蓉就敲开乐乐的门。见进来的是个英俊的小伙子，乐乐极显亲热，赶忙拨亮桐油灯，口中不停招呼张永蓉坐。同时手脚麻利地在桌上放上两个杯子，把同衙役没喝完的酒斟满进去，再端出半碗花生，就坐下同张永蓉喝起来。一杯酒下肚后，张永蓉就说："乐乐姐！不是先前那个客人叫你的名字，我差点把受朋友之托的事忘了。"说到这里，张永蓉就把一锭银子递过去。

"这个？"乐乐看到这么多银子，就吃惊地问，"小哥！是啥意思呢？"

"乐乐姐可记得两年前的一位袁公子？"张永蓉补充说，"就是大宁场里那个大户人家的袁公子。"

乐乐想了一会像是没想起来，她难为情地说："不瞒小哥说，在我这里来的千千去的万万，真还没想起来袁公子。"

"嗬！"张永蓉提示说，"就是跟一个叫胡驼子大哥一起来，半夜过后从你铺上抓上仙鼻山去的那个袁公子。"

"哎呀！"想起来的乐乐非常惊喜地说，"就是他呀！真没想到他还是个有情人哩！"

"他是个有情人。"张永蓉卖着关子说，"不过有一段时间……"

乐乐急了，她紧张地红着脸问，"他有段时间怎么了？"

"他有段时间误解你了。"

"误解什么呢？"乐乐显得急蹦蹦的。

"不就是那晚半夜把他从你房里抓上仙鼻山的事。"张永蓉把事挑明着说，"他以为是你与店老板合计去通风报信的。"

"真是冤枉。"乐乐否决说，"当时来人把我也吓倒了。事后我问蔡大姐是咋回事，她说仙鼻山上早就知道他要来，一个在暗中保护他的人跟在他们后面到店子打招呼要蔡大姐好好接待，然后就上山报信了。所以半夜过才来人请他上山。"

"那个暗中保护他的人是哪里的呢？你见过吗？"

"肯定是仙鼻山上的人。但我没见过。"

"当时我们还帮你打了圆场的。"张永蓉讨好地说"如果他是被抢，还能平安同他爸爸和县衙的季师爷一起回大宁场吗？"

"他爸爸和你说的季师爷也去过仙鼻山？"

"是啊！他们没来你们这里住？"

"我没见过他们。肯定不是一起来的。"乐乐认真地说。

"是后几天去的。"

"你看就是吗？人家爸爸和那个季师爷也都跟着上去了，他们和仙鼻山肯定有交情，这能怪我们吗？再说我们这个店子如随便就可来人抢，谁还敢来歇店呢，店子早就开不下去了。"

"仙鼻山上的人不抢人吗？你们店有他们做后台？"

"我自来这里四年多，就没听说他们抢人，只听说他们帮人，就是他们来店里吃了玩了，也都照样付钱。我们没把他们当成是土匪，还把他们当成是有求必应的大好人。"

"太阳真是从西边出来了。"张永蓉故作惊讶地说，"土匪还不抢人？"

乐乐做出知之甚多的样子说："是有些奇怪。不过有人说他们是朝廷暗派到这里来以土匪之名保护盐道的。"

"那上面的老大是谁，你认识吗？"张永蓉问。

"那个宋寨主我认识。是个文武双全的主，看上去还多给人和气。"

"看来他们真有可能是朝廷安插在这里的。"张永蓉附和着说。

为不引起乐乐怀疑，张永蓉还同她聊了一些其他的事，同时还哄说袁公子有机会过来一定得看她，保不准还要把她带回去做夫人。哄得高兴的乐乐便把自个喝了个醉眼迷蒙，在张永蓉起身的时候，她还要张永蓉回去转告袁公子，她一直很想他。

张永蓉在心里直好笑，开始想都没想起来，这时就说一直很想她。真是活见鬼了，只有傻瓜才相信。

天快放明的时候，胡连江才回来向张永蓉告知情况。张永蓉决定立即往回赶，到令人毛骨悚然的杀人湾去设埋伏等那个衙役的。

杀人湾因过去盐背子常在此遭不幸而得名。张永蓉认为在此设伏，就不会引起仙鼻山和县衙生出无端疑惑。太阳偏西不久，衙役就来到杀人湾。打着花脸的胡连江从路边林子跳出来，把刀向衙役一亮，就操着湖北口音说："明天是我们太平天国分舵老大五十大寿，今天来这里找点贺寿礼，还望兄弟多扎起。"

衙役的转身想往回跑，蒙面堵上去的张永蓉一腿就把衙役的踢倒在地。然后又狠狠地踹上他几脚，直疼得衙役"哇哇"大叫起来。张永蓉知道，如不出手凶狠，是拿不下这个见多识广的衙役的。

胡连江趁势走过来把刀贴在衙役的脸上说："快把钱拿出来，不然就宰了你。"

衙役哆嗦着说："大侠饶命，我把钱全给你们。"接着就把手伸进怀里取出钱袋子递过去。

胡连江掂了掂钱袋子说："怎么就这么点钱，还不够我辛苦一趟，站起来让我搜。"

衙役忙说："别搜了，我真的就只这么点钱。"

张永蓉没有回话，就向他身上搜起来。钱果真是没有了，但搜出来一封信。张永蓉正要打开看，衙役忙跪在张永蓉面前说："大侠别打开呀！这信一打开我就没命了哇。"

张永蓉故作姿态地操起学得不太流利的湖北话说："这信可能还值点钱，看有什么机密能让我们捞一把。"

"真的打开不得呀！"衙役的声泪俱下说。

"不打开可以。"张永蓉拿着信晃动着说："你可得说清楚为什么。"

胡连江补充说："还要说明白从哪里来又到哪里去。"

看到衙役的脸上露出难色，张永蓉厉声道："在你面前只有生死两条路。如说清楚原因，并且合情合理，就可以放你生路。没有钱又拒不说实情，就只有死路，绝不姑饶。"

胡连江接着就一脚踢上去吼道："再不快说就动手了。"

"我说我说。"衙役满面惊恐地摇着双手说，"我是大宁场专门帮人送信的，这次到兴山县就是去给别人拿信的。"

听衙役在扯谎，张永蓉气冲斗牛了。她向胡连江使了个眼色，一顿拳脚就向衙役饱揍了过去。胡连江还边揍边说："看你扯谎，看你扯谎。"

衙役在求饶之后，胡连江才收住脚手让他说起来。他真的就不敢扯谎了："我是巫溪县衙的衙役，名叫金万斗。这次是奉县衙周大老爷之命来仙鼻山送招安信函的，昨天把信送到后，宋寨主就回了这封信，叫我小心送给周大老爷亲启。如有闪失他和县衙都要掉我的人头。我说的全是真的，有半句扯谎就天打五雷轰。"

"你去过仙鼻山多少次？"张永蓉问。

"去过三四次，前些次送去的信都是周大老爷要他们不得为害盐马古道上的盐背子。"金万斗回答说。

"那些信你都看过？说得这么清楚。"张永蓉问。

"我绝对没看过，是周大老爷这么交代的。"金万斗生怕因此惹上关系又遭打揍。

张永蓉换了个口气说："你们周大老爷真还是个好父母官，这样关心盐背子的安危。"

金万斗摸了一把头上的汗水说："我们这些当下人的，只知道办事，至于好坏不由我去评，请大侠包涵。"

他刚把话说完，就看见张永蓉打开了信封，于是就哭嚷道："你们不讲信义，把信打开不是在要我的命吗？"

张永蓉把信纸拿在他面前晃了一下说："这要你什么命呢？人家装的是没写半个字的白纸，分明是要回绝你们周大老爷的招安要求。"

金万斗说："那就求大侠把没字的信还给我吧！以便我回去好交差。"

胡连江伸手就把信拿了过来，在正反看了一遍后，就捏成个团丢在路边说："你龟孙子又没有钱，还想讨价还价，快给老子滚，否则耽搁老子在这里发财就把你捅了。"

又挨上一脚的金万斗怎还敢纠缠，赶紧起身就没命地逃跑了。

张永蓉把信捡起来将折好后，就隐身林子观察动静。在确定无异后，才同哥哥和胡连江取道去向大九湖。

36

旧冤未雪添新仇

杀人湾之所以张永东没出面，是张永蓉怕有闪失让衙役把他认出来。更何况她和胡连江对付个手无寸铁衙役已是绰绰有余，何须要去冒这个风险呢？可是，在大九湖里，张永东就得唱主角了。天刚黑下来，"未晚先投宿"的盐背子都寻上东家，准备把身子甩进一个鼾声如雷的香甜梦里，尽情地去释放一天的酸劳与疲惫。盐马古道上，张永东他们恐怕是最后收住脚步的几个人。去到郑云菊的家门口，嗅到气息的花儿就叫了起来。那叫声并不凶恶，直冲张永东过来卖亲热。张永东借着月光摸着花儿的头说："莫叫哈花儿！别人听到了不好。"话刚说完，一个女子就打开大门，在惊喜的叫声"永东"后，就冲过来把他紧紧抱住，眼泪大滴大滴地流起来。张永蓉心想这一定是未过门的嫂子郑云菊。正当她向四周警戒，郑爷爷和一家人都跟了出来，惊别重逢的就在泪如泉涌中嘘寒问暖。张永蓉怕隔墙有耳，忙把张永东推进屋头。在张永东把张永蓉和胡连江做个介绍后，郑爷爷就问起张永东所经历的坎坷来。桐油灯下，张永东把意想不到发生的事情从头到尾讲了一遍。沉默一会的郑爷爷说这里面一定有阴谋，绝对是冲着张家产业来的。他接着似有所悟地要张永蓉把那封没写半字的信拿出来看一下，他比几个年轻人更知道这里面的秘密。在杀人湾，胡连江默契地把信揉丢在地上，是为了麻痹衙役的。张永蓉把信揣在怀里，就是想回去暗中找见多识广的周先生破解其中的奥秘。没想到郑爷爷就是像周先生一样的高人，她忙把信交给了郑爷爷。郑爷爷对着油灯看了看，他断定这信一定写的有内容，只是要处理后才能看见，这种隐迹信在军营多为使用。听说军营多为使用，张永蓉就想到了程大奎，她决心把这封信送去查个秋毫，看是否能做一家人沉冤得雪的证据。

因事焦心，大家可没什么欣喜的话茬儿可提，只有郑云菊在堂屋里向张永东哭诉了一个晚上。她只想张永东留下来，不要再去找什么证据还清白，就像自家爷爷一样来这里隐居。但是，张永东与她爷爷不是一个处境，他是官府要犯，露头就会被捕。更何况有人想把他置之死地，他敢在此隐居吗？要如郑云菊所愿，必须洗罪昭雪。否则，就一定好梦难圆。

东方刚明，送出老远的郑云菊就在一棵松树下拉住张永东的手说："永东！你要时时小心，我等你洗雪冤屈，清白回来。"

在张永东回答"要得"后，郑云菊就站在原处目送离开的张永东，在身影隐入林子后，郑云菊才放声痛哭起来。这人世间的悲欢离合，为什么就让好梦难圆呢？良久收住哭泣后，从她坚毅的目光中感到，张永东一定有洗雪冤屈的那一天。

张永蓉他们回到红池坝的时候，太阳就偏西了，泪流满面的黄永碧快步迎上去对张就蓉说："蓉儿！你外公和美儿被人杀死了哇！"

听到这个噩耗，惊呆的大家不知道是谁来作的恶？泣不成声进到堂屋里，才听黄秀碧讲起那天发生的悲剧来。

临近中午的时候，来村子转过一圈的两个陌生人，就去到黄正祥家。大白狗雪儿比哪天就叫得凶，在黄正祥招呼别叫后，雪儿才蹲在地坝里警觉地看着这两个人。黄正祥招呼两人坐下来就礼节地问："请问两位大哥来我这里有何贵干呢？"

那个胖乎乎的领头瞟过他一眼问："你是黄正祥吗？"

黄正祥恭敬地回答说，"我是黄正祥。"

"我们是县衙里的当差，"领头的接着说，"快把程传绪和黄永碧叫出来问话。"

那个鼠眉贼眼的随从接嘴补充说："还有向育梅和她的女儿张永蓉。"

脑壳里打了个转的黄正祥搪塞说："两位差官弄错了，他们住在大宁场。"

"我知道他们住在大宁场，"领头有点不耐烦地说，"可是现在失踪了，有人说是跑到你家里来躲起的。"

两个差官的问话还是有些技术含量，要不是程大奎千叮万嘱不要对任何人说他们住在这里，凭他的忠实厚道，多半就把老实话说了出来。

"差官，真没这回事。"黄正祥说，"我是去年到大宁场去见过他们的。"说在此处，黄正祥装成着急的样子问，"差官说他们失踪了，是为什么事呢？我们一点消息就没有，快请两位差官告诉我啊！"

那个鼠眉贼眼的随从接嘴说："你装什么蒜？他们走贩私盐，杀人放火，这么大的事还不知道？如不老实说，就取你的狗命。"话一说完，就把短刀向桌上扣得"怦怦"作响。

"两位差官息怒。"黄正祥恳求说，"他们真的没来这里，我是实话实说啊！"警觉的黄正祥看出这两个人不像是差官。他们既没穿差服，又没亮公文，从言行上看，无不狰狞出一股子匪气。

那个领头的说："你不说实话，就跟我们到县衙里去说清楚。"话一说完，他就起身来拉黄正祥。

黄正祥急着说："你们要我到县衙里去说清楚，你们有何凭据和公文证明你们是差官？如拿得出来我就跟你们走。"

那个鼠眉贼眼的接话说："我们人大面大的就是凭据，老子的刀子就是公文。再不把人交出来，又不跟我们走，老子惹急了，就送你个老东西上西天。"

黄正祥针锋相对地大声说："你们这样蛮不讲理，跟土匪有什么区别？"

"啪"的一声，贼眉鼠眼的一个耳光就扇了过去，黄正祥一个跟跄就倒在地上。在他伸手摸嘴角流出鲜血的时候，那家伙又向他踢来两脚，同时还骂道："老东西不知好歹，敬酒不吃吃罚酒，老子们是土匪又怎样？你就去死吧。"接着又是一脚踢在他的心窝上。

痛钻心的黄正祥已没了力气站起来，他明白这两个人一定是派来的杀手。于是就愤怒地说："你们两个穷凶极恶的东西，老天爷一定不得放过你们，程传绪他们与你们有何冤仇？还要撵到我这里来无事生非，真是天理不容。"

那个领头的卡住黄正祥的下颚目露凶光说:"快说程传绪他们在哪里?再抵赖就杀了你全家。"

在他把黄正祥摔到地上时,贼眉鼠眼的伸手过去抓住他的衣领,又一串耳光差点就把他抽昏过去。黄正祥缓过一口气来反抗说:"我真不知道他们在哪里,就是打死我也没有用。"

正当领头的示意那个贼眉鼠眼的毒打黄正祥时,雪儿猛地冲进来就向两个贼撕咬,两个贼的腿和手都遭雪儿的袭击痛咬。腾出手来的那个随从拿起短刀就向雪儿捅过去,雪儿叫了声就为护主倒下了。黄正祥喊声雪儿后,拼起命抱住贼眉鼠眼的腿一口就咬上去。痛得"咬咬"直叫的这个贼抓起黄正祥的辫子,持刀就向他身上乱捅。在黄正祥气绝倒地的一刹那,外面突然就响起梆声,一个女孩随即张嘴大喊:"土匪来杀人了,快来抓土匪呀!"

听到梆声和女孩的呼喊,在田坡上锄地的人都吼了起来,同时操起扁担和锄头就朝黄正祥家奔过来。

领头的忙对鼠眉贼眼的随从说:"不能留活口,赶快去把她干掉。"

鼠眉贼眼的冲过去一刀就向小女孩捅上去。见小女孩应声倒下,一无所获的两个假差官,才在惊慌失措中逃之夭夭。

这小女孩是张永蓉舅舅的女儿美儿,今年十一岁。在这个大山里,有外人到屋女孩子是不得露面的。美儿看到来了两个人,就在灶屋听他们与爷爷说话。当听到打斗声起,美儿就从门缝中看了出去,那凶杀的一幕可把她吓坏了,她忙跑出后门就把梆敲起来。在大人跑过来抱起她时,她已昏迷过去。在她爸爸呼唤还阳醒过来的一会儿,美儿就把发生的经过断断续续地讲出来。当她最后闭上眼睛时,永远就没有再睁开。

听完讲述的张永蓉跪在外公和美儿的灵位前,便"哇哇"地尖叫了几声,直把堂屋里的人惊骇一跳。她双掌合十在心头祷告,一定要为外公和美儿报上这个血海深仇。

目下,红池坝的安危可不能掉以轻心,张永蓉提议成立护村团,以防匪贼奸佞。因张永东不便出面,大家就推她做团首,并送给一个好听的名字叫玉面飞侠!

张永蓉把成年男丁登名建册,早晚交由张永东和胡连江教练功夫。女流姐妹由她教授适用防卫之法。白天，她又带上人在天门峡垒守寨子，把一夫当关万夫莫开的天堑利用起来，只要有人来犯，就可用滚木乱石打击犯敌。同时她还挖陷阱，设天网防人偷袭。除此之外，她安排胡连江回宜昌请程老大买来几支洋枪和强弩，以从人防和物防两方面加强御敌的攻击力。在她的统运下，红池坝虽说不上是固若金汤，但也不是任人宰割的可任意擅闯之地。

一切事情妥当后，张永蓉就带着胡连江下山了，她决定到县上去与翠儿姐接头，打听衙役的金万斗回县衙发生过什么新情况。

那天在杀人湾被吓得屁滚尿流的衙役金万斗逃到竹山，前思后想认为就这么回去，周大老爷定不相饶。于是，翌日同一行盐背子又返回仙鼻山。金万斗声泪俱下地把遭抢劫的经过向宋寨主陈述了一遍，同时表示把信搞丢了愿受宋寨主惩罚。宋寨主没有说什么责怪的话，只是叫他再一路小心回巫溪县衙去。

千恩万谢的金万斗走后，宋寨主就在想，那两个拦路抢劫的说是太平天国的人，根本就不可信。太平天国战事吃紧，哪有精力把场子扯到这里？如是这样，大半江山早就没戏了。更何况在自己把持的这几条盐马古道上，一定没人敢这么放肆。这回别人都不遭抢，偏就衙役金万斗遭抢，这里面一定有文章。于是，颇有心计的宋寨主忙吩咐两个手下去到巫溪县衙，除带去口信外，再又写了封信交过去。

接到宋寨主的回信，周大老爷就叫季师爷对宋寨主派来的两个人如此这般地作了相关事项的分派，随即两人就按分派去红池坝程传绪的岳父家探虚实，看是否有程大奎一行和派去杀他们那几个杀手消失得无影无踪的消息。可是两个凶暴歹徒非但没探到什么秋毫，反而还弄出来人命。这打草惊蛇的举动，让得到季师爷报告的周大老爷直骂他们是蠢猪，盛怒之下，就叫季师爷打发他们回了仙鼻山，保不准张永蓉一行还与他们在盐马古道上擦肩而过。

37

露出马迹家难回

约是在张永蓉同胡连江进城的时候，快临产的周小花也回到县衙来。喜不自胜的周大老爷忙安排翠儿到街上买来好多好吃的水果点心及鸡鸭鱼肉，让厨房做各样的蒸、煮、炖、烧特色菜给周小花享用。接上头的张永蓉扮成送菜的跟到翠儿进到县衙，按翠儿描述的轮廓，张永蓉快眼的把实地记在了心头。她感到这县衙并不像人们传言的"好个巫溪县，衙门像猪圈。堂上打板子，河坝听得见"那么脏乱窄小，完全的官家气派直让人心生敬畏。正值张望结束的时候，从面前走过的衙役金万斗粗声大气地吼道："望啥子望？想偷东西呀？"

担上货担的张永蓉没有回声就从柴门走了出去。

金万斗的这一喝，着实把翠儿吓出一身冷汗来。她生怕张永蓉被认出来抓进大牢受折磨，更怕被审供出自己遭灭顶之灾。她脸色苍白站在厨房直求菩萨保佑。好在金万斗没把张永蓉认出来，逢凶化吉的翠儿好半天才把惊跳的心平静下来。

夜晚到来的时候，县城里可是另一番热闹的景象，街上搭肩的客栈里，南腔北调的人们各自讲着他们艰辛的遭遇，或是吹着他们最为解闷的晕段子，时而沉闷得没有一点声音，时而又开怀地狂笑不止。酸甜苦辣麻的滋味，全在他们的话语中充溢街头，直叫人同生共鸣。码头上，摆出的小摊坐满消夜的人们，他们捞起膀子，袒胸露腹，猜拳行令，不到凌晨，便不得收手。

夜是喷涌的、闹腾的、欢快的。温馨宁静只笼罩在县衙里，里面的主人是不得同市井小民同享这份欢快的。可是，他们自有一番乐法，这不就让张永蓉听到了么。

临近半夜，张永蓉就从翠儿开闩的柴门潜身进去，躲在周小花房间外的黄桷树边。此时与白天看到的县衙相比，在玲珑静谧中，更显庄重和威严，真是个忧国为民的好场所啊！张永蓉正为之感叹之际，就见一个人影晃动过来。屏住呼吸的张永蓉看到那人在周小花房门前站着观望一下后，才推门轻脚轻手地迈进去，不一会就传出说话的声音来。

"轻点！我大起肚子还这样子粗鲁。"

"我一会儿不见你心里就憋得慌，那么久没亲热忍就忍不住。"

好在张永蓉与程大奎已圆房，要不然，不谙男女之事的黄花大闺女定要羞怯个半死。一阵男欢女叫之后，里面的话又说起来。

"你叫我回来就是说分成的事啊？"

"这是宋寨主的意思。我现在这位子上，大局完全能把控，没有他想的那么急。"

"哪你打算怎么办呢？"

"他那里我自有说法，你别操心。只是你这边要做好三件事。一是把我们的娃儿好好生下来。二是掌控好经营大赚一把。三是安排那边把袁家几个女娃子做了。"

"我不想把他们弄死，那样会惹人眼目，更何况我们的娃儿已名正言顺成了袁家的正宗继承人，只打算把他们的姑姑弄到妓院算了。那样他们就永远抬不起头，更没有回来争长论短的脸面。"

"你心肠还蛮好哈！那就按你的主意办吧！"

"过两天我想把儿子带回去，我好想他。"

"你想他当老子的我就不想他？现在不行，我不准你受累，等你把肚子里的娃儿生下来再说。"

"现在我们这样搞起，今后娃儿如何改口叫你爸爸哟！"

"到时卸职不干了，到一个外人不知底细的地方改口还不容易？"

嘻嘻嘻的荡笑后，又听周小花说："你这'借腹搭桥'的做法，硬是把吕不韦的'奇货可居'学到家了哩！"

"这都是你的功劳，我得好好感谢你！"话一说完，就听到周小花又哼叫起来。

听到秘密的张永蓉正准备离开，刚一放步，就踢翻一个花盆，因怕惊动他们不得脱身，便忙学了两声猫叫。

"背时的死猫子也来倒乱，差点把我吓死了。"话刚说完，那个男人就像饿狼嚎起来。惊骇的张永蓉静心一会后，就听到里面慢慢抽起舒心畅意的鼾声。

张永蓉什么就明白了，她去到柴门观察过外面的动静后，才闪身出去快速离开。待外接应的胡连江跟上来时，张永蓉吩咐他立马赶回宜昌，向金管家问清袁家几个妹子在西安居住的地方。她想赶在周小花动手之前把他们救出来。可是，在张永蓉他们还没赶到时，西安就出事了。周小花亲戚家遭土匪抢了，房子也被一把火烧为灰烬，袁家的三个姑娘也不见了。张永蓉对张永东说："哥哥，袁家几个妹妹一定是卖到了妓院，你我都不便出面，只有胡连江大哥去设法打听，我们在外面接应，如有消息，就给她们赎身。"

张永东对胡连江说："你到春楼里去就直点这几个妹子的牌名，如没有，也要问新来的叫什么名号，在点来后就小心问姑娘真名。"

没等张永东再说下去，胡连江就接嘴说："东老大别说了，做这些事你真还不行，我们从大码头混出来的自有手段，我有信心找到她们。"

这个时候，得到亲戚家被火烧且几个妹妹不知死活的消息后，周小花装作伤心地哭了一场，然后就派出几个人过去探水落石出和寻找妹妹的下落。

好几天过去就没有几个妹妹的消息，就在张永蓉他们一无所获准备回红池坝的时候，一个人从身后就叫住了她。张永蓉惊诧地回身一看，是自己的一个师哥何小龙，现在袁家做一个小管事。张永蓉忙把他领到街边问："师哥？你来这里做什么呢？"

"是周帮主亲戚家遭土匪烧了，几个小姐全没了下落，特派我们来寻找的。"

"听你口气还来了不少人了？"

"是的。带我四个人。"

"你们找到他们没有？"

"没有。周帮主的亲戚不知躲到什么地方去了，他们周围的人说几个小姐被土匪掳走了，多半去做了压寨夫人。"

"那你们还找不找呢？"

"再找也没用，明天就回去。"

"唉！真是祸不单行，袁家跟我们家一样的不幸呐！"

何小龙没跟着说下去，而是岔开话题问："大宁场好久不见你们，你们来这里做什么呢？"

"我想来这里找个安身之地，大宁场哪还敢住下去。"张永蓉警觉地说。

"昨天有人说看到了永东在春楼出现过，他没充军到云南去呀？"

"那人是不是看错了，怎么可能？"

"师妹别瞒了，当时有两个人一道，还能有假。"

看到事已露馅，张永蓉真切地说："师哥！我们是同门师兄妹，有些事你还得帮我们，我们家已经很惨了。不管有人昨天看到了谁，还有今天你与我碰面，都希望你不要对外讲，必要时还要多打圆场瞒下来，总有一天我们会感谢你的！"

"师妹放心，师哥当什么就不知道。这个地方很容易碰上熟人，你们还是另找安身之地吧！"

"谢谢师哥提醒！"没想到这个世界上还是有好人，满含热泪中，张永蓉就告别师哥离开了。

在回大宁场的路上，何小龙就对那两个看到张永东的人说："你们说在春楼看到张永东真是胡扯，他充军到云南，还敢跑到这里来逛妓院？"

其中一个人说："真的是张永东，由于进出的人多，我只分神就不见他了。"

另一个人忙肯定说："是这样子的，我正准备喊他，就被两个妓女缠住了。"

"我们在这里瞎说可以，回去千万别乱说，人家那么倒霉，我们不要去无事生非，这事就这么打住算了，更何况我们没有和他面对面说到话。"于是，这个话题一路上就再没有人去谈论了。

回到大宁场里，几个人向周小花报告了到西安的探察结果，她对这个掌控之中的结果显出异常焦虑的神情，并叫何小龙去向袁世忠报告这个至今就还不知道的消息。可是谁会想到，何小龙刚把事情说毕，目光呆滞的袁世忠一头栽在地上就抽搐起来。中了风的他从此就弄了个半身不遂，并且完全丧失了语言和思维能力，只差一点就成了植物人。

就在何小龙去向袁世忠报告消息时，见到张永东的两个人中一个想在周小花面前逞能，回来说在西安看到了张永东，这意外的消息着实出乎周小花意外，她忙叫此人把具体情况说了一遍，接着就给出赏钱让那个人别在外面去乱讲。

周小花忙写了封信让人送去县衙，周大老爷百思不得其解，为什么张永东会出现在那里？并且还是春楼。为弄个水落石出和防节外生枝，周大老爷派出精干人马在西安找寻张永东的下落，如一露面，当就地拿下。可是在他们到来之前，张永蓉就预料那两个看到哥哥的人绝对扎不住话，得到消息的周小花他们一定会派人来掘地三尺进行追杀。她与哥哥张永东再不敢回红池坝了，于是就叫胡连江赶回红池坝，把她和程大奎双方的父母安排到红池坝隔山的西流溪隐居起来，同时还要他协助舅舅黄永堂做好进红池坝寨门的把守，如有人来犯，定全力抵抗。露出马脚别无选择的她和张永东只得过兴山到宜昌，再找程老大安排人带路去投程大奎的军营。

38

紧步相逼断人烟

——无所获的人马回县衙复命后，周大老爷心里就七上八下起来。这张永东他们是凭什么力量逃脱虎口的呢？难道真是派去的几个杀手拿了他们的重金让其化险为夷的吗？捡回性命的他们为什么不安身到别的地方，偏要在西安这个极易被人发现的地方出现呢？他不敢相信张永东他们是不是知道了什么秘密，或是嗅到了什么味道。如果是那回派去的杀手被收买了，他们就会怀疑自己与仙鼻山的土匪是有关系的。但没有证据，怀疑总归是怀疑，哪怕他们向上使银子通关系也翻不起多大的浪。怕就怕在暗处的张永东和程大奎他们狗急跳墙来报复，一旦拼起命来，定要弄个鱼死网破。为不放过可疑角落，他派出五个衙役，决定由季师爷带领到红池坝突然袭击挨家挨户搜，同时对程传绪的亲戚进行重点拷问，坚决把他们的踪影找出来。

季师爷他们去到天门峡寨门口时，照门的狗就叫了起来。守在高处的黄永堂看到来的是衙役，就想掀下滚木乱石把他们砸得粉身碎骨给父亲和女儿报仇。正在情绪即将失控之际，胡连江忙叫他别激动，一定沉住气看来者是干什么的。

见寨门紧闭着，季师爷就向黄永堂喊话："哎，上面看门的快开门，我们是县衙派来查官府要犯的。"

黄永堂愤怒地说:"我们这里没有官府要犯,只有安分守己和受欺压的贫苦百姓。"

季师爷指着新立的寨门说:"没有要犯,怎么弄得这么戒备森严的呢?不是'此地无银三百两'吗?"

黄永堂接话说:"前些天你们官府来两人就杀了我的爸爸和女儿,两条人命的血债还没还,今天又来五六个人,我们不做防备,难道让你们来大开杀戒吗?"

季师爷威胁说:"我们只是来看有无官府要犯,不得伤害无辜。如拒不开门,定以窝藏罪论处。"

黄永堂气呼呼地说:"你们口口声声说搜官府要犯,他们是谁呢?你们总得告诉我们啦。"

季师爷把手叉在腰间趾高气扬地说:"就是张克贤父子和程大奎。"

黄永堂说:"你们把他们充军云南了,不在那里去找,却来我们这里,不是无事生非欺压我们吗?"

季师爷不敢说他们中途不见了的话,因为那样会让人拿住口实,他只得另找话题了。他挠了两下头说:"要犯在哪里我们可以不说,另有的案情还要找程传绪和张克贤的妻女,快叫他们出来说清楚。"

黄永堂高着声音说:"我们这里没看见他们,多半是你们把他们杀了反来诬陷说在我们这里。程传绪是我的亲戚,好久不见我们还要找你们要人,若天下还有青天老爷,我们就要去告你们。"

季师爷恼羞成怒地说:"你真是个不见棺材不落泪的刁民,看我怎么来收拾你。"话一说完,他就挥手让几个衙差去砸寨门。

黄永堂再也忍不住心头的怒火了,猛一脚就踹下一截滚木滚下去,直吓得季师爷和几个衙差抱头就跑。这一夫当关万夫莫开的关口,他们几个人是无法攻得进去的,只得像丧家之犬溜回县衙去。

这还了得,岂不是要占山为王?怒发冲冠的周大老爷认为所有的要犯和家属全都在上面,必须去搬兵把红池坝攻下来,把所有刁民全部就地正法。于是,他星夜赶到夔州府,就去向知府大人搬兵了。他从派人押送程大奎一行充军去云南半路遇匪开始,把后来系列情况添油加醋进行了呈述,并说这些人聚到红池坝擅筑寨门，意欲造反，欲定个是太平天国和目前在陕西安康闹得正凶的捻军分坛去斩草除根，消绝后患。

周大老爷这招真是太歹毒了，简直是吃肉骨头就不吐，他只待知府大人的一声令下。

冷静的知府大人在想，程大奎他们如是在半路遇匪，多半就要遭杀。如是说用金钱向土匪买回性命，断然也不敢回大宁场。在红池坝小住一会儿尚有可能，不愿坐以待毙的他们肯定会另觅栖息之地，说西安出现过张永东的身影就可以证明自己的判断。现在虽说红池坝筑了寨门，这是正常不过的事情。眼下到处都有土匪棒老二出没，朝廷准予地方成立民团进行防卫，深沟高筑当属正事，红池坝难道就可以例外？尽管季师爷他们没能进去，说通敌谋反未免太牵强。如没有确凿的证据去发兵攻打，一旦朝廷知道，弄个草营人命的罪名谁个吃得消？再说在大巴山腹地出现太平天国和捻军的分坛，可是非同小可的大事，朝廷要是责怪治辖无能，岂不是"偷鸡不成倒蚀把米"么？亏他周县衙想得出。一直认为沉得住气的他为什么这一下就狗急跳墙了呢？疑心的知府大人拒绝了他的请求，在骂过他一通不懂为官之道和安民之术后，就叫他回去看《三国演义》中的宋江打方腊是个啥结局。

没趣回到县衙，他就叫季师爷到仙鼻山去了，并要他转去说曾经派去杀程大奎的那几个人同他们合伙了，并在红池坝垒起寨子，直想寻机夺回大宁盐场的事业。

听过这话的宋寨主并不相信是真的，就是手下合伙了有什么用呢？走贩私盐的定钉罪名还洗脱得清？成了过街老鼠的他们只要露面，就得遭到缉拿。他好笑周大老爷怎么一下就变成手忙脚乱的无谋之人了，并且扯的把子让人不费思索的就可揭穿。但为了交情和不伤和气，他还是派去手下侦查，拟根据侦查的情况再采取相应对策。

宋寨主这次派了两个颇有智谋的人，他们去到红池坝关口前边的林子里观察了一天的动静，没见寨上有半个人的影子出没，再又咳着打响声，也不见有狗的汪叫。两人商量去一人以买药材为名做探子。可是，去到寨门前喊过几声开门也无人应答，再把门一推，没想到就嘎一声而开了。

不会是设的空城计吧？那个人只得硬着头皮走了进去。即使遇上设伏的人，他也有办法圆说个脱身之理。

　　转了一圈见无异动，他才叫上同伙去到红池坝。红池坝家家户户都关门插锁，好像全没人住了。他们走进畜圈一看，已没半头牲畜，当然也没发现新鲜的粪便。同时在有些可从旁门进去的屋头，灶台里已经没了火种，灰冷若净土，锅锈水残留。于是断定这里的人全不在了，至于去了哪里，可就不得而知。这里山高偏远，他们也没这个能耐而且也不愿再找下去。突然间的绝无人烟，让他们在莫明其妙的毛骨悚然中，就到县衙回话了。周大老爷盘算的一场血洗，就在对手人去房空中烟消云散。当然他心里也才跟着松了口气，并且感到他所运谋的棋局，就只随自己所愿而下手取胜了。正在喜不自胜中，又得信周小花生了儿子的好消息，双喜临门的他备上厚礼，忙以外公的身份去了大宁场。他商量周小花，想一满月就把设计的棋局落定。周小花却叫他别忙，说等把袁家几个妹妹的事情安顿好后再说。

39

绝处逢生现希望

袁家几个妹子被人掳进一个破旧的寨子关着，可不知道这里是何处。落入虎口的几姐妹除以泪洗面外，就希望家里能派人来搭救。可是早盼晚盼，就是没有个分晓。一天下午，来了个如妖似怪的胖婆看过几姐妹后，就兴高采烈地离去了。夜幕降下来的时候，来几个人就把几姐妹用轿子抬走了。

秦朝古都咸阳，虽然岁月已蹉跎掉曾经的王气，但市井的热闹还是有目共睹。那说书的直把过去的风雨春秋讲得惊心动魄，那唱秦腔的直把高亢的调子吼得气吞山河而又悲苦万端。来到这里，无不感到这块承载过兴衰历史土地的磅礴与厚重，那遍地的文化直把人激荡得心潮澎湃和思绪万千。可是，来到这里的袁家姐妹还没来得及生出感动，就被人卖进妓院里。得知这个结果后，几姐妹哭得死去活来，直想寻短一死了之。在严密看守下，谁也没办法做出了断。当老鸨用药迷魂让人把处女之身糟蹋后，柔弱之躯的女子自此也只能听天由命，不得不向命运做屈服。由于略通琴音诗文，很快就成为红牌而名噪春楼，不少富家老爷和公子哥儿慕名而来，也就把接客的档次提升不小，几姐妹也只想通过与有名分的人物接触而赎身脱离苦海。几姐妹再没想家里来人救他们，即使将他们救出去，一旦别人知道不光彩的底细，不仅给家里蒙羞，而且自己也没脸见人。不如就这样隐姓埋名苟活一天算一天。可是这个时候，偏偏有人在四处找他们，那就是金管家。

那是张永蓉同她哥去宜昌与程老大接上头后，就把所有情况讲了出来。经分析，大家认定周大老爷一定要派人去红池坝大动干戈，因为这是他心头搁的最大心病。仅凭舅舅他们的力量，是很难与官府匹敌的。不如避其锋芒减少牺牲，待有朝一日沉冤得雪，再回来方为上策。于是，张永蓉就叫程老大派出手下星夜赶到红池坝，把所有人家全转移到西流溪，所以才出现宋寨主派去两人侦查空无一人的情况。另外就是派金管家去西安找袁家姐妹，力争把他们找到从火坑救出来。

金管家见到张永蓉时，他已是满面愧色，同时又为遭人追杀的命运悲戚万端，差点就泪流满面。张永蓉只说是路经此处去向知府告状，得知金管家在此才来见一面。她告诉金管家，他之所以落得今天有家难回的地步，完全是有人指使加害，并认定是周大老爷和周小花施出的毒计。看到金管家满面的疑惑不解，张永蓉就把他掌握的线索和听到的秘密告诉了金管家。在金管家咬牙切齿的时候，张永蓉才叫他带领两人去西安找被害的袁家姐妹，以把他们赎身救到宜昌来。

金管家完全没想到张永蓉有这么一副好心肠，心生仇恨的他决定尽全力。他乔装成生意人带着两个精明的助手去了西安。他不便明目张胆去各个春楼，因张永蓉提醒他周小花很可能在西安安有眼线，弄不好就会惹火烧身。按金管家的描述，两个助手找遍春楼就没发现有相像的女子。焦急中，金管家就决定到两朝帝王一对夫妇唐高宗李治和武则天的乾陵去散散心，待缓活一下心境后，或许会有什么新启示。

沿司马道去到乾陵，一块高过两人的无字碑，如哲人，把帝王的是非功过做了个最为通透的诠释，无论当年的天子多么威严高大，此时此刻，这如塔的碑就像历史的叹息，又像熄灭的火炬。金管家若有所思的去到破旧的陵园门里，几十个没头的石人就把他吓了一跳，只有两个助手在一边指指划划笑说不止。

一个人对事物的欣赏与理解，往往与其处境高度相关，看到一排排无头的石人，他认为无论是对帝王，还是对主子，过度忠诚往往会换个人头落地，虽然这些全是石头，但演绎的道理确是一样的。他驻足没向山顶上爬，无论是什么人，只要归于尘土，其结果都是一样的，哪怕你把坟茔建在喜马拉雅山上也衬托不出你有多么高大威仪。皇帝怎么了？江山怎么了？一切都还是不了了之。他感到大宁场里的你争我夺，最终都是"提篮打水，一场空。"他像在此得到了大彻大悟，迈开自傲的步子转身就走了。一路上，他看到好几座如山的土丘，那都是达官显贵的陵墓，他在心里不平衡地说："人埋得再深，堆再大又怎么样呢？能把小命活过来吗？还不是死翘翘一个，腐烂的白骨一堆。若是遇上盗墓贼，还没得庶民百姓睡得安稳。"这么一想，他觉得活得并不可怜，只是暂时有不痛快罢了。放开心情的他同两个助手临近咸阳就快黄昏了，虽然这里不是大漠，但在一望无边的大平原中，那远处村落的孤烟也是直的，那落日也是圆的，并且还红得似血，几乎就染红了半个天边。他认为那写"大漠孤烟直，长河落日圆"的诗人并没什么了不起，完全是大自然的景色诞育了这样的诗句。如是没有那个诗人把这两句诗写了，这两句诗定要从他口里吟出来，他是这样对自己充满信心的。面对古都咸阳，除了崇敬，金管家可就没吟出诗句来，他也只得带着两个助手像其他过客一样，找上一家客栈就住了下来。那取名的秦风客栈颇有韵味，就像把先秦历史全在这里做了浓缩，不少都是慕名来此客栈的有头有脸的人物，金管家他们也无不是如此。

进到客栈，他们要了两间上房，随即就叫跑堂安排上酒菜，三人就吃了起来。这堂子里的生意十分火爆，有亲朋聚会的，有桌上谈生意的，有宴请达官显贵的，也有纯粹饮酒取乐的。就在金管家他们旁边的一桌，四个公子哥边饮边谈，说渭水街翠屏楼里新买来几个姑娘，其中一个叫丽丽的姑娘，不仅会吹拉弹唱，而且还通晓诗文，没几天就成了那里的红牌，只要舍得花银子，陪上一晚上比纯粹做那事更有滋味，去了一回就想第二回。四个人直吹得眉飞色舞，淫笑声声。

听到这个消息，金管家就使了个眼色，在三下五除二填满肚子后，就起身去找翠屏楼了。

去到渭水街，远远就看到两个大红灯笼中间的那块牌匾，上面镀过金的颜体大字，直显出翠屏楼的体面来。翠屏楼的门口，没像其他那些春楼总有一些花枝招展的姑娘在那里拉客，进进出出的人多少也还显得体面。由此可见，这可不是一般档次的卖笑之所，里面的姑娘也不可能是平庸之辈。于是金管家就叫一个助手去点丽丽，如从交谈中听像大宁场口音，或形态疑似袁家的某位姑娘，就出来喊他进去。

那个助手进去后，就向管事说要为自家老爷点丽丽。在吩咐安排酒菜后，就上楼去向丽丽做了一番交代。通过丽丽回话和金管家描述的神情，就像是袁家大小姐袁仁香。助手把情况告诉金管家后，就由他带着金管家向翠屏楼走进去。

助手站在丽丽门外，一是显示金管家作为老爷的派头，二是做个警戒防备隔墙有耳。

丽丽惊喜看到金管家走进来，以为是家里派他来救自己的。但想到身不由己落入风尘，又羞愧难当。于是在转过头后，眼泪唰唰地就倾盆了出来。金管家走过去叫了声仁香后，也跟着流下心疼的泪水。良久过后，止住哭泣的袁仁香才开口问："金伯伯！你怎么知道我在这里呢？"

金管家擦去泪水说："我们是碰巧找来的。"

"我和妹妹他们没脸回去见爸爸妈妈了。"袁仁香满目伤神的说，"你回去就说没找到我们算了。"

"别这么想。"金管家说，"这又不是你们的错，怪就怪那些别有用心猪狗不如的东西，是他们把你们害到这一步的。"

"早知道是这么个结果，爸爸他们根本就不该把我们送西安来学什么琴棋书画呀！"话一说完，她又抽泣了起来。

"仁香啊！"金管家心情沉重地说，"这事不能怪你爸爸呀！都是你那个嫂子一手策划的，她把你们一家人害苦了哇！"

听过这话，就像凌空响起个炸雷，可把袁仁香惊了个目瞪口呆，她直想弄清金管家说的是非曲直。

压低声音的金管家把周小花送她们来学琴棋书画的用意、策划亲戚家被土匪抢烧以及现在推几姐妹入火坑下的毒手，全对袁仁香讲了出来。同时告诉她这都是周小花为吞掉袁家全部产业精心设计的。目前家里处境非常艰难，周小花完全一手遮天了。自己就遭她派人追杀，要不是在宜昌找了个藏身之所，自己不知还活没活在世上。这次来把几姐妹救出后，还不敢送回大宁场，只得暂时到宜昌去栖身，等张永蓉告状有着落后再说下文。

袁仁香完全没想到周小花这个表面善良的狐狸精，为掠夺自家产业，居然把几姐妹害得这么苦，她真想回去报仇了。但转念又想，现在几姐妹已落入风尘，哪还有脸回去呢？更何况现在有家难回，金管家为几姐妹赎身后，还要到宜昌去苟且偷生。自己家道不兴，遭此祸害就只得听天由命啊！可是，令她没想到的是，无论金管家出多少银子，老鸨就是不答应赎身。并说几个妹子是官家富人挂名了的红牌，如让他们赎身，她这个翠屏楼就要被抄查关闭。势单力弱的金管家没办法，只好安慰袁仁香暂时委曲在这里安身下来，待他回宜昌转达情况后，再设法来施救。金管家说了宜昌的联系地址，并叮嘱她有什么地方变动，务必托人送信告知。

　　哭成泪人儿的袁仁香目送金管家出门后，心头有如生离死别般的撕心裂肺。她完全没想到变人会是这么的痛苦与牵缠，要不是心头放不下两个妹妹，她宁可立马去做个吊颈鬼。

　　金管家和两个助手回宜昌把情况告诉了程老大，经合计，大家认为用钱不行就只得动武。但问题不是救一个，而是三个，更何况不知道那边的后台和实力，弄不好就会反受其害。于是，程老大就派见过袁仁香的助手去咸阳做查探，弄清情况后，再去程大奎军营，看他和张永蓉作何吩咐。

　　这里得关注一下张永蓉的情况。自宜昌见过金管家后，她就和张永东去到天京（南京，清时称江宁）围住太平天国的程大奎军营。夫妻相见，自是相拥而泣，那份牵肠挂肚的相思，让两人许久就沉浸在无比的欣喜中。可在程大奎突然注视张永东的时候，他猛地就担心起家里是否发生了什么事。于是就叫退左右问起情况。在听完张永蓉的详情讲述后，眼泪汪汪的程大奎就连连说她辛苦了。张永蓉没去在意程大奎如何安慰她，而是问起他一别之后的经历来。

　　自吐祥坝与张永蓉分别后，程大奎就去到湖南投奔了鲍字旗的湘军。程大奎的到来，让鲍超将军非常高兴，因有文化，就留在身边做了谋事。在对太平天国的每次战斗中，程大奎屡出妙计，不断取得收获。后来鲍超就委他做什长，直接带兵打头阵，因屡立军功，就从什长、总长、校尉、参将升至偏将，在得到曾国藩赏识后，现就做起了副将，并成为鲍超江北大营中围攻天京的心腹名将。张永蓉到来，让他放下心头的相思和对家人杳无音信的牵挂。张永东的到来，不仅为他增添了力量，而且还想把张永东向鲍超做个推荐，以便建功立业。

去到军帐，程大奎拱手向鲍超说："报呈知府大人，末将程大奎带来舅哥张永东和内人张永蓉拜见大人。"

鲍超惊奇地看过张永蓉两眼说："嗯！侄媳妇不错，配得上我的副将。"

程大奎忙接嘴说："谢大人夸奖！"

鲍超没跟着答客套话，他瞪着眼又望了一会张永东，然后说："你这个舅哥体格健壮，气度不俗，该不是个文武又全的人物吧！"

"回大人话。"程大奎谦虚地说，"永东哥是我的师兄，文武都在我之上，今引来，就是想为大人效力。"

"真是好哇！"鲍超高兴地说，"我身边缺书生文人，就跟在我身边做参事吧！"

张永东扑腾一膝跪在地上，如获新生，声泪俱下地说，"感谢知府大人的再造之恩，我这个亡命天涯的人定当效犬马之力，肝脑涂地以报知遇之恩！"

听到亡命天涯这句话，鲍超就若有牵虑地问起来。

在张永东把事情的根根底底道出来后，鲍超猛地一巴掌拍在桌上愤怒说："现在国难当头的局面，都是这些贪官污吏乱臣贼子搞出来的，等把太平天国消灭后，你们就回去为民除害，为家报仇。"

听过此话，程大奎和张永蓉也一膝跪在地上感激涕零，并表示奋力剿灭太平天国，以早日回去为民除害，为家报仇。

40

图财施计逐捻军

来程大奎军营不久的张永蓉收到程老大的来信，就同程大奎商议，确定让程老大派人多了解情况和掌握证据，在他们没回去之前，暂别采取任何搭救袁家姐妹的行动。

程老大按回信罢了手脚，可是，把袁家姐妹推入火坑的周小花却认为万事俱备，忙亮出底牌准备采取最后行动。经同县周大老爷合计，便贴出告示，用一百万两银子卖出袁家的盐营产业。其理由是袁家遭受连串不幸，早让她身心疲惫。更何况还要经营这么大行产业，根本就没有精力去支撑。于是打算卖掉袁家产业以专心孝敬公公婆婆，并把两个儿子养大成人。

告示贴出好几天就没人问津，因不知道周小花心里卖的是什么面面药。盐营这么大块肥肉，她愿忍痛割肉吗？分明是看到捻军打到安康，不日就要攻克大宁场而使的脱身之计。还相传一旦捻军攻来，人人只顾逃命，所有产业将一文不值。精明的周小花真不简单，她想在这之前打着敬老养小的幌子，让不知情的人去蚀财上当，然后就揣着银了逃出大宁场以避战祸。

这个结果，是"智者千虑"的周小花和周大老爷没想到的。捻军打到安康的事，他们真还没去同自己的这个买卖决定相联系。这下麻烦了，没想到到手的横财居然无法变现，该如何是好呢？周小花认为不把捻军赶出安康，袁家产业就不可能身价百倍。若捻军真的攻入大宁场，过去所有的操劳费神都是"三加二减五等于零"。于是，她同周大老爷又进行了一番深思谋划。

回到县衙，周大老爷就叫季师爷启程去安康知府找刚上任的杨大人，并把一万两银票送上去。

杨大人问："周大人如此破费是何意思？"

季师爷说："是杨大人抗击捻军劳苦，并且牢守进川之屏障，实乃居功至伟。此是孝敬的一点小意思，待大人驱除捻军后，周大老爷还当重谢！"

"唉！"杨大人叹了口气说，"驱除贼寇谈何容易呀！"

"这件事是比较难。"季师爷说，"不过大功告成后，杨大人就得换顶戴花翎了。"

杨大人眯着眼睛望过他会儿问："如何换顶戴花翎？说个明白来听听。"

季师爷喝了口茶就滔滔不绝起来。

"杨大人能临危受任，说明朝廷对你的企重不比平常。当前捻军来此作乱，恰是给大人创造的一个升迁机会。"季师爷斜睨了一眼心有余悸的杨大人说，"几百年来，太平天国可是大清经历的最大一次造反，几乎丢掉半壁江山。目前太平天国之势日渐弱落，老巢南京将支持不久，大人如能守住巴蜀屏障，并又逐除捻军，一方面保住了朝廷川盐济楚之恩泽，另一方面又保证朝廷盐赋之供奉。为朝廷分忧消除的这个心头之患，岂不是大功一件？这样的封疆大吏岂不是朝廷之肱股，不想顶天立地都不行。"

季师爷看到杨大人没有作声，一定是心生犹豫，他不得不另转话题给他阐明厉害。他说："如果大人不当机立断，让捻军突破秦巴天堑截断盐供，绝朝廷之税赋，大人该当何罪可比我清楚。眼下大人若为朝廷分忧，救百姓于水火，保巴蜀之安宁，巴蜀百姓定当拥护，商贾定相解囊，岂不是名利双收所为。"

杨大人说："季师爷，你说的道理我懂。可是让我去干这么大的事业，我这个穷得响叮当的知府拿什么去招兵买马呢？你这一万两银子只够我支撑现在的局面。我眼下的人马哪能够数去与敌对抗呢？如按你所说，就必须招兵买马，就是有钱也不是一时半会儿能招到兵马的呀？就是招到了，不给一定时间训练，亦如乌合之众，哪能上得了战场打胜仗？"

季师爷望了一下四周，确定踏实后，才对杨大人说："如果要招之能来，来之能战，战之能胜，当有一支人马可用。"

杨大人诧异地望着他，并催他快快说出来。

季师爷凑身过去对杨大人附耳说："在把持秦巴屏障的仙鼻山上，有一道绿林人马可招来一用。他们占山为王多年，且人人武功不凡，定能起到立竿见影的效果。"

"哈哈"大笑起来的杨大人说："我看你是弄错了哦！土匪能来帮我打捻军？就是愿来，哪还不得提多苛刻的要求？我哪有本钱去满足他们狮子大开口的胃口呢？"

季师爷笑着说："这就要看杨大人怎么去运谋了。"

杨大人急着说："别卖关子，快直讲出来。"

季师爷再又凑身过去，附耳对杨大人道出知晓的宋寨主的部分底细。听得过瘾的杨大人刮目相看地对季师爷说："你不仅是师爷，更像是军师，就来给我当幕僚吧！"

季师爷谦推地说："我哪敢来跟杨大人当幕僚哦！只配回巫溪县去为杨大人凑银子。"

拱手哈哈过后，望着季师爷走出门的身影，杨大人就在心头自言道："此人颇有诡计，值此乱世，真还可堪职任。"

季师爷接身就去了仙鼻山，在对宋寨主说明向杨大人出的主意后。宋寨主没有答应，说一旦参战，定要伤亡不少兄弟，那时实力减弱，就会成为朝廷砧板上的肉任其宰割，把持盐马古道的肥缺必将拱手送人。为此，金管家忙道明大宁场发生的情况，为了大家的利益，要宋寨主必须得去出手。同时还说在杨大人来请的时候，不能狮子大开口提条件，只要把捻军驱除，大把的银子才能到手。宋寨主没有即刻允诺，说待他考虑后再说。季师爷心头不高兴了，他认为是宋寨主小看他不给面子，气脑的时候，他又牵挂起到手且不能变现的银子。利令智昏的他为保险起见，可就没去顾那么多嘴上叫得响亮的兄弟情谊了，返回安康又去密见了杨大人一面，真的就出了个锦囊妙计。启程回巫溪后，他忙叫周大老爷给宋寨主写了封信，同时又谋划与周大老爷心有灵犀的为杨大人凑起银子来，贴出的告示就是凭据。

告示

　　今反贼粤匪之捻军与官兵激战安康，如御敌势溃，必破秦巴之屏障直入我境掳掠烧杀。战火之中，定无完土；铁蹄之下，家园必破。为铁铸之屏障，驱逐之反贼，保家之平安，在御敌雄师辎用匮乏之际，由本县发起，即日向御敌雄师募捐。无论官商富贾，庶民百姓，均应慨之以慷，不惜解囊。此举福泽千秋，功盖万世！

　　特此告示，望遵为要。

巫溪县即日

　　这招真为有效，心甘情愿中，县衙就募到了不少银子。除部分送给安康知府杨大人外，其余的白花花银子就沉淀了下来。周大老爷在心头想，这国难好哇！越难发财的门道越多！利令智昏的他只想乱世长期在中原大地延续下去。可是，更多的人是不愿看到国破家生祸的，哪怕是占山为王的宋孝廉也不例外，他也为父母被捻军劫持心惊肉跳过一回，那是在季师爷告辞安康杨大人不几天发生的事。

　　一天清晨，迷雾像床大被子，紧盖住山川大地，让馨梦久不醒来。龙王坝上那座严家大院的华贵光芒，完全就不可以放眼出来。除鸡唱不住和偶有几声狗叫外，其他的就没什么声音发出来。一个长工刚开柴门，一股药味就扑面而来，还没弄清是咋回事，倒在地上就晕了过去。接着一队人马鱼贯而入，看到这个阵式，就是看家的狗也都吓得瑟瑟发抖而不敢吵闹半声，守卫的家丁也被制服只求饶命。在把两个耄耋老者劫持后，一个头目就对家丁说他们是捻军，来这里不是劫财杀人，只是想会会两位老者那个占山为王的儿子，三天之内叫那个好汉到安康城的观音庙会盟。随即丢下一块刻有"顺天应民"四个字的竹牌作接头证物后，就把两位老者抬走了。

　　接到信鸽传书的消息，大吃一惊的宋寨主一屁股坐在椅子上，半天就没回过神来。身边那个心腹看到他这副样子，忙问他是何事？他就把信递过去让心腹看。放下信的心腹便想，这捻军要寨主去会什么盟呢？除要银子外，是不是想拉寨主入伙？或者是他们想入川，让寨主发号所有的分寨不得袭击相扰。除了这些，还有其他什么要求吗？心腹再也没有想出更多的理由来。看到寨主一直不出声，他就开腔问："老大？你打算怎么办呢？"

宋寨主缓缓抬起头说："我还没想出个好的应对之策，事到当头，旁人清楚，你给我拿个主意吧！"

心腹思考了一下说："从信上看，他们是知道底细的。老大还是先去赴一趟'鸿门宴'，看对方出什么牌，然后再见机行事施对策。总之，千万不能冲动，否则两位老人就有危险。"

宋寨主猛地起身对心腹说："现在我先启程，你在后面给我带些弟兄，一部分到观音庙周围设埋伏，另一部分扮成香客见机行事给我当接应，无论如何我得把爸爸妈妈救出来。"

心腹按寨主吩咐，就去召集人手了。

宋寨主先回到家中，看到捻军没动家中的一草一木，也没伤及亲人和家丁，他认为来者不是图钱，保不准就是在想把自己拉入伙。心里有了大概的这个底，他才没有那么多的焦虑了。

到期的三天下午，宋寨主带着那个见过捻军头目的家丁，拿着竹牌就去观音庙会盟了。

进到庙里，宋寨主面对大殿的观音菩萨就参拜起来，另一香客看到家丁手里拿的接头凭据，就走过去低声对家丁说："请跟我来。"

宋寨主和家丁跟着那个香客出后殿，再又经禅房出后门，就去到街上一个叫《听涛轩》的酒坊。酒坊大厅稀疏地坐着十多个酒客，宋寨主认为都是捻军安排在这里防意外的人手。他们从前厅穿过去到一个小房间，里面早坐着一个人等在了那里。看到手下把宋寨主及家丁引进来，坐在那里的人就站起身拱手对宋寨主问："想必你就是宋寨主吧？"

宋寨主拱手回答说："本人就是。"

"宋寨主。"那个头目说，"今天就我俩一叙，叫手下回避好不好"

宋寨主点头后，头目就叫手下带着宋寨主的家丁出去了。

"宋寨主。"头目又开口说，"受我们首领委托，今天专门来与你会盟，我是一名参将，姓洪名大海。"

宋寨主望着洪参将说："我就不介绍了，你们已知道我的情况，你们有什么话就直说。"

"宋寨主真痛快。"洪参将伸出大拇指说，"我也就不绕弯子。说白了，你和我们同为'天涯沦落人'，朝廷把你们称作匪，把我们说成寇。在他们眼里，都是该诛灭的心头大患。既然如此，我们何不结盟同心，共谋大业呢？"

宋寨主以逸待劳地说："承蒙你们把我惦在心里，我不知道怎么个结盟法？"

"对宋寨主其实也不为难。"洪参将说，"你霸据秦巴天堑，易守难攻，近日我们将进军巴蜀，先灭大宁场，再指腹地，断楚盐供，绝税之源。这样腹心一刀，定叫清廷指日可灭。大统之时，你不就是大功臣了。"

宋寨主哈哈大笑一阵说："原来是这么个事，何必弄得我为父母的安危提心吊胆呢？来人打个招呼不就行了。我虽然是绿林老大，但我还是知道什么叫识时务者为俊杰的。"

"好一个识时务者为俊杰。"洪参将高兴地说，"宋寨主是答应同我们结盟了哦！"

宋寨主把身子向后靠了一下说："我是这样一个意思，还要对洪参将说明白。我自由散漫惯了，只想守住自己的'一亩三分地'，没想为开天辟地的事去结盟建功。你们要进攻巴蜀，我自知不可以卵击石，请自放心通过就是了。"

洪参将收住笑容说："联盟的事，我们可以不强人所难，宋寨主的承诺我们凭什么相信呢？"

宋寨主说："你们给我竹牌为凭，我就给你们玉牌做证。秦巴这条古道上，拿出此牌，定保一路畅通无阻。"

洪参将接过玉牌看了看说："光凭这个，我们怕生异变，还是请宋寨主留个通关手迹吧。"

没等宋寨主说话，洪参将就叫笔墨赐候，一个人就端上纸笔墨砚来。

宋寨主不高兴地说："洪参将，我横直也算条汉子，你们还信不过我的玉牌？再要我写通关手迹，岂不是小看我三分？"

洪参将慢条斯理地说："我们要凭你玉牌和手书就是对宋寨主的最大信任了。要是换了你，凭这么两样不痛不痒的东西，你相信吗？我们只要你动一下笔，就让你把两位老人接回去，这难道不义气吗？你我都是朝廷要捉拿的人，不快把事情办妥，一旦走漏风声，岂不要成瓮中之鱼鳖。"

为了父母的安危，宋寨主把牙一咬，提笔就写了起来：

仙鼻山所系分寨：
　　捻军欲越秦巴屏障进取巴蜀，我等势力尚弱，为求
自全，方圆之内切勿以卵击石，不得有违相犯。宋孝廉
令告！

拿过通关手笔，洪参将就叫人进来带宋孝廉去接他父母回家了。

回家的路上，宋孝廉就想，这秦巴盐马古道真是了不得。不仅是一条财源之道，更是一条兵家必争之道。自己把住这里，朝廷曾向自己招安，捻军也不敢擅自加害。今天虽设的是鸿门宴，但远没有那么惊险。并且还如洪参将所说，凭两样不痛不痒的东西就换回来父母的平安，可想而知那秦巴屏障对捻军是多么的重要了。正在他徒自高兴时，猛然就自问这捻军是怎么知道自己底细的呢？难道是家丁出了问题？他半天就没想出个明白来。他担心要是官府知道了，自己的产业岂能自保？如要转移地方，不清除内贼都是在掩耳盗铃。他得在家清理一下门户，不得把心腹之患留在家里头。

回家为父母押过惊后，他集中家丁秘密吩咐，说防捻军再来生事，要他们都回去做好家人安顿，三天之日就回来把一家老小悄悄送到外地去，具体地方出发再告诉他们。他这是使的一招计策来断定有无家贼。若有，家贼就要去通风报信，得到报信的捻军定会派人来晓之利害。若无，必然就没有什么事情去发生。

家丁散去之后，全由心腹带来的弟兄接管了家宅防务，那个森严的戒备却是一般势力不敢虎视的。三天时间里，宋孝廉真的就在想搬家了。他知道，若是没有富甲一方的产业和保全家人的平安，他才不怕任何人去知道他的底细，无论是朝廷官府还是反贼土匪，毫无惧色他都敢去"兵来将挡，水来土掩"。可是有了家业这个后腿牵绊，在面对有些事时，还不得不忍辱负重去退后一步。眼下，知道他底细的人都是他的心腹和要害交往，这个秘密捻军究竟是怎么知道的呢？如说是绿林弟兄，没有任何人敢擅自

走出防区，更何况到安康给捻军通消息，没几天是回去不了的。经暗查，近一个月没有一个手下走出地盘。重点嫌疑目标该描向谁呢？他越想越糊涂了。

当家丁按时回来后，可没见捻军有任何动静，但他还是不敢贸然否定家丁无叛徒。正在他欲对家丁再施探计时，一件意想不到的事又发生了。中午时分，百十名官兵包围了严家大宅，一位统领向里大喊："严家大户里的人听着，我们是知府杨大人派来请你们当家人严孝颂到前面望江亭议事的。现在捻军闹得凶，为保安全，所以特派我们来加强保护，没有其他任何恶意，请不要多虑。"

被喊的严孝颂上到箭楼，看到官兵的这个架势，心想是不是私通捻军的事暴露了呢？若是求生与官兵硬拼，那是寡不敌众的。特别是守在门边的那几个官兵，手里的洋枪可就叫人吃不消。为了全家人的安危，就是要杀要剐，他都得挺身而出。他同时又想，是不是季师爷说的杨大人来请自己去协商共歼捻军的事呢？若是那样，为什么不去仙鼻山而来家里头呢？那杨大人又是怎么知道自己回家来了呢？他真是糊涂了。他只好叫人向官兵回话："回官兵的话，我们的当家人愿意去拜见杨大人。你们这个阵式把家人全吓倒了，当家的说你们不得趁机相扰，必须保证家宅的安全。"

"说哪里的话呢？"那个统领说，"我们是官兵，不是反贼土匪，保家卫国是我们的天职，怎么会煎民于水火呢？请你们的家人放心好了。"

严孝颂（宋孝廉）从楼上走下来，他爸爸就在天井里拉住他的手泣不成声地说："孝颂啊！你究竟在外面惹了些啥子祸事呢？一天这个那个来找的，我都吓个半死了。有些人惹不起千万别去捅马蜂窝啊！平安度日比什么都好哇！"

严孝颂腾出右手拍着他爸爸的背说："爸爸别担心，我从没去招惹别人。这两次都是他们找我去议事，天下不太平，我们的纷扰也就多，只是小心应付就是了。"

看到儿子走出去的身影，老者就佝偻着身子说："这是个啥世道呢？弄出个场子就要把人吓死，唉！"

去到望江亭，杨知府笑容可掬拱手迎下台阶说："严大户光临，是百姓之福气。我已备薄酒等好久了，快请到亭上小酌两杯。"

严孝颂拱手还礼说："杨大人屈尊到此，草民受宠若惊，还是杨大人先请上坐。"

哈哈声中，两人就坐进了望江亭。

杨大人端上一杯酒说："严大户威震秦巴，今天有幸相会，我敬你一杯。"说完，就同严孝颂碰了一下，接着就一饮而尽了。

杨大人连连邀请严孝颂吃菜，严孝颂也就放开架势客随主便吃起来。在又互敬两杯后，杨大人就说："我听说严大户文武双全，今天在这里我不敢说是煮酒论英雄，面对青山绿水，蓝天流云，翔鸟竞飞，何不吟诗作对以娱情？"

严孝颂推谦地说："杨大人乃进士出身，诗文满腹，我一介草民，哪敢鲁班门前弄板斧呢？"

"严大户不必过谦。"杨大人把衣袖向上抖了一下说，"酒逢知己饮，诗向会人吟，大可放怀一抒，不负今天这美景。"

严孝颂推之不过，就拱手请杨大人先赋，自己做和就是。

杨大人起身把手背在背后，随即双目望着远方，在儒雅的文人气质中，就显出范仲淹"先天下之忧而忧，后天下之乐而乐"的忧国忧民情怀来。半晌后，他就开口吟出上联："清天茫茫，日月星辰各寻其道，唯风起云涌，徒生许多烟雨。"

严孝颂没加多思，随即就对出下联："大地苍苍，春夏秋冬互不相干，庆寒来暑往，迎得不少风光"

杨大人点头赞过好对后，接着又出一联："捻军侵扰，受苦百姓，不知何法得安康？"

严孝颂思索了一下对道："精兵出击，对阵反寇，定有良策谋太平。"

杨大人满面凝重地坐下后，就对严孝颂说："严大户，你刚才对的下联就是我眼下最挂心的事情，我时刻就在思考对阵反寇谋划太平的良策。可是目前兵微将寡，有什么良策谋太平呢？请你来就是想听你意见。"

严孝颂在心里打了个转，真不知道杨大人是何意思，于是就显谦逊地说："杨大人乃文武全才，定有平乱之谋。我一介草民，岂敢乱发谬言？"

杨大人微笑着说："明人不用多说话，响鼓不用重锤打。既然严大户装糊涂，我就把话挑明吧。严大户雄踞一方，手下人强马壮，在国难当头之际，何不伸出援手助我一臂之力？若得严大户相助，定能指日破寇，此乃百姓之福，万望不要推辞。"

严孝颂把眉关一锁说："杨大人言重了。我虽说家有薄资，养了几个家丁，根本就成不了气候，哪能有什么人马助一臂之力？如要出银子，我愿给五千两。"

杨大人还是微笑地对严孝颂说："严大户不要过谦，你的实力我知道，还是痛快地出手来帮我一把吧！"

严孝颂在心里想，我与你新来的杨知府一无亲二无戚，凭什么要来帮你呢？虽季师爷说不能向其狮子大开口谈条件，但总不能一口就答应啦。为显示自己雄霸一方的分量，还得把关子卖尽了再说。更何况他已把兵带到家里来，自己的身份可是暴露了。弄不好辛苦置办的家业就有可能被官府没收，即使不没收，如借此常来做威胁，岂不是得不偿失。于是他认为这个事断然不可简单应承，哪怕再斗心计说多给点银子就行。于是他就说："杨大人，我真是没你说的那么有出息，我再出一万两银子行不行？"

看到严孝颂不买这个账，杨大人并没显得多么着急，他端起杯子和严孝颂碰过后，就换了个胸有成竹的口气说："昨天我们打了一小股捻党的伏击，取得胜利后，在一个活口身上得到了两样好东西，严大户要想知道么？"

严孝颂心头一惊，生怕是与洪参将会盟的事被暴露了。但他还是沉住气小心应付着，他婉拒道："那都是军事机密，我还是不知道的好。"

杨大人说："既然如此，那我想问，前几天府上没出事？你父母可安好？"

严孝颂心里着慌了，这事若让官府知道，通反寇比做土匪的罪状大十倍，更何况家宅被官兵围困，弄不好是捻军没灭，官兵就会先灭了自己的全家，这个玩笑就开大了。不过在杨大人没掏出底牌前，他是不愿就犯的，他便顺口打哇哇说："前几天家里没出事，父母也安好，今还在家里哩。"

杨大人收住笑容显得极为严肃地说："严大户，我敬重你是个读书人，所以就先礼后兵。有个玉牌和一纸手书你不可能不认识吧！国难当头，你私通反贼，一旦朝廷知道，定灭你九族。我想给你个机会将功赎罪，你不领这个情，你说该怎么办？"

在这关系一家人生死存亡的时刻，严孝颂是坚强不起来的，他不得不低头认栽了。他忙跪下叩头说："杨大人，你说的事我明白了。那都是他们逼的，面对父母有杀身之祸，任何一个孝子都不可能熟视不管，甚至还愿拿自己的性命去换。所以我才在他们的威逼下出此下策。今杨大人屈尊到此给我机会，我当领情。并且事已到这般地步，我愿听命大人调遣求一生机，请大人下令，我自遵从就是。这时我只是想求大人在灭捻之后，还得放过我和家人一马。"

杨大人又露出笑容说："既然严大户深明大义，过去的事情就当一切没有发生，我用读书人的人格担保。如严大户愿意，到时我还向朝廷请功，给你谋个一官半职。"

严孝颂说："我真不愿为官，只想做想做的事，还请大人成全。"

杨知府同意后，就叫他集中所有人手，七日后，以左臂系上红巾为记，趁夜渡过淮河在捻军扎营后方埋伏，五更时见敌营火起，就倾巢夹击，一举歼灭捻军。同时还派去两人作监督，并带上信鸽做联络。

严孝颂回到家里，官兵就撤走了。正在他对人手做安排时，仙鼻山就来人转送巫溪县周大老爷的信，他忙打开用米汤一摸，字就现了出来，他接着就读下去。

　　宋兄：

　　前日欲出卖袁氏产业，因捻军侵入安康，恐再攻蜀，故无人问津。若求身价百倍，必驱灭捻军安告人心方能如愿。若官府无力抗御，捻军必越秦巴险屏入川，必犯大宁以掳利。尚如此，谋划必付东流。为众利所系，特嘱兄凭此天堑聚力抗之。此举虽是分外之劳，建功不在朝廷，但利好尽收，可做金盆洗手之圆作。

　　　　　　　　　　　　　　　　　　　巫周即日

有了这封信的催化，没有第二选择的严孝颂完全就倾巢出动了。按约定做好埋伏后，就静待敌营火起杀个片甲不留。杨大人已在捻军中安插上内应，一旦火起，就用竹筒做成的火器投向敌营，在爆炸声中定叫捻军乱成一团，趁此前后夹攻，定获全胜。

一切就没出杨大人所料，信号火起，投进捻营的竹筒火器爆响如雷，就像遭到炮击一般。在大喊红衣大炮打来了的惊叫中，捻军乱成一团。再又听到前后杀声震天，不少人就丢盔弃甲只顾逃命，没到天明，就结束了战斗。在官兵打扫战场时，就见严孝颂的人马全已撤走，只留下他的那个心腹等杨大人到来把早写好的信交给他。

对严孝颂的不辞而别，心腹说他是中了暗箭受伤不轻，才由兄弟们把他抬起走。杨大人表现出十分关切的神情，在问过相关情况后，就忙把信打开看起来。

> 严孝颂启呈知府大人：
>
> 得大人指令，今率兄弟参剿捻军已达目的，平民不敢贪功，遂带兄弟撤出阵地。感大人再生之恩，留有银票万两，以助大人整扩兵编之用。我心度之，以大人今日之功，定声闻朝廷，不日将身加重任，我诚庆贺之！今后如有令用，孝颂定效犬马。
>
> 平民上有高堂，下有妻室，虽置有小资度日，但远未富甲一方，万望大人守诺施以宽怀，我自每年奉万两纹银呈敬。另留玉佩一块，如有吩咐，可凭此让孝颂听命，绝不食言半分。
>
> 特此谨呈！
>
> 草民孝颂冗言

杨大人接过银票和玉佩后，就让严孝颂的心腹带去他说的几句颇让人放心的客套话。他非常乐意搭上严孝颂的这脉关系，不光是为了来银子，更是留后路在关键时刻好利用藏在身后的这股隐蔽力量。

太阳还没从东山升起，红霞已燃透天边，就像是刀光剑影中喷溅碧空的鲜血。凯旋的杨大人举目过去，就准备去迎接灿烂的前程了。

41

瓜熟蒂落签协议

安康的捻军虽然驱除，但一些对大宁场盐营有意的富商尚心有余悸。为谨慎起见，他们还不得忙着出手去购大宁场袁家的产业。周小花也暂且搁放住此事，她要等瓜熟蒂落时再去出手。

这时，攻打太平天国的程大奎可把事情搁放不下来。六月的天气，极为炎热，被围的太平军中暑情况严重，加之药品匮乏，食物短缺，战斗力大大减弱。更有甚者，清军越聚越多，被重重包围的太平军看到插翅难飞，人心惶惶中就有人无心恋战，并且还开上小差。一天夜里，程大奎布置好偷袭后，就同张永东带着三个开小差投诚的太平军，沿熟悉的地形，去到一处城墙边。做好警戒后，程大奎就借用软器攀上城墙，在把两个打瞌睡的哨兵干掉后，才放下绳索让张永东他们爬上去。入城侦察一番后，一人去他们爬上来的地方装猫叫发暗号，让埋伏的兵勇攀爬进来，另一个人又去城中放火让外援攻打城门。程大奎吩咐妥当就同张永东和另一人悄无声息地去到城门边，在城中火起之时，手起刀落就干掉了执守门卫的哨兵，大大打开城门。程大奎一声哨响，伏军鱼贯冲了进来，杀声震天中，一场血战就拉开帷幕。在曾国荃率兵夹击下，太平军很快就溃如蝼蚁，攻进天王府的程大奎，在发出搜查幼天王的命令后，就在天王府迎接鲍超大人的到来。哈哈大笑的鲍超进来后，把胡须一捋，接着就过去一一摸着八大天

王的议事座椅。在他转身过来的时候，就对程大奎和跟来的将领说："我戎
马大半生，伤痕百余处，今天总算上不负朝廷隆恩，下对得起黎民百姓，
更是对我平生征讨的最大慰藉。"

在场的将士没人借势说奉承话，因为鲍超是个不吃这套的开明将军。
他顺势坐在一把天王椅上，就在身子放松中脱口吟诵出宋代诗人辛弃疾
"了却君王天下事，留取生前身后名，可怜白发生"的诗句。

在张永东报告李秀成护幼王逃出后，坐在天王椅上的鲍超忙调兵遣将
追击逃军。这次他仍委程大奎做前锋，派张永东做程大奎的副统。同时吩
咐其他将领领命后，鲍超就拍着程大奎的肩膀说："大奎呀！兵家说穷寇莫
追，这次可不一样，不能功亏一篑，你必须不惜代价，彻底把他们消灭。"

程大奎说："大人放心，我定不负托望。"

鲍超凝重着脸说："剿寇是非常危险的，不比正面战场，你得处处小
心，一定要给我完全地活着回来。"

程大奎感受到鲍大人的关怀，同时还有万般的无奈。作为心腹爱将，
他不挺身而出又该谁去呢？程大奎望着鲍超说："大人你为剿除太平天国
身经百战，今算大功告成，可以名垂青史。但为留个凭物荣光乡土和激
励后人，我已安排人准备把这八把天王椅收起来送回奉节，还望大人不要
介意。"

鲍超点着头微笑说："我没有搜金刮银抢夺珍宝，我对得起朝廷和自
己。弄八把椅子送回去做个凭物，这点小小功利心还是有的，更何况还可
激励后人。我不希望自己成为英雄的榜样，只愿家乡能人才辈出，你自按
安排办就是。"

望着心腹爱将走出去，鲍超感到彻底消灭太平天国的时间定指日可待。

程大奎安排人把八把天王椅送回奉节鲍公馆后，看稀奇的人真是络绎
不绝，直想知道这八把天王椅子有什么特别之处。这八把椅子取样太师椅，
不同的就是上面嵌有钻石玛瑙，其花纹别致，做工精湛不同凡响。如想目
睹八把天王椅的高贵和品味那段历史，就去现在奉节县的白帝城吧！存放
在白帝庙里的八把天王椅，定会向你默默讲述当年发生的那一切。

夔州知府忙把攻陷南京的喜讯转告各县。安民告示贴出后，祈望国家
安宁的人才把悬着的心放下来。巫溪县衙里，周大老爷和周小花更是欣喜

若狂，担心成为泡影的银子现在又成瓮中之鳖，他们就准备按既定的方案开始行动了。周大老爷派季师爷给仙鼻山上的宋寨主送去从重庆买回来的两盒洋参表示慰问，同时告诉他原定计划拟最后实施，就等坐收渔利。得到消息的宋寨主感到非常高兴，可谓是双喜临门。因他通过暗地与安康县令运谋，所有田地和房产全出卖了，并悄无声息把一家人转到了兴山县，彻底消除了他受官府遏制的心病。再若周大老爷把银子弄到手，就举家到一个平安富裕的地方，金盆洗手安居下来。当山大王毕竟不是自己谋取的长远之计，刀尘上过日子无不时时让他提心吊胆，"采菊东篱下，悠然见南山"才是读书人舒心畅意的宁静生活，他在等着这一天的到来。可是，这个高兴没持续多长时间，太平天国老巢虽然端了，但以赖文光为首的余党会合捻军又闹了起来。势力不断扩大，沿淮河两岸的湖北和陕西再燃战火，大宁场里周小花的资产处置计划因没人接招屡屡落空。不能一把抓到变现的银子，她就想在居高的盐价上再多捞红利，经与周大老爷策划，在盐营计岸中，悄悄抽出两成交宋寨主走贩私盐，那份暴利也直让人眼红嘴馋。眼下大家只是担心周大老爷任期较长，若是有个届满变动，要运作些什么事就不可能有现在这么方便，袁家的资产处置仍是当务之急。一天，从武汉来了一个叫牟贵权和一个叫向得财的富商，专与周小花谈买袁家盐营产业的事。为彰显有后台，受请的季师爷作为中间人，从始至终都在参与谈判。作为买和卖，双方的意愿是一致的，只是在价格上，谈得比较艰难，牟向二老爷只愿出八十万两银子。他们认为，现在天下不太平，虽然太平天国已灭，但余党会合捻军闹起的势力一点不可小视，何年何月得以平息尚不得而知。倘若势力扩大有朝一日攻入大宁场，那所有花在这里的银子都得打水漂。大家都不是傻子，周小花决定卖掉这个盐营产业，无不是看到这个大的趋势而做的决定，至于敬老抚小，多半是一个美丽的借口。周小花否认与天下大事相关，她说无论是那个朝代，一日三餐没有那顿离开过盐。天下战乱也好，太平也好，不仅是民生所需，更是朝廷重要的税赋来源。盐营行业，是一个永远不会衰落的行列，滚滚财源将万世不竭。若不是家中出了系列变故，她是不得把这个千秋事业败掉的。自己处置这份家业，完全是不得已而为之，根本就没想其他那么多。最后还是季师爷取寸，说定九十五万两承交。正待大家谈契约的时候，问题又来了，牟向二老爷说这么多银子，银号要求必须是出卖者亲临武汉画押兑换，不得通兑。周小花却不同意，这么大一笔银子，且不说去兑的花费，就是兑出来的风险就不小，要是被人抢了，谁来负这个责呢？不通兑真没办法接受，僵持的谈判，总是让时间在哗哗地流失。

看到买家的一直坚持，周小花心急如焚了。她本想不和牟向二老爷再谈，因为她没那么多的时间去耗。但是，另外又不见人来接招，不谈又怎么办呢？她就进城同周大老爷做合计了。周大老爷认为，对方说银号要求周小花亲临武汉兑银，如果有诈，按协商的缔约意见，是把银子交割清楚后再把盐营交给购买方，倘若使坏，购买方就得不到盐营产业。如不使坏，不小的风险又让人不可承受。为防万一，最后决定，如不在大宁场交银票，这生意就免谈。就在牟向二老爷难于续谈准备打道回府的时候，大宁场突然就发生了一件事。一天晚上，大宁场多处贴出传单，其内容说周小花是县周大老爷安在大宁场的棋子，目的就是想吞食大宁场的盐营产业，现在卖掉袁家产业就是想揣着银子逃之夭夭。周大老爷他们为达到目的，还通匪买凶，追杀人命。往后朝廷追查下来，蒙冤就会得雪，坏人必遭报应。现在如有人出手买过袁家产业，今后正本清源必受大损，望思之慎之。大家跟着贴出的传单议论，还传出许多花边新闻，其最感兴趣的就是说周小花是县周大老爷的小老婆，两个儿子不是袁仁贵的，而是县周大老爷的。这个不知是谁揭开的爆炸新闻，直把周小花和县周大老爷吓出一身冷汗。于是，出手袁家产业的心情也就迫切了。在第二天主动找牟向二老爷谈判中，周小花闷闷不乐地同意亲临武汉去兑银子，对牟向二老爷见风使舵要求再减五万两银子的要求也予认可。在交纳一万两定金双签协议后，牟向二老爷就回武汉等周小花的到来，同时约定再一同与周小花回大宁场正式签约接收袁家盐营产业。

42

动情晓理劝招供

在去武汉之前，县周大老爷与周小花做了周密布置。决定季师爷陪同，另由宋寨主派出三个武功高强的人护驾，所到武汉全走水路，挑选最好的船夫子驾行皂角船。

一路的长江风光虽然旖旎，但想到揣在心头的大事，周小花的心情就放不开来。她只是在想，有朝一日定要清清静静地再走一趟长江，好好饱赏长江两岸的旖旎风光，最好还有一位心中的白马王子相陪，当然不是县周大老爷，毕竟小伙子比老头子让人可爱，且更令人舒怀。

经几天长江上的颠簸，武汉终于到了。按牟向二老爷说的地址接上头后，大家都住进了牟老爷的大宅。这大宅雕梁画栋的豪放大气，可不是一般的公馆和会馆相比的。看到如此气派，周小花悬着的心才稍有放下。头两天，牟向二老爷说他们一行旅途劳顿，就让他们调整休息，同时还因生意上的事务繁多，待他们处理一下再去兑银子。

牟宅，除了晚上清静外，白天进进出出的人可谓络绎不绝，从神情上看，来往的都不是等闲之辈。周小花心想，除了自己袁家外，这里还有这么大的大户人家，真是山外有山，天外有天啊！这次出来真是大开眼界，并且一点儿就没有当初想的那么复杂。经下午与牟向二老爷约定，待找到一家发通兑银票的银号，把周小花兑出来的银子放过去，就免去把银子带回大宁场的风险。并还说定换通兑银票的佣金由牟向二老爷承担。在大家皆大欢喜畅饮晚宴后，乘酒兴都推起牌九，那个热闹是非常感染人的，连周小花也都参与了进来。奇好的手气，可就赢了不少银子。快乐的时光总是过得非常快，眨眼就到了半夜，还在大家兴致极浓的时候，外面突然就响起敲门声。大家尚未回神，一队官兵破门进来就向牟向二老爷宣读起文书。说牟向二人结私捻党，资助捻军，现查抄家业，所有人等全缉捕受审，违者就地正法。

突如其来的变故，直把周小花吓得目瞪口呆。在押进官府后，就弄了间房子单独对她开始了审问，其实也就是换班让人照着她不让睡觉，并不时提醒她把做的所有坏事全交代出来，以免受皮肉之苦。直到二天上午，她才说是来这里向牟向二老爷收取卖盐营家业银子的，与捻军一点没关系，还口口声声喊冤叫屈。可是审判官说不光这个事，还有如大宁场里近日传言的系列事，必须坦白清楚以求从宽发落。精明的周小花就起疑心了，她认为这回牟向二老爷去买袁家盐营产业是设的一个圈套，但她不知道是谁有这么大的能耐和能量，她认为这回是凶多吉少了。时间一连过去两三天，她就没吐过去所作所为的半个字，在那分女流之辈少有的坚强中，她便对幕幕往事做了个静静回首。

她出生在咸阳的一个书香人家，其父做过师爷，因受人排挤，最后就愤气到西安给人当教书先生。由于她聪慧过人，从小就随父习读诗文，同时还练出一手好琵琶。十二岁那年，因家里失火，父母都烧死了。成了孤儿的她为了生计，就到洗耳楼做了一名艺妓，并认识了几位黑白两道的人，其中就有周大老爷。十五岁时，看到她越发美丽和聪慧，加之都姓周，周大老爷就为她赎身并认作侄女。不久又把她带到巫溪一同享受荣华富贵。这份再生父母般的恩情，直让周小花感激涕零，一个风清月明的晚上，她终于把自己的贞操献给了他，并逐步参与进周大老爷谋霸大宁场张袁两家盐营产业的行动中，最后还成长为一位举足轻的重要角色，老谋深算，不比常人。

巫溪县真是个好地方，虽然在大山深处，但那里山奇水秀，人杰地灵。特别是从上古时候沿传至今的熬盐业历久不衰，非凡的闹热一点不比西安差多少。那"一泉流白玉，万里走黄金"的说法，直让人听到就眼红，周大老爷也概莫能外。他想让周小花在张袁两家挑个公子嫁过去，然后就步步实施他拟定的计划。

其实在周大老爷想用周小花去联姻时，他早就开始掘财行动了。在他到巫溪县上任不久，就结交上把持秦巴盐马古道的土匪头子宋孝严。红黑两道联手，就设套不断吞食张袁两家的银子，其中间联络人由诡计多端的季师爷担当。在水路，他们没打通袍哥大爷刘道衡的那条渠道，秦巴古道，就成了他们收纳银子的源源通衢。后在计划让周小花选嫁张袁两家时，周大老爷才决定彻底吃掉张袁两家的产业，把"三年清知府，十万雪花银"的口头禅放大千倍万倍。

一天，周大老爷找到周小花，说袁仁贵同张永蓉订了亲，周小花就只得嫁给张家的张永东了。在县衙里，周小花见过张永东，要不是周大老爷把他做枚棋子，她真的就觉得张永东是他称心如意的郎君。正在周大老爷欲叫季师爷去做媒时，袁家父子就送上门来，阴差阳错就和袁仁贵对上了眼，并顺利的一步步实施了他们的计划。最为精彩的还要数周大老爷利用自己的肚子，"奇货可居"的就得到了"江山"，无论袁家产业有没有人买，两个儿子都是名正言顺的继承人，只是在大宁场不便改姓周叫他爸爸而已。

今天落到这个地步，远隔千里且音信不通的周大老爷如何来救得了自己？这个劫数何时才冲得过去？她真不愿再往下想了，因为做的一些事桩桩件件就可杀头。说出来一定是死，不说还有一丝盼头。那就缄口不说吧！大不了也就是一死。

对于周小花的抵赖，是让提审官差没想到的。因程大奎交代不用刑，所以也就撬不开她的口，张永蓉决定亲自出面去会会这个女中强人。

在看审周小花的那间房里，有一张供桌，上面放着文房四宝，专为犯人书罪呈状之用。供桌斜对面有两把椅子，不间断有看守坐在上面提示案犯交代罪行。一般情况下，耗不了多长时间，案犯的心理防线就会被摧垮，任何的初一十五就要吐出来。当张永蓉从门外进来的时候，周小花鼻子一酸，泪水唰地就滚落出来。她的泪水既不是忏悔，也不是胆怯，而是因为乡情。在这千里之外，在这监狱之中，无论是罪是冤，只要看到故人，就会感到十分亲切与莫名的安慰，哪怕曾经有过绊缠，都会在这份乡情中冰释前嫌，也许只有结了生死过劫的除外。

看到周小花这个样子，张永蓉就把自己的手巾递了过去，周小花擦过一下泪眼后，似乎把事情明白了三分。不是冤家不聚头，她平静些许就开口说："张永蓉，我想没得那么巧你是来看我的吧？有什么事你就尽管说！"

张永蓉深深叹了口气，望着周小花既愤恨又怜悯，半晌才说："小花姐！本来我是非常感激你的，是你的出现，才了结我与袁家的姻亲纠葛。在你来到袁家后，你的聪明伶俐，也让我叹服不已，我曾在心里千次万次祝福你和袁仁贵。"张永蓉把话锋一转地接着说，"可是后来，大宁场接二连三出事了。我和程大奎两家几乎是遭受了灭顶之灾。那离乡背井和诚惶诚恐的日子，如惊弓之鸟的我们真是不知道如何生活得下去，那滋味这几天你也许感同身受。今天我能见到你，真还得感谢菩萨保佑，如稍有差尺，恐怕就与你阴阳相隔了。"看到周小花默然泪下的样子，张永蓉起身给她递了杯水过去，但周小花没有喝，她把水接过来轻轻放到了供桌上，只等张永蓉把话继续说下去。"后来袁家又生出那么多意外，出家的出家，生病的生病，被卖的被卖。在外人看来，一切都是天意，与某些人并不相干。"说到这里，张永蓉就有些激动了，也把泪水流了出来。她努力控制住情绪后，才用平稳的口气说，"可是，让我们万万没想到的是，发生的这些事竟然与你相关，甚至有的还是你的杰作。假结亲、生谣言、谋家产、通凶匪、杀人命、贩私盐，桩桩件件直让人罄竹难书。小花姐呀！你比我大不了多少，为什么就有如此心计？这一切难道你就心安理得吗？"

周小花还是没有搭腔，只是用手巾不停擦着泪。

张永蓉起身过去把手搭在周小花肩上说："这么说吧小花姐，你们干的事我们已握证据。我只是来开导你把事情说出来，我让大奎对你手下留情，饶你不死，并另找个地方让你们母子过隐居平安的生活。"

话一说完，周小花就接嘴说："程大奎是官府要犯，设私刑就会罪加一等，其罪要灭九族哦！"

"我忘告诉你了。"张永蓉说，"我们大奎不是官府要犯，是朝廷命官，是鲍超大人剿灭太平天国的先锋爱将。现受命为剿西捻军都统，沿淮河官府都受他节制。"

周小花没想到程大奎一跃就成了达官显贵，自己的疑惑终于有了个答案。此时张永蓉来游说，也许是使的个计策让自己主动坦白，如有真凭实据，早就向自己亮出来了，还用得着费口舌？于是，她就装得极冤的样子说："张永蓉，我没有你说的那么坏，如说的那一切存在，总得要有证据呀！"

张永蓉叹了口气语重心长地说："小花姐呀！我和大奎是在给你机会呀！你何必还心存侥幸呢？我只说一个证据吧。就是在你第二个儿子临产到县衙的那次，具体就是你们派人到红池坝杀死我外公和表妹后不几天，有个晚上周大老爷半夜来你房里与你说的话我全听到了。黄桷树边的那个花瓶就是我踢倒的，那两声猫叫是我怕你们生疑和求平安脱身装叫的。这个证据该是真的吧！"

周小花的脸红齐颈项，作为女人，暗地偷情可是个最丢脸面的事。张永蓉这一说出来，她不仅感到无地自容，而且也觉得罪责难逃。于是，扑腾一下就跪在张永蓉面前声泪俱下地说："张永蓉啊！你和程大奎原谅我吧！看在你我都是女人的份上，你一定要为我格外开恩啦！我也是个苦命人出身，我本质根本就不是这样子，我也是别无选择走上邪路的呀！"

接着，周小花就把前面我们说过的幕幕回想向张永蓉讲了出来，善良的张永蓉也为她流下一串悲悯的泪水。并答应只要周小花招供实情，她和程大奎绝对保她母子平安。于是，为求自保的周小花就把所有参与到的阴谋全做了招供。

为稳住县周大老爷，程大奎叫知府放回季师爷一行，并带信说周小花暂且拘押，待牟向二人勾结捻军的事查清后，再做下步定论。

得到季师爷的报告，周大老爷额头就冒出豆大汗珠，没想到这下弄出这么大个麻烦。他责怪季师爷为什么出来不去使银子通关系，季师爷说这么大的事可不是一点银子能搁得平的，更还不知道从哪个渠道去通关系。从大家能平安放回来的情况看，事情也许不会有想的那么遭，那富甲一方的牟向二老爷的关系肯定不可等闲视之，一旦他们无事，周小花就自当无忧，现在唯一的办法就是等消息。焦急的周大老爷放心不下，又让季师爷揣着银票到武汉去等消息，如有必要，就使出银子让周小花化险为夷。

43

醉消长夜话浩劫

为保护好证人和兑现张永蓉对周小花的承诺，在季师爷赶到武汉的时候，程大奎就安排张永蓉把周小花悄悄送去了宜昌。同时要她通知金管家直去咸阳与带兵过去的张永东会合救出袁仁香几姐妹。

渭水街上的翠屏楼里，灯火辉煌，鼓乐声声，不时就有小曲唱出来。带着一人进去的金管家一看，是袁仁香在一个茶间给几个老爷弹唱，待几曲完后，金管家就点包了袁仁香。去到楼上的房里，金管家就说："仁香，两个妹妹也在这里不？"

"在。"袁仁香惊异地回答。

"你去把他们叫来，我们马上救你们出去。"

"这里打手多，后台硬，你们两个人怎么救呢？"袁仁香感到十分害怕。

"是官兵来救。你把他们叫过来，我好派人出去放信。"

袁仁香点头出去一会，就把两个妹妹带了进来。两个妹妹看到金管家，眼泪就夺眶滚落出来。金管家忙止住他们，以免被人发现。在袁仁香弹起琵琶的时候，金管家就叫随从出去报告张永东采取行动。

张永东带着官兵冲进翠屏楼，所有客人全吓跑了。只有老鸨趾高气扬地站在张永东面前说："是哪路神仙敢来擅闯民宅，天底下还有没有王法？"

从张永东身后蹿出的咸阳县令猛地扇了老鸨一巴掌，接着就说："你贩卖良家妇女，逼良为娼，其罪难恕，还敢在这里摆派头，给我拿下。"话音刚落，随即两个兵勇上去就把老鸨锁了。在审过案情后，张永东连夜就带着兵勇和袁家姐妹到西安与程大奎会合了。

程大奎吩咐金管家把袁家姐妹带去宜昌后，就准备向安康开拔。得到先遣密使传书后，为了表功，知府杨大人忙向仙鼻山严孝颂送信，要他速带人来清剿复燃的捻军。这个时候，严孝颂可不听杨大人的调遣了，他没了家人和田产的牵挂，他怕谁呢？在遭回绝后，杨大人就派兵去抄他的家，可是这房产和田地全易主了。杨大人后悔不该相信这个土匪头子的信誓旦旦。他打算在程大奎带兵打来时，就把严孝颂通捻的证据呈上去，盼程大奎率领湘军把他们当捻军一举消灭以解心头之恨。

与知府杨大人微不足道的实力相比，程大奎的官兵一到，不几回合就把捻军剿灭了。正准备向鲍大人呈报战况的时候，知府杨大人就拿来严孝颂给捻军的玉牌和手书，说他聚众盘踞秦巴屏障并通反贼，实为朝廷心腹大患，必须趁机铲除。拿到这个证据，程大奎心想，真是老天在帮他，这完全就可以名正言顺去剿灭那帮土匪，再把秦巴屏障交由巫溪县衙驻军把守，盐马古道就可长享太平了。

那秦巴屏障上的山寨，唯仙鼻山最险，也是各分寨的总寨。"擒贼先擒王，射人先射马"只要拿下仙鼻山，其他山寨完全就不在话下。程大奎和张永东带了二十多人，扮成盐背子就向仙鼻山进发了。在山寨里又把严孝颂之名改成宋孝廉的宋寨主，根本没想到程大奎会带人马来清剿，他认为捻军会让官兵焦头烂额，一时半会儿是不可能平定的。于是他就在高枕无忧中，放松了警惕，更何况这些年也没有那股力量敢来正视。

时值中午，两个看守下寨门的喽啰，正在暖洋洋的太阳下，把衣服脱下来找虱子，程大奎和张永东走过去的时候，他们才在寨墙上问："你们来的是什么人？有什么事？"

程大奎拿出玉牌摇了摇说："我们是宋寨主的老朋友，奉邀来谈要事，快请开门带我们上去。"

两人看是宋寨主的玉牌，就从寨墙上走下来。门刚打开，进去的程大奎和张永东就把两个看门的干掉了。再把手一挥，埋伏在林子里的兵勇就鱼贯了进来。程大奎带着人马快速上到山顶，见庙门大开，就派出两个人走了进去，两人把持住大门后，手一招，程大奎他们就蜂拥而入。他让兵勇四围隐蔽，在放过一枪后，就引诱里面的人出来，接着就把他们一个个的消灭掉。

听到枪声，从里屋就冲出来两个提着马刀的人，隐蔽的程大奎一看没有宋寨主，就示意身边的人开枪把两人当即射杀。接着又冲过来几人，也一个没放过的做了枪下之鬼。正在程大奎向里观察动静的时候，就听宋寨主在里屋大声喊话："请问外面是哪路英雄？有什么话与我宋孝廉说，请不要再伤我的兄弟。"

程大奎回话说："我们是朝廷官兵，奉命来清剿你这伙结通捻军的反贼。若缴械投降，可饶不死，如负隅顽抗，定斩杀不恕。"

尽管宋孝廉武功高强，但面对洋枪，他这个血肉之躯是无法与之抗衡的,何况已中包围。在这个孤峰绝岭上，插翅难飞的他可想拼死一搏。他从里屋走出来，看到柏树后面转身出来的程大奎，没有多想，挥手就是一飞镖发过去，程大奎闪身躲过后，他又跨步亮出架势，欲与程大奎决一死战。

"宋寨主，哦！叫错了。"程大奎做了个拱手的姿势纠正说，"严孝颂大户，别来无恙，没想到我们又相会了！"

宋寨主收回架势把程大奎打量了一会说："你是谁？我不认识。"

"真是贵人多忘事。"他把手一挥，让张永东闪身出来又说，"就是那年从大宁场送银子过来赎袁家大少爷的那两个人啦。"

经一提醒，宋寨主就想了起来。他突生感慨地说："几年不见，没想到你们就出息得如此英武了。"

程大奎说："告诉你，更没想到的是我和他就是你派人追杀的程大奎和张永东。"

"你们是来寻仇的？何必要冒充官兵呢？"

"我们就是官兵，他是灭太平天国的先头名将，现在是鲍字旗下剿西捻军都统。"张永东亮出底子说。

"那年来时是白丁，今天到来是将军，真是后生可畏呀！"宋寨主直拍着自己的脑门说。

"还是叫你宋寨主。"程大奎怒声说，"你占山为王，谋财害命，勾结反贼对抗朝廷，罪不可恕，还不快投降。"

"没那么容易。"话一说完，宋寨主就挥拳同程大奎交手起来。

两个高手过招，那拳来脚往的招招式式，直叫人目瞪口呆。张永东想，这宋寨主要是不当土匪去投军报国，定有一番建树，真可惜英雄走错了道路。正在他摇头叹息的时候，卖个破绽的程大奎转身一个飞腿就踢在宋寨主胸口，宋寨主当即就倒在地上，口里便吐出来鲜血。宋寨主捂住胸口望着程大奎喃喃说："天降神将，我认输了。"

程大奎叫声拿下后，出来两人就把宋寨主锁了。程大奎又叫人把庙里搜了个遍，在留下人把守后，就同张永东分头率大队去铲除其他分寨的土匪。并约定胜利后，就到大九湖郑爷爷家相会。

其他分寨的土匪，一遭到洋枪射击，就纷纷缴械投降，一切比想象中顺利多少倍。大功告成后，张永东再也按捺不住心中的向往，带上队伍就开向大九湖。

太阳还正当顶，青山绿水异常分明，立在马上的张永东远远就看到了他心上人郑云菊的家。他在大喝一声"驾"后，没管身后的士兵跟不跟得上，就驱马奔驰过去。站在门口的郑云菊看到有官兵向自家奔过来，她心头一紧，忙叫爷爷出来看。大九湖从没见过的这阵式，的确让郑爷爷心头没底了，也把郑云菊吓蒙了。郑爷爷拉住郑云菊的手安慰说："有爷爷在，云菊莫怕！"

随着一骑越来越近，就看到花儿跟在马后汪叫不止，但声音一点就不凶恶，郑爷爷反而还听出亲热之声，他在想是不是花儿被官兵吓傻了。就在郑爷爷没想明白之际，马就进到地坝，穿着官服的张永东滚鞍下马一膝跪在郑爷爷面前，在眼泪夺眶而出中大声呼叫："爷爷！云菊！我回来了！"

"啊！是永东！"郑爷爷忙上步过去把张永东扶了起来。像是从梦中醒来的郑云菊，冲过去就把头揣在张永东怀里，声泪俱下中，直把拳头在他肩上边打边说："我把你担心死了哇！经常做梦就看到你遭不测，直怕此生盼你不回来了呀！"

张永东忙为郑云菊摸去泪水，接着就把她紧紧抱在怀里，口中不停地说："我回来了，此生我们永远就不分开了！一定永远不分开了！"

两个相拥的人儿，直到士兵气喘吁吁跑来的时候，才不好意思地松开。

张永东把兵营扎在这里，只等程大奎到来胜利会师。

　　次日下午，程大奎终于来会师了。皆大欢喜的晚宴上，张永东就提出让郑云菊同回大宁场，在沉冤得雪的那天完婚。程大奎表示赞同，还自告奋勇说由他操办婚礼。

　　有感而发的郑爷爷脱口就说出一道上联："痛切五脏六腑，国难家仇，非三言两语说尽。"郑爷爷望着程大奎和张永东接着说，"那年过春节要你们对对，你们深藏不露，今天该让我领教一回吧！"

　　张永东打趣地说："还是请程大人对吧！"

　　郑爷爷也忙跟着说："是啊！大奎是都统，你不对谁敢对？"

　　没再推辞的程大奎举起酒杯，略一沉思就对道："历经九死一生，南征北战，定四面八方太平。"

　　大家齐手鼓掌，说这是程大奎和张永东两家近几年遭遇劫难的高度概括和浓缩写照，简直就至妙之极。于是得雪沉冤的预祝，直把个长夜醉了个翻来覆去。

44

洗却冤屈费思索

程大奎带着官兵向巫溪县开拔的时候，士卒完全放轻松下来。大家没了出征前的号角连营，脸上荡起的全是凯旋的欢笑和衣锦还乡的光荣。官兵经过大宁场时，程大奎和张永东没让大家歇脚，在把自己打扮成士兵后，就夹在队伍中直向县城进发。他们不想有任何的高调向父老乡亲炫耀，也不想因此惹起大家滔滔不绝地议论。

经通传灭太平天国和剿杀捻军的奉节鲍超霆军凯旋路经此地，县令周大老爷忙迎出东门，并摆上十几坛烧酒为壮士接风，直想借此热情地巴结上鲍大人。若有这棵大树作后台，不仅会有更大的一番前程，而且周小花也定不费吹灰之力救出来。至于大宁场的卖与不卖，完全就可以去顺其自然了。能否与周小花名正言顺长相厮守，一点儿都不重要，也无须去顾及。

官兵到时，没有人去喝他的接风酒，队伍径直就向县衙那边的南门湾开过去。见此情形，周大老爷忙向县衙跑，他要赶在头目到来前先于县衙做好恭迎准备。

为不扰民，官兵全在南门湾扎了下来，一切就绪后，二十个兵勇才向县衙走过去。

看兵勇到来，县衙门前鞭炮齐鸣，锣鼓喧天，直把兵勇迎进到衙门去。进门的兵勇分立两边，那个威武的阵式，比周大老爷升堂威风百十倍。看到没有官爷，周大老爷就向一个兵勇问："军爷！你们的将军呢？"

那个兵勇回答说："你到大堂上去等，将军换好官服一会就到。"

索然无趣的周大老爷去到大堂就等将军的到来。

程大奎之所以没跟兵勇一道去，是在等按约定乔装住在龙头嘴亲戚家的张永蓉。得到通知的张永蓉换回了漂亮的女儿装，所以也就耽搁了一点儿时间。

程大奎走在最前面，张永蓉和张永东紧跟身后径直走进大堂。周大老爷正要迎过来，程大奎就躬身大着声音说："恩师在上，秀才程大奎和张永东前来参见，请受学生一拜！"

这一拜，直把周大老爷吓了个魂不附体，一屁股坐在椅子上，半晌就没说出话儿来。

望着周大老爷的这副神态，程大奎忙说："大老爷怎么了？难道不欢迎我们吗？"

这一问，周大老爷才回过神儿来，他摸了一把额头的汗珠，赶忙说："欢迎欢迎！你们衣锦还乡，快请坐。"

没坐的程大奎用如炬的目光望着周大老爷说："大人！我们先行的是师生之礼，现在就要办公事了。"

周大老爷忙迎合说："好！就办公事。"

话音刚落，程大奎把手一挥，两个兵勇上去就把周大老爷拿下了。

周大老爷故作惊诧地问："程大人，我又没犯法，你们为什么这样对我？"

气愤之极的张永蓉挂着泪花大声说："你没犯法吗？简直就是罪大恶极。你假接姻缘，谋夺财产；你编罗罪名，陷害好人；你暗施毒计，诱人上钩；你串通土匪，借刀杀人。把我们张家、程家和袁家的人害得离乡背井，亡命天涯。还有我的外公和表妹就被你们活活杀死，你！你的心何其歹毒，简直就是恶贯满盈！"

看到张永蓉伤痛至极的样子，程大奎把她扶到右边的一把椅子上说："永蓉别伤心，让我升堂审问他。"

程大奎坐在"明镜高悬"牌匾下的官位上，把惊堂木向供桌上拍得砰的一声说："案犯周义方，把张永蓉刚才所呈罪行快快从实招来。"

"程大人，张永蓉所呈罪行不属实，过去我做的一切你们都是亲眼目睹的，你们犯的事好多我都在向上面打圆场，你们非但不感恩，反而还来恩将仇报，这有天理吗？"

张永东说："你的那些好处，全是给我们设的陷阱，现在水落石出了，你还有什么可狡辩？"

"张永东，你可不能这么说，大堂之上必须得有证据，你拿得出证据吗？"

程大奎叫张永东把周小花和宋孝廉的画押供状展给他看后，他仍狡辩说："这样的供词谁都弄得出来，只要严刑逼供，屈打成招还不成吗？"

程大奎叫张永蓉拿出那封在杀人湾劫获的信件，叫一个兵勇涂上药水，信上的文字立即就显现出来。周大老爷便往下默读了下去：

> 大哥：
>
> 派去灭张克贤之徒的几个兄弟尚无下落，希再拷问押卒之因果。季师爷疑被张人重金收买逃之夭夭为谬虑，我兄弟非此等之辈，万望再派人手对其寻水落石出，以其对兄弟们及眷属有所交代。
>
> 另，大宁场之运谋已万事俱备，分成方案按原商定由哥着力尽快落实。吾疑朝廷支撑难久，大宁场我等也恐长时一手遮天，拟见好就收作处置方为上上之策。
>
> 弟孝廉垂呈！

看完信的周大老爷抵赖说："这信由你们编不行吗？就算是匪首写的，那送信人是谁呢？叫出来呀！"

程大奎把手一挥，一个兵勇就把那个送信的衙差金万斗押了上来。吓得发抖的金万斗只一问，就把那回送信的前后经过当堂做了呈供。

周大老爷还是不承认与这事有关，并说都是程大奎与之串通一气陷害他的。

程大奎又叫丫鬟翠儿出来说那回在大堂里屋听到的周大老爷与季师爷的对话。

"那天。"翠儿说，"我端茶给大老爷，打翻的茶杯把他烫到了，在把我打得死去活来的时候，季师爷进来才叫住手。我退到里屋倒在地上，无意间就听到季师爷跟大人商量说，让仙鼻山上来的几个高手晚上去湖北和陕西会馆演一出抢劫戏，事成后就以抢劫通匪罪名把程大人办了。"她胆怯地望过周大老爷一眼后，又对程大奎说，"后来发生的事情程大人你是知道的。"

周大老爷接嘴说："你说季师爷和我商量的，那季师爷在哪里呢？"

张永蓉站起身指着他说："周大人要人证是吧！我想把你那件见不得人的事说完后，再把人证一齐叫过来好不好？"于是，张永蓉就把听到的那晚他与周小花说的事，以及无耻的缠绵爆料了出来，最后还特别强调那个踢到花盆学猫叫的就是她张永蓉。话一说完，程老大就把在武汉抓获的季师爷及看管的周小花带了上来，紧接后面就是两个兵勇押着的宋孝廉。人证物证俱在，周大老爷再也没法狡辩了，最后只得在供状上画押认罪。

这个案子因涉及周县令，必须报上一级管辖官府量刑，于是，程大奎就写上案报，派人送给了夔州知府。夔州知府看是剿捻都统的案子，自知过去有些事见不得天，于是就偷偷带上家眷，便挂印溜之大吉了。

程大奎屯兵巫溪后，就写出军报送给了在武汉督军的鲍大人。鲍大人读过军报，高兴地说："国有此良将，何虑不安宁？只可惜乱臣贼子当道，复兴江山，非人力之所为也！"

鲍大人之所以发出如此的感慨，是因为淮军统领刘铭传向朝廷虚报功劳，诬陷鲍超，并且李鸿章尚有野心，包庇淮军，排斥湘军。一气之下，鲍超就向朝廷称病辞官。眼下之所以还留在那里，一是等朝廷恩准的养病圣旨，二是等上报吏部给手下将领呈请的安置地方官职批复。对于程大奎的军报，鲍超的回复是让他屯兵巫溪不动，待他回奉节后再听调遣。

45
走马上任寄嘱托

$\boxed{\text{冤}}$屈洗清后，程大奎才带着张永蓉、张永东和郑云菊回到大宁场，落脚之处当然就是周先生的家。程大奎首先感谢周先生这些年一直在暗中给力和重要关头通传大宁场的变故消息，今天的到来周先生功不可灭。接下来的事还要请德高望重的周先生主持：一是张袁两家的产业，由于这几年周小花有所添毁，还得由周先生造册公正分割，以免伤两家的和气；二是请周先生动步，去奉节香山寺把袁仁贵还俗回来，袁家现在的这个样子，没有他不行；三是待张永东把毁损的房屋维修一新后，就择日把郑云菊娶进门，作为媒人的老辈子周先生还当司仪。

对程大奎恳请的这几件事，周先生在哈哈大笑中就应承下来，这些都是他力所能及办得好的好事。

一切安排妥当后，程大奎就让张永东督军，自己同张永蓉去西流溪接双方的父母回家。

一路上，程大奎拉住张永蓉的手，那分亲热是生死同舟中凝结的情感，完全超越新婚夫妻青春黏合的那分冲动与多情。那么多的坎坷经历，让他们收敛了多少浪漫，突显出无可想象的老成。他们看到山，看到水，看到花，看到草，皆是那么淡定，就像是修道成真的禅。要不是在天鸡报晓的地方从路边蹿出一只兔子把他们吓一跳，不知道他们要沉默多大一阵子。

"背时的兔子也不放个信，差点把我吓死了。"张永蓉放着哭腔望着程大奎把脚跳了几下说。

"一个小兔子就吓你一跳，要是跑来个野猪，不得把你吓晕过去！"程大奎有些好笑地对她说。

"莫说嘛！我是真吓怕起来了哩！"

程大奎把张永蓉盯了良久，然后才在思绪万千中说："你过去为我在红池坝跑上跑下的就不害怕，并且黑夜里你就敢斗胆独行，那份胆量……"突然说不下去的程大奎眼里就浸满泪水。

"大奎！别说那些伤心事了。为了你，就是让老虎吃了我也心甘！"

程大奎轻轻把张永蓉抱在怀里，让感动的心灵慰藉着张永蓉那感天动地的真情。依稀过去好久，张永蓉才推开程大奎的手，就为他擦起泪水来。此时无声胜有声，张永蓉读懂了程大奎的心情，她不需要程大奎滔滔不绝的甜言蜜语，那种相知相融的感觉，是好多几十年夫妻都达不到一种默契。茂密森林中的鸟儿在为他们唱歌，阵阵放声的松涛在为他们欢呼。

他俩去到红池坝的时候，野草几乎覆盖了石板路，要不是他们心头铭着路标，不仅要迷路，更不相信这里曾是一个村落，真是"曾日月之几何，江山不可复识"啊！

到达外公家，程大奎就泪流满面了。他不是看到房子的破落，而是在幻想外公和小妹惨遭杀害时的情景。他跪在外公殒命的堂屋里，烧了一炷香，燃了几盒火纸，全表他贴心的哀痛与祭奠。

从外公家出来，他们才沿那条秘密小路去向西流溪。太阳大偏西了，湛蓝的天空由东到西越发灿烂，金黄的霞光还没绽放出来，但那份绚丽，直把一团云朵亮得如同润玉，没想到变幻莫测的天宇此时会这般充满神奇。站在西流东边山垭口的程大奎和张永蓉望着那块大平坝，十几座茅草房如长出的黑蘑菇，虽然里面填满悲苦与辛酸，但从房顶袅起的炊烟，尚可知道他们生活得完好。特别是那条西流溪，在茅草房边一蜿蜒，就像是一根银丝上串上了铃铛，依稀就把清脆的声音发了出来。

看到这副景象，程大奎情不自禁地捧起张永蓉的头，就在额上深深亲了一口，然后就心怀感激地说："永蓉！你为我辛苦了！"

张永蓉为他摸去泪水说："莫说那么多了！快去看爸爸妈妈他们。"话一说完，一反常态，程大奎就让张永蓉把他拉上了。

　　快近村口的时候，几条狗就凶恶地叫起来，从一间茅草房里出来看动静的程传绪一下就呆住了。他以为是花了眼，忙用破衣袖擦了一下眼睛。在确定无疑后，就大喊大叫向程大奎和张永蓉狂奔过去。屋头的黄永碧、张克贤和向育梅也都跑出门大声喊起来。听到声音的亲戚朋友全都涌过去，把那天各一方不知死活的牵挂，全用此时的泪涌去做了个深深地慰藉。

　　这是西流溪的大喜日子，全部亲戚朋友都聚在了一起，晚餐办上了七八席。在开席前，程大奎让自己的父亲母亲和岳父岳母坐在一条高板凳上，分别递上一杯酒，然后就同张永蓉跪在他们面前，说父母把他们养大成人，在完婚的时候，也没敬上一口茶。此时敬上这杯酒，权表他们的一份孝心，在请父母把酒喝下后，就诚心诚意深深叩了三个响头。

　　扬眉吐气的日子，大家欢声笑语，大碗喝酒大块吃肉，仿佛要把这几年提心吊胆的劫难，全通过这种方式咀破咬碎，并让红池坝再现往日的生机。

　　在程大奎和张永蓉伴着双方父母回到大宁场的时候，房屋已像搬回红池坝的亲人们的家一样，全都维修好了。那一切没变的房屋，一切还原的摆设，一切沁人心脾的气息，都让程大奎和张永蓉双方的父母感伤不已。这几年发生的一切，就像是刚醒的一场噩梦，根本就不相信那有过的真实。

　　周先生把袁仁贵还俗回来了，金管家把袁家三姐妹送回来了。并且还由周先生破费，在他家办了几席，把张、程、袁三家的人全聚到一起，庆贺厄运过去，迎接平安到来。

　　团圆饭后，大家去到袁仁贵家里，中风的袁世忠拉着袁仁贵直流泪水，有些发痴的妈妈牵着袁仁香直叫乖。

　　大家虽为这个场景感到悲戚，但总的不管怎样，可算把那心惊肉跳的日子熬了过来。只要人活着，无论是怎么个状态，总比死了去的强。

　　这一切似乎就恢复了原位，张永东的婚期临近了。张克贤决定，要谢天谢地谢乡邻。他要借张永东的婚庆大罢酒席款待亲朋好友和邻里乡亲，并且不收分纹礼金。

　　婚期那天，大宁场沿河两岸及所有会馆全都办上了酒席，流水席从新人拜天地的中午直拖到深夜，那个热闹的场面，是张克贤平生第一次这么破费，他认为银子花得值。

郑云菊是从周先生家娶到张家的，按照传统行拜天地之礼，周先生当司仪主持了拜天地和父母高堂的仪式。郑云菊的爷爷和父母也破常规参加了仪式，这天作之合的有情人又一对儿成了眷属。

席散人静的时候，就快过亥时了。张永蓉悄悄去到梯台渡口，在那年被洪水卷走的地方坐了下来，不知她在想些什么。也许她在想让程大奎卸职回来和她长相厮守经营家业，那南征北讨的日子直让她心惊肉跳，每当想起"君不见，青海头，古来白骨无人收，新鬼还冤旧鬼哭，天阴雨湿声啾啾。"的诗句，张永蓉就会心慌发毛，她真怕有个什么闪失让自己成为哭断长城的孟姜女。尽管如此，如大奎要男儿志在四方，她也会支持他，绝不会去拉他的后腿。

轻轻来到张永蓉身边的程大奎明白张永蓉的心事，但他没有说出来，只是想转移开张永蓉的思绪。他轻松地开玩笑说："永蓉！这个时候还跑到这里来，是不是想再被大水把你冲走让我来救你，顺便又到那个回水湾去看我的光屁股哇！"

张永蓉对程大奎第一次表露出少女般的天真，站起身来就去把程大奎的裤子往下扯，直叫程大奎捏着裤腰嘿嘿嘿地笑出了声音来。

第二天中午，被皇上恩准回乡并受旨由其对所属部将择空补官后，回到奉节的鲍超就让鲍公馆教把刘道远给程大奎送来文书。快到程大奎家的时候，刘道远就大喊起来："大奎兄弟，鲍大人来公文了，快来拿去看！"

程大奎为刘道远这改不掉的粗鲁脾气好笑起来。他一拳打在刘道远的肩膀上说："几年不见，你的救命之恩还没报哩！这一拳不作数，连喝三杯才能抵欠的账。"

刘道远指着文书说："你先看完文书再说。报恩三杯酒就抵账，大奎兄弟？你也太抠门了吧！"

一阵哈哈过后，程大奎就把文书看了起来：

　　承皇上圣恩
　　　经数载南征北讨，定太平，剿捻军，终消内乱。现
　　有淮军可独撑胍股，故自告病回养故土。

自湘军起事，后立鲍旗，属部浴血功高，呈受皇恩
旨准安抚，虑心甚慰。

故今下来委任文书：

任程大奎为川陕鄂盐茶道都统，代领夔州知府，着
三品顶戴花翔。

任张永东为巫溪县令，着七品顶戴花翔。

所属兵勇精壮者可镇巡盐茶古道，老弱伤病者，可
发其军饷补贴回乡躬耕。

接此文书，令即日赴任。

壮勇巴图鲁一等子爵鲍超令告

听了这个结果，刘道远没要喝酒，说有这等兄弟在夔州朝夕相处的好
事，他要回去做准备搞好迎接。同时他还同程大奎约定从水路赴任的时间。
还说要亲自到巫山龙门码头去接，然后再到他家里同哥哥袍哥大爷刘道衡
一起大醉一场，以对过去怠慢大奎兄弟表示歉意。

看到刘道远远去的身影，程大奎就在心里说："这三峡里的汉子，粗犷
得让人想骂！耿直得让人想哭！"

清晨，太阳还没上山头，东天烧起的红霞，映在梯台渡口的河水中，
就像鲜艳的杜鹃，又像煽情的红叶。易麻子大伯仗着篙竿就唱起五句子山
歌来：

太阳出来烧红霞，
哥放小船向三峡，
妹儿撵来舍不得，
两行泪水如雨下，
莫忘昨晚怀了娃。

小船只有两尺宽，
装了一个父母官，
莫把小民不当人，

269

江水一涌船就翻，

不做贪官做青天。

上到船里的程大奎和张永蓉向送行的父母和亲朋好友道别后，就叫易麻子大伯开船了。

顺水而行中，隔不了两个滩就有逆水拉纤的船夫子在声嘶力竭地吼着峡江号子："一块麻布四两麻呀，拖根纤绳使劲拉呀！脚下石头要蹬紧哪，双手莫空要扒沙呀！流血流汗随它去呀，要挣钱来养活家呀……"

看到这酸苦的一幕幕，从国难家破中煎熬和战火纷飞中拼杀过来的程大奎，深感肩头压着一副沉重的担子，担着数万民众的生计，系着所有百姓的死活。从大宁场里走出去的山娃子，端坐大堂之上，为了百姓，是做贪官还是做青天，心有灵犀的张永蓉从程大奎凝视远方的目光中就看了出来。